OMICIDIO, SOLDI E CAOS

LA SERIE LUCA MYSTERY

DAN PETROSINI

DAN PETROSINI
MYSTERY & SUSPENSE AUTHOR
www.danpetrosini.com

ISBN cartaceo: 978-1-960286-71-0

Naples, FL, USA

RINGRAZIAMENTI

Sono grato per l'amore e il sostegno di mia moglie, Julie, e delle nostre figlie, Stephanie e Jennifer.

Un ringraziamento speciale al collega scrittore e caro amico, Bud Willis. Bud mi ha raccontato la vera storia del denaro della droga nascosto e degli agenti della DEA.

Discutevamo regolarmente di questa incredibile serie di circostanze e lui mi ha incoraggiato a scriverne.

1

Derrick era dietro la scrivania e picchiettava sulla tastiera.

«Giorno, Frank.»

«Giorno.»

Chiusi la porta dell'ufficio.

«Che c'è?» disse Derrick.

«Niente. Volevo dirti una cosa; sembrerà una pazzia, ma ti ricordi di quell'amico di Bilotti, John Coburn, quello che era al matrimonio?»

«Quello che ti ha chiesto se poteva fidarsi di te?»

«Sì. Ha avuto un ictus.»

«Oh, cavolo. Grave?»

«A quanto pare. Comunque, Coburn mi ha fatto chiamare dalla sua infermiera e lei mi ha dato il nome di un agente della DEA.»

«Cosa? La faccenda si fa strana.»

«L'agente si chiama Gabe Withers. Ho fatto qualche controllo ieri sera: si è suicidato.»

«Dannazione, che cosa terribile.»

«Lo so, ma la cosa interessante è che Coburn ha accennato al ritrovamento di un sacco di soldi nascosti.»

«Non capisco. Qual è il nesso?»

«Il partner di Withers era un cugino di Coburn, e i due agenti della DEA erano stati assegnati a un grosso spacciatore collegato a un cartello messicano.»

«Continuo a non capire.»

«Lo spacciatore, Julio Cabrerra, è stato assassinato, e la cosa interessante è che non sono riusciti a trovare i suoi soldi.»

«Probabilmente li ha presi il cartello.»

«Li stavano cercando anche loro. Degli informatori che lavorano per la DEA hanno detto che nessuno è riuscito a trovare la scorta di Cabrerra.»

«Di che cifra stiamo parlando?»

«Tra i cento e i trecento milioni.»

«Porca puttana!»

«In contanti.»

«Il cugino di Coburn sa dove sono?»

«A detta sua.»

«E ha detto a Coburn dove sono?»

«Non ne sono sicuro, ma si comporta come se lo sapesse.»

«Cavolo, sarebbe una bella scoperta. Ma si potrebbero tenere?»

«Ne sono quasi certo. Mary Ann ha detto qualcosa su una legge del "chi trova tiene", per cui, se li trovi, puoi tenerli.»

Derrick allungò la mano verso il telefono della scrivania che stava squillando. «Omicidi, Detective Dickson.»

Riattaccò. «Abbiamo un cadavere al Lowdermilk Beach Park. L'agente intervenuto crede che sia un omicidio.»

———

Svoltammo dalla Route 41 in Banyan Boulevard. Derrick disse: «Quel nuovo Four Seasons che stanno costruendo, non è vicino a Lowdermilk Beach?»

«Appena a sud.»

«A proposito, da dove l'hanno preso quel nome?»

«Proviene da Fred Lowdermilk, il primo city manager di Naples. È una storia interessante: il parco è stato donato da un costruttore. Invece di fornire un accesso alla spiaggia su ogni strada, come nel resto del centro, ha dato loro un parco.»

«Un parco è molto meglio.»

«Decisamente. Lo spazio aperto è bello, così come il parcheggio.»

Ci avvicinammo all'ingresso di Lowdermilk. C'erano più agenti di polizia che a una parata di San Patrizio.

Una massa di persone stava dietro il nastro giallo, che correva per tutta la lunghezza del parcheggio. Mentre infilavamo guanti e copriscarpe, scrutai l'area. Un campo da pallavolo, un parco giochi per bambini e due gazebo, collegati da vialetti lastricati, dominavano l'area erbosa.

Ci dirigemmo verso una passerella di legno che si inarcava verso la spiaggia. Diverse paia di calzature erano allineate vicino all'ingresso. Indicando i bidoni della spazzatura sul lato erboso, dissi: «Assicuriamoci di prendere tutto quello che c'è dentro. Non si sa mai cosa potremmo trovare.»

«Gli assassini fanno errori, proprio come noi.»

«Grazie a Dio.»

. . .

Due agenti, con le spalle rivolte al Golfo del Messico, stavano parlando vicino a uno degli ombrelloni di paglia lungo la spiaggia. Dietro ai poliziotti giaceva un cadavere.

«Ehi, Frank, Derrick.»

«Ehi, McQuire, Finley.»

«Cosa abbiamo?»

Si voltò verso il corpo. «Maschio, sulla trentina inoltrata. Direi che sembra-»

Alzai una mano. «Ci sono testimoni?»

«Non che ne sappiamo.»

«Chi ha trovato il corpo?»

«Mario Vigo; abita dall'altra parte della strada. In quel condominio bianco.» L'agente indicò una serie di tre edifici identici.

«Dov'è?»

«A prendere un caffè al Beach Café.»

«Assicurati che non se ne vada; dobbiamo parlargli.»

«Contaci.»

Ci avvicinammo al corpo. Un sottile livido rosso si estendeva sul collo. Derrick disse: «È stato strangolato.»

«Dobbiamo assicurarci che setaccino le dune e le mangrovie. Chiunque sia stato potrebbe aver gettato via ciò che ha usato.»

«Certo.»

Arricciai il dorso del guanto, mi inginocchiai e gli misi una mano sulla guancia. Era fredda e si stava irrigidendo. «La mia ipotesi è che sia successo da otto a dieci ore fa.»

«Circa a mezzanotte, quindi.»

«Ne dimostra meno di quarant'anni. Ben vestito.» Mi alzai. «Cosa ci faceva qui fuori?»

«Doveva incontrare qualcuno? Era uscito per una passeggiata?»

«Dobbiamo farci dare l'ora del decesso da Bilotti.»

Derrick si guardò alle spalle. «Sta entrando nel parcheggio. Lui e un furgone della scientifica.»

«Bene. Aiutami a sollevargli i fianchi. Voglio controllare se ha il portafoglio e il telefono.»

«Il telefono, forse, ma i ragazzi della sua età non usano il portafoglio.»

Non lo faceva apposta, ma continuava a fare commenti che mi facevano sentire vecchio. Mettendo le mani sotto, infilai le dita in entrambe le tasche posteriori. «Niente.»

«Non aveva il telefono?»

Gli palpai le tasche anteriori. «Non sembra. Ma c'è qualcosa qui.» Infilai la mano ed estrassi una sottile custodia di plastica avvolta in una banconota da cento dollari. Sfilai la banconota da cento e le due da cinquanta. Al centro c'erano una carta Amex argentata e una patente di guida.

«David Beas. Nato nel 1989.»

«Ha trentaquattro anni.»

«L'indirizzo indicato è 1910 Monte Rosso Lane, Naples.»

«È a Mediterra. Lynn ha un'amica che vive in uno di quei residence.»

Trascinando una grossa valigetta, il dottor Bilotti guidava la squadra della scientifica. «Ehi, Doc.»

«Salve, signori. Non abbiamo avuto molta tregua, eh?»

«È come se gli dèi degli omicidi sapessero che avevamo appena chiuso il nostro ultimo rapporto.»

«Gli dèi degli omicidi? Abbiamo a che fare con qualcosa di più grande di quanto immaginassi.»

«Forse non un dio, ma c'è qualcosa che sta mandando fuori di testa la gente.»

Disse Derrick: «È la cultura, o la sua mancanza.»

Disse Bilotti: «Forse. Ma questo è un discorso da rimandare a un altro giorno. Lasciatemi iniziare.»

«Ci serve l'ora del decesso, Doc.»

«Appena avremo fotografato la scena, vedrò cosa si può stimare.»

«Ancora non posso credere che abbiano lasciato andare Gianelli.»

«Tutta una questione di tagli al budget. I contabili hanno detto che, visto che eravamo comunque sulla scena, avremmo dovuto fare noi le foto.»

Disse Derrick: «È una stronzata. Dovrebbero smuoversi e venire a vedere il mondo reale, dovrebbero portarli sulle scene del crimine. Se non vomitassero, capirebbero la necessità.»

Bilotti si infilò un guanto. «Forse dovremmo farli assistere a un'autopsia.»

Disse Derrick: «Quello sì che funzionerebbe.»

Intervenni io: «Chiamatemi pazzo, ma se tutti, passati i sedici anni, dovessero assistere all'autopsia di una vittima di omicidio, scommetto che la violenza diminuirebbe.»

«E il sostegno per quello che affrontiamo aumenterebbe.»

«Basta lamentarsi, per ora. Andiamo a parlare con l'uomo che ha trovato questo poveretto.»

2
_____

MARIO VIGO AVEVA UN COLORITO LIVIDO, QUASI un'abbronzatura da malato. Con gli occhi limpidi e un fisico asciutto, Vigo era sul finire dei settant'anni. Ci presentammo e ci stringemmo la mano.

«Può dirci come ha trovato il corpo?»

«Ero fuori a fare la mia passeggiata. Che piova o ci sia il sole, non importa. Devo fare il mio numero di passi. Stavo tornando indietro quando l'ho visto. All'inizio, ho pensato che fosse solo sdraiato lì, sa. Era vestito e tutto, e ho immaginato che, sa, stesse smaltendo la sbornia.»

«A che ora è successo?»

«Intorno alle nove meno un quarto.»

«Ha visto qualcuno o qualcosa di sospetto?»

«No, niente. Era un'altra bella mattinata, e c'eravamo solo io e i soliti a goderci la giornata.»

«C'erano altre persone che passeggiavano sulla spiaggia?»

«Certo. Se l'hanno visto, probabilmente hanno pensato che stesse dormendo, come ho fatto io all'inizio.»

«Ha già visto quest'uomo?»

«Quello morto?»

«Sì.»

«No. È la prima volta.»

«Il corpo era lì quando ha iniziato la sua passeggiata?»

«Non saprei. Quando parto, vado sempre verso sud e non mi giro finché non arrivo alla Fourteenth Avenue South.»

«È una bella camminata.»

«Otto chilometri, andata e ritorno, senza contare il tragitto da e per il condominio.»

«La fa tutti i giorni?»

«Sei giorni a settimana. La domenica è il mio giorno di riposo.»

«Beato lei. Ora, quando si è avvicinato al corpo, l'ha toccato?»

«No. Era così grigio; ho capito subito che era spacciato. Ho chiamato il nove-uno-uno e ho aspettato la polizia.»

«Ha visto qualcuno avvicinarsi al corpo mentre camminava?»

«No. Come ho detto, sembrava qualcuno che stesse smaltendo una nottata.»

Prendemmo i suoi contatti e tornammo sulla scena. Dissi: «Quel tizio è in gran forma per avere più di settant'anni.»

«E la sua stretta di mano? Era una morsa.»

«Dicono che la forza della presa sia un buon indicatore della salute generale e della forza, e che le persone con una presa forte abbiano più probabilità di vivere a lungo.»

«Ha senso.»

Bilotti era chino sul corpo. «Come siamo messi, Doc?»

«Tutto bene.»

Il dottore aveva messo dei guanti di plastica sulle mani della vittima per proteggere eventuali prove.

«Novità sull'O-D-M?»

«Basandomi solo sulla temperatura corporea, la vittima è deceduta tra le undici di ieri sera e l'una di stanotte.»

La mia ipotesi sembrava corretta. «Grazie. Almeno abbiamo qualcosa da cui partire.»

———

DALLA MIA SCRIVANIA, dissi: «David Beas non ha precedenti. Risulta socio di uno studio di design chiamato Magnet Design.»

Derrick disse: «Credo di averli sentiti nominare.»

«Hanno un ufficio sulla Tenth Street. Nel quartiere del design.»

«Ci sono un paio di edifici fighi da quelle parti.»

«C'è un gran fermento nella zona. Chissà come sarà tra cinque o dieci anni.»

«Alcuni di quei centri commerciali a schiera sono così brutti. Devono buttarli giù.»

«Sono sicuro che vogliono un sacco di soldi per venderli. Non trovo niente sulla famiglia di Beas.»

«Nemmeno io. Viene dal Missouri, è tutto quello che riesco a trovare.»

«Non voglio che il nome di Beas venga divulgato finché non avremo la possibilità di avvisare la famiglia.»

«Sarebbe un modo terribile per scoprire che una persona cara è morta.»

«Vado a fare un salto al suo ufficio, cerco di sapere chi sono i parenti più prossimi. Vuoi venire?»

«No. Io controllo i social media, vedo cosa si trova in giro.»

«Bene. Se hai tempo, puoi richiedere un mandato per entrare in casa di Beas?»

«Ci penso io.»

———

LA MAGNET DESIGN occupava il secondo piano di un elegante edificio di vetro. Le finestre oscurate ne accentuavano l'aspetto moderno. La struttura accanto era dello stesso stile, ma le altre sulla strada avrebbero potuto trovarsi in una qualsiasi vecchia città americana.

Una donna dietro a un bancone della reception in acciaio inossidabile sfoggiò un sorriso. Si tolse le cuffie. «Posso aiutarla?»

«Detective Luca, ufficio dello sceriffo della contea di Collier. Chi è il responsabile qui?»

«Cindy è la direttrice dell'ufficio.»

«E i soci? Sono qui?»

«Solo Will Sanchez. David non è ancora arrivato.»

«Posso parlare con il signor Sanchez?»

Si alzò in piedi. «Attenda un attimo. Vado a dirgli che è qui.»

Diedi un'occhiata in giro. C'erano due dozzine di postazioni di lavoro, ognuna con due monitor. Una sala conferenze in vetro tra due uffici privati dominava il fondo dello spazio. Il brusio nell'ambiente stava per arrestarsi di colpo.

La receptionist disse: «Va bene, può andare. La riceverà subito.»

Will Sanchez stava picchiettando sulla tastiera. Alzò un dito e continuò a scrivere per dieci secondi. «Mi scusi.»

Sanchez si alzò, abbottonandosi la giacca sportiva. «Era un'email urgente. Cosa posso fare per lei?»

Sanchez aveva un aspetto impeccabile, da comparsata televisiva. «David Beas, quello che abita a Mediterra, è il suo socio?»

«Sì. Perché?»

«Temo di avere brutte notizie.»

«Oh no. Gli è successo qualcosa?»

«È stato trovato morto stamattina sulla spiaggia di Lowdermilk.»

Sanchez crollò sulla sedia. «Oh, mio Dio. È stato un infarto?»

«No. È stato assassinato.»

«Assassinato? Da chi?»

«Al momento non lo sappiamo.»

«Non ci credo. Non ha senso. Dave era una brava persona. Non avrebbe fatto male a una mosca. Perché qualcuno avrebbe dovuto ucciderlo?»

«Dato che eravate soci, ci servirebbe il suo aiuto per identificare la sua famiglia. Dobbiamo avvisare il parente più prossimo.»

Sanchez si accigliò. «Che io sappia, David non aveva famiglia. I suoi genitori sono morti e non aveva fratelli o sorelle.»

«Nessun parente in Missouri?»

«David ha lasciato il Missouri molto tempo fa, creandosi una nuova vita qui. Non è mai più tornato. Non riesco ancora a credere che non ci sia più. Come farò senza di lui? Era una colonna portante di questo studio.»

«Mi dispiace. Conosce qualcuno che possa essere considerato il parente più prossimo?»

«N-n-non riesco a pensare adesso. Devo metabolizzare la notizia.»

«Capisco.»

«Sarebbe dovuto essere qui. Abbiamo una riunione importante tra un'ora. Forse potrei annullarla, ma no, sono in città solo per oggi.»

«Chi direbbe che fosse il suo migliore amico?»

«Io. Voglio dire, un tempo era molto amico di Linda Peters. Forse lei conosce qualche parente lontano.»

Presi i suoi recapiti e dissi a Sanchez che ci saremmo risentiti il giorno dopo o giù di lì.

3

La zona di Twelfth Street era un miscuglio di case costruite negli anni Sessanta e Settanta e di strutture moderne troppo grandi per i lotti su cui sorgevano. Linda Peters viveva in centro, in un condominio verde. Il terreno valeva più dell'edificio.

Con i capelli raccolti in una coda di cavallo, la Peters aveva un sorriso che gridava *sbiancante per denti*. «Signora, sono il detective Luca dell'ufficio dello sceriffo della contea di Collier.»

«Qual è il problema?»

«Posso entrare? Riguarda David Beas.»

Si fece da parte. «Sta bene?»

L'interno dell'appartamento della Peters era buio, ma arredato con mobili eleganti. Una lavastoviglie stava borbottando.

«Perché non ci sediamo?»

«Certo.» Indicò un divano blu.

Mi ci sprofondai, chiedendomi se fosse di vera pelle. Lei

si sedette sul bordo di una poltrona grigia. «Cos'è successo a David?»

«Temo che sia stato assassinato la scorsa notte.»

«Cosa? È una specie di scherzo di cattivo gusto?»

«No, signora. È stato trovato morto stamattina a Lowdermilk Park.»

Si portò una mano alla bocca, mormorando: «Oh mio Dio».

«So che era in buoni rapporti con il signor Beas.»

«Sì, ma nell'ultimo anno meno, ma non riesco a crederci. Era un'anima buona, non avrebbe mai fatto del male a nessuno.»

«Vorrei sapere qualcosa sulla sua famiglia, per poterla avvisare in modo appropriato.»

Aggrottò la fronte. «Non era rimasto in contatto con nessuno del Missouri. Quando è morto suo padre, non è nemmeno tornato per il funerale.»

«Come mai?»

«Beh, diceva che era iniziato tutto quando aveva fatto coming out, poco prima che sua madre morisse.»

«Il signor Beas era gay?»

«Sì. È venuto in Florida per iniziare una nuova vita.»

«Quando è successo?»

«Credo una decina di anni fa.»

«C'è qualcuno nel suo, ehm, passato, diciamo un parente, che possiamo avvisare?»

«Ha menzionato un paio di volte una cugina, Madeline. Viveva a Kansas City, ne sono abbastanza sicura.»

«Di cognome Beas?»

«Non l'ha mai detto.»

«E per quanto riguarda altri amici del signor Beas?»

«David stava con un certo Judd Rollins. Ma è finita circa otto mesi fa.»

«Sa come posso contattare il signor Rollins?»

«Lavora da Hadinger's, il negozio di pavimenti sulla Airport Pulling.»

«Grazie. Ora, conosce qualcuno che potrebbe aver fatto questo al signor Beas?»

«No, davvero, come ho detto, era una brava persona. David era fondamentalmente un tipo riservato. Se non lavorava, stava a casa.»

«Sa se avesse qualche relazione difficile, personale o lavorativa?»

«No, ma David era piuttosto schivo.»

Mi alzai e le porsi il mio biglietto da visita. «Se Le viene in mente qualcosa, non importa se Le sembra irrilevante, per favore me lo faccia sapere.»

———

Hadinger's era dipinto di un brutto rosso-brunastro. Questo ci aveva impedito di fare acquisti lì, finché un amico non ci disse che dovevamo assolutamente andarci se cercavamo un tappeto. Mentre camminavo verso l'ingresso, mi squillò il cellulare. Era Coburn.

Non era il momento di parlare di una caccia al tesoro. Rifiutai la chiamata ed entrai nel negozio di pavimenti.

Due uomini muscolosi stavano sfogliando una pila di tappeti alta fino alla vita. Chiesi di Judd Rollins e fui indirizzato al reparto dei tappeti appesi. Un uomo con jeans blu royal e una camicia di lino li stava esaminando.

«Mi scusi, signor Rollins?»

«Sono io. Come posso esserLe utile?»

Più alto di me di qualche centimetro, Rollins indossava occhiali dalla montatura spessa, abbinati ai pantaloni. «Detective Luca, ufficio dello sceriffo della contea di Collier.»

«È riuscito a recuperare il tappeto turco? Era il più bel pezzo di seta che avessimo mai avuto.»

«Sono qui per un'altra faccenda, ma cos'è successo al tappeto?»

«Permettiamo ai clienti di portare un tappeto a casa, per vedere come sta nel loro ambiente. È raro, ma ogni paio d'anni qualcuno abusa di questa politica. Cosa La porta qui?»

«C'è un'area privata?»

«Da questa parte.» Lo seguii più in profondità nel negozio, fino a un angolo con una scrivania. «Tutto questo è molto misterioso.»

«David Beas è stato trovato assassinato stamattina.»

Il suo volto si afflosciò. «Oh no. Come? Cosa? Ne è sicuro?»

«Sì. Cosa può dirmi che possa condurci a chi ha fatto questo?»

«Io e David ci siamo lasciati mesi fa, ma eravamo rimasti in contatto. Oh Dio, non posso credere che sia successo davvero. È surreale.»

«Quando è stata l'ultima volta che gli ha parlato?»

«Ci sentivamo ogni due settimane circa. L'ultima volta abbiamo chiacchierato una decina di giorni fa. Era entusiasta di un nuovo cliente che la sua azienda aveva acquisito. Ha detto che era un affare davvero grosso e che avrebbe raddoppiato le dimensioni dell'azienda.»

«E il suo socio, Will Sanchez? Andavano d'accordo?»

«David aveva un rapporto incostante con lui. Un giorno

Will era il migliore e quello dopo non sopportava di stargli vicino.»

«Che mi dice della sua vita privata?»

Rollins ghignò: «Aveva appena concluso una relazione con Barry Schwartz. Sa, è una persona a cui dovrebbe dare un'occhiata».

«Cosa glielo fa dire?»

«Non mi è mai piaciuto e non ce lo vedevo proprio con David. È semplicemente crudele. Sa, nell'ambiente si dice che gli piaccia la dominazione».

«Durante un'aspettativa, lavorai a un caso come investigatore privato che riguardava il BDSM. È a conoscenza se qualche, uhm, interazione sia mai diventata violenta?»

«A me piace divertirmi, capisce, ma per me tutto quell'ambiente non è sano.»

Nessuno poteva essere più malsano di David Beas. «C'è un incidente specifico di cui è a conoscenza che riguardi il signor Schwartz?»

«Potrebbero essere solo pettegolezzi, e in effetti si sono lasciati. Secondo me, Barry non è altro che un bruto, ma dovrà giungere alle sue conclusioni.»

Che fosse una campagna diffamatoria o no, dovevamo fare un controllo su Schwartz. «C'è qualcuno con cui il signor Beas ha avuto un disaccordo?»

Lui mise il broncio. «Beh, aveva un vicino, Richard Chen. Vive sullo stesso piano di David. Quell'idiota è un omofobo. Una volta stavamo scendendo le scale quando Chen è arrivato da dietro e si è scagliato contro David. È caduto e si è slogato un ginocchio. È stato fortunato: per un pelo ha evitato di sbattere la testa sui gradini di cemento. Lo stronzo ha detto di essere inciampato, ma io so che l'ha fatto apposta.»

«Ha sporto denuncia?»

«Non alla polizia, ma David l'ha segnalato all'amministrazione del condominio.»

«Perché all'amministrazione del condominio?»

«Chen è in affitto e David ha raccontato loro delle molestie, sperando che lo cacciassero o che almeno non permettessero al proprietario di rinnovargli il contratto.»

4

ENTRANDO IN CASA, FUI INVESTITO DA UN ODORE TERROSO E
sulfureo. Mi diressi verso la veranda, dove Mary Ann stava
apparecchiando la tavola. «Stai preparando i cavoletti di
Bruxelles?»

«Sì. E ho preso dei tortini di granchio da Mr. Big Fish.»

Le diedi un bacio sulla guancia. «Ottimo.»

«Ho saputo dell'omicidio a Lowdermilk.»

«Già, un ragazzo giovane, socio di un'azienda di design,
strangolato in spiaggia. È un caso strano.»

«Qualche pista?»

«Stiamo seguendo un paio di filoni.»

Mi squillò il telefono. Era Coburn. Di nuovo. Rifiutai la
chiamata. «Quanto manca per cena?»

«Non ho ancora messo i tortini di granchio in forno.»

«Ok. Devo controllare una cosa.»

Mi cambiai, indossando pantaloncini e una maglietta
della Naples Vibe, e andai nello studio. Aprii il portatile,
digitai «legge "chi trova tiene" in Florida» nella barra di
ricerca e iniziai a leggere la pagina dei risultati.

Non quadrava con quello che aveva detto Mary Ann. In Florida, bisognava consegnare qualsiasi proprietà ritrovata e attendere un periodo di tempo indeterminato, per vedere se il proprietario la reclamava.

Poteva funzionare con gioielli di poco valore, ma non con il contante. Con la quantità di soldi di cui parlava Coburn, ci sarebbe stata una fila di pretendenti lunga fino al confine con la Georgia.

Non vedevo come qualcuno, a meno che non fosse assoldato da un cartello, potesse avanzare una pretesa. I soldi provenivano dalla droga. Avrebbero dovuto essere confiscati.

Appoggiandomi allo schienale della sedia, passai in rassegna le idee. Se li avessimo trovati, non avremmo dovuto dirlo a nessuno. Ci saremmo tenuti i soldi e saremmo andati ai Caraibi, o da qualche altra parte. Forse in Europa, o a Firenze, dove Jessie aveva studiato per un semestre. E Derrick? Lui e Lynn sarebbero partiti con noi?

Saremmo stati in viaggio; non sarebbe stato come nascondersi. O sì? Scossi la testa: significava scappare, il che andava contro tutto ciò in cui credevo.

Digitai «ricompensa per soldi della droga» nella barra di ricerca. La prima riga era il Programma di Ricompensa per la Lotta agli Stupefacenti del Dipartimento di Stato. Cliccandoci sopra, scorsi le informazioni. Offriva una ricompensa fino a venticinque milioni di dollari per informazioni che portassero all'arresto o alla condanna di un trafficante di droga.

Leggendo le clausole, divenne evidente che era stato concepito per invogliare gli stranieri ad aiutare gli Stati Uniti a sgominare i grandi spacciatori.

«Frank! La cena è pronta.»

Chiusi il portatile.

———

«Giorno, Derrick.»

«Ehi, Frank. Abbiamo ottenuto il mandato per l'appartamento di Beas.»

«Bene. C'è un vicino che un suo ex ritiene sia anti-gay; ha detto che dovremmo indagare. Un tipo di nome Richard Chen.»

«Ho visto dalla pagina Facebook di Beas che era gay. Farò un controllo su Chen.»

«Includi Judd Rollins e Barry Schwartz insieme a Chen.»

«Caspita, ti sei dato da fare.»

Sorrisi. «Devo tenermi stretto questo lavoro; non sembra che potremo tenere la pentola d'oro di cui parlava Coburn.»

«Che vuoi dire?»

«Mary Ann deve aver fatto confusione. Non esiste una legge del "chi trova tiene", non per quello di cui parliamo.»

Mentre sorseggiavo il caffè, si accostò alla mia scrivania. «Se li troviamo, dovremmo tenerceli e basta. Se non li troviamo e Coburn muore, nessuno lo saprà mai.»

«Ho cercato un programma di ricompense. I federali ne hanno uno, ma non per questo genere di cose.»

«Deve pur esserci qualcosa. Stiamo parlando di una quantità enorme di denaro.»

«Lo so. Forse possiamo negoziare qualcosa. Prendiamo una piccola parte e consegniamo il resto.»

«Una piccola parte? Dovremmo tenere la maggior parte.»

«Senti, diciamo che ne otteniamo venticinque milioni...

ci assicuriamo di non doverci pagare le tasse e dividiamo. Dodici e spiccioli a testa.»

Lui spalancò gli occhi. «Te lo immagini?»

«No. Non ci riesco.»

«Sarebbe fantastico. Pensi che si possa trovare un accordo?»

«Potremmo riuscirci. L'unico intoppo è che stiamo parlando dei federali. Se fosse lo Stato della Florida, penso che potremmo farcela.»

«Da dove cominciamo?»

«Non possiamo andare in giro a negoziare finché non sappiamo se questa storia è vera.»

«Vero.»

«Coburn mi ha chiamato ieri. Lo richiamo e gli chiedo una prova.»

Derrick si accigliò. «Vorrà la sua parte. Dovremmo chiederne più di venticinque; altrimenti, ci resteranno solo otto milioni a testa.»

«Ascolta quello che hai appena detto: *solo* otto milioni.»

Lui sorrise. «Lo so. È solo che...»

«Mettiamoci al lavoro su Beas.»

———

DOPO AVER PRESO LA CHIAVE, ci siamo fermati davanti al condominio di Beas. Scendendo dal SUV, Derrick disse: «Sembrano quelli di Tiburon».

«Già, persino dello stesso colore, giallo. All'epoca la WCI costruiva a più non posso e usava gli stessi disegni architettonici per un paio di complessi residenziali».

«Squadra che vince non si cambia».

«Si tratta di tagliare i costi per guadagnare di più».

L'appartamento era un ampio open space, con la luce che inondava l'ambiente da una parete di vetrate scorrevoli affacciate su un lago. Derrick disse: «Caspita, si vede proprio che questo tizio era un designer».

«Ha fatto un bel lavoro. Mi piace quella parete, sembra di pelle».

«Sì. Guarda il soffitto, ne ha tappezzato alcune parti».

«Tu perquisisci il suo studio. Io prendo la padronale».

Anche se Beas era morto, un brivido mi percorse la schiena. Un letto king-size con un'enorme testiera trapuntata dominava la stanza. Aveva un'aria elegante. I comodini avevano una finitura grigia satinata ed erano senza maniglie.

Andai dritto verso una credenza. Era piena di fotografie incorniciate. Beas da neonato, da bambino, e sei foto recenti. Nessuna traccia della famiglia.

«Ehi, Frank. Vieni qui».

«Che c'è?»

«Hai detto che lo studio di design aveva un nuovo cliente, giusto?»

«Sì. E allora?»

Mi porse un documento. «Questo era in cima a una pila di cartelle etichettate Astra Developers».

Lo esaminai rapidamente. «Questa società gli dà un giro d'affari di otto milioni all'anno e loro ci guadagnano due milioni netti?»

«Così pare, ma vedi questo?»

Indicò il fondo della pagina. «Meno duecentocinquantamila a Damien».

«Chi è Damien?»

«Potrebbe essere chiunque».

«C'è qualcosa che non quadra».

Qualcuno bussò alla porta. «Pronto? Pronto? Chi c'è lì dentro? Chiamo la polizia».

Spingendo la porta per aprirla, dissi: «La polizia siamo noi».

Un uomo sulla trentina, con gli occhiali da sole agganciati al colletto della T-shirt, disse: «Oh, pensavo che qualcuno fosse entrato o qualcosa del genere».

«E Lei sarebbe?»

«Richard Chen. Abito nel palazzo».

Non sembrava asiatico, ma al giorno d'oggi i cognomi non dicevano molto. Prima che potessi aggiungere altro, continuò: «Vi ho sentito camminare e, sa, con quello che è successo e tutto il resto... ho pensato che qualcuno stesse svaligiando l'appartamento».

Non avevamo ancora reso pubblico il nome della vittima. Come faceva Chen a sapere che era lui?

5

SIGILLAMMO LA PORTA E CE NE ANDAMMO. OSSERVAMMO LA BMW 4 di Beas mentre veniva caricata su un carro attrezzi e saltammo sul nostro SUV. Dissi: «Abbiamo bisogno di informazioni su Chen. L'hai visto come si arrampicava sugli specchi, pur sapendo che Beas era stato assassinato?»

«Il nome è trapelato.»

«Un giornalista ti chiama per dirtelo e non ti fai dare il nome? Non me la bevo.»

«Suona sospetto.»

«E il fatto che sia venuto all'appartamento? È un classico diversivo.»

«Avremmo dovuto interrogarlo.»

«No. Quando possibile, siamo noi a dettare le regole. Una volta che avremo più informazioni su di lui, allora parleremo.»

«Vorrei che avessimo trovato il telefono di Beas nell'appartamento.»

«Quand'è stata l'ultima volta che abbiamo avuto un caso facile?»

«Parole sante. Chiederò un mandato per i suoi tabulati telefonici.»

«Bene. Magari ricaveremo qualcosa dalla sua auto.»

«Ne dubito. Sembrava pulita e Bilotti crede che sia stato strangolato a Lowdermilk.»

«Un uomo può sempre sperare, no?»

Derrick rise. «Perché no?»

Mi squillò il cellulare. «Ehi, Doc, che succede?»

«Inizierò l'autopsia di Beas tra un'ora. Suppongo che intenda assistere, vero?»

«Aspetti.» Misi il telefono in muto.

«Derrick, Bilotti sta per eseguire l'autopsia su Beas. Vuoi esserci?»

«Certo, ma ci vai sempre tu.»

«Ottimo.»

«Doc, ci sarà Derrick. Io ho un paio di cose da sbrigare.»

―――――

CONSEGNAI il mandato per i tabulati telefonici di Beas e scesi di corsa le scale verso il mio ufficio. Chen era il prossimo sulla lista. Tutto ciò che avevamo era un misto di insinuazioni e la strana sensazione che Chen aveva suscitato presentandosi a casa di Beas.

Se la sua ex non avesse menzionato che Chen odiava i gay, non ci avrei pensato due volte. Scivolai dietro la mia scrivania e inserii Richard Chen nel sistema.

Un brivido mi attraversò la nuca quando apparvero due risultati. Chen era stato arrestato due volte: un'aggressione e un'omissione di soccorso.

Cliccai sull'aggressione e scorsi il fascicolo. Eccolo lì: aveva picchiato un omosessuale. Chen era venuto alle mani dopo un tamponamento con la vittima. Non aveva usato armi, ma mi si rivoltò lo stomaco quando vidi i lividi sulla vittima. Perché le accuse erano state ritirate?

Poi, l'omissione di soccorso. Nessuno era rimasto ferito. Chen aveva urtato di striscio un veicolo sulla Eighth Street e aveva abbandonato la scena. Il giorno seguente, i filmati delle telecamere avevano condotto la polizia a Chen. Che razza di guidatore era questo tizio?

O era un pazzoide, che voleva danneggiare l'auto di un gay? Aveva causato di proposito l'incidente stradale che aveva portato all'aggressione?

Una cosa del genere non si poteva inventare. La vita reale era decisamente più strana della finzione, perché nella finzione doveva avere un senso. Con un paio di digitazioni nel database dello Stato della Florida, scoprii che Chen lavorava al CVS sulla Route 41 e Vanderbilt Beach Road. Afferrai le chiavi e uscii.

———

VANDERBILT BEACH ERA a un minuto di distanza. Reprimendo il desiderio di dare una sbirciatina al Golfo del Messico, svoltai nel parcheggio del CVS.

Chiedendo di Chen, venni a sapere che era il farmacista di turno. Attraversai la corsia delle vitamine. Servivano a qualcosa tutti quegli scaffali pieni di integratori anti-invecchiamento? Se avessero potuto riportare indietro le lancette dell'orologio anche solo di due miseri anni, ci sarebbe stata la fila fino ad Ave Maria.

Chen era al telefono. Vederlo con un camice bianco era strano. Dopo aver riagganciato, Chen trasalì quando mi vide.

Dissi: «Perché non si prende una pausa?»

Sussurrò qualcosa a un collega, mettendo una prescrizione in un sacchetto.

Chen uscì da dietro il bancone e ci dirigemmo fuori, alla luce del sole. Chen disse: «Che succede? Avete preso il colpevole?»

«Mi è stato detto che David Beas non le piaceva.»

«E allora? Pensa che io c'entri qualcosa?»

«Lei ha un'avversione per i gay.»

«Questo non c'entra niente.»

«Perché l'ha spinto giù dalle scale?»

«È stato un incidente.»

«E picchiare l'autista dell'auto, che guarda caso era gay, cos'è stato?»

«Quell'idiota non sa guidare. Come abbia ottenuto la patente è un mistero per me.»

Detto da uno che aveva urtato un veicolo e se l'era data a gambe, era il colmo. «Sembra che lei abbia del rancore verso i gay.»

«Questa è una sciocchezza. Se non mi sbattono le loro cose in faccia, a me non importa cosa fanno.»

«E se gliele sbattono in faccia, lei li attacca?»

«No. Non è quello che intendevo.»

«Lei ha un'abitudine all'aggressività verso gli uomini gay; quindi mi dica: che cosa intendeva?»

«Sta fraintendendo tutto. Qualunque cosa sia successa, è solo una coincidenza.»

Era impossibile resistere all'assist. «Quella che Lei definisce una coincidenza, io la considero la prova di uno schema di crimini d'odio.»

«Non posso credere che stia dicendo una cosa del genere. Sono la persona più corretta del pianeta.»

«Dov'era la notte del primo ottobre?»

«Io? Mi sta accusando di quello che è successo a David Beas?»

«Non la sto accusando di nulla. Dov'era?»

«Era martedì, giusto?»

«Sì.»

«Sono andato al Franklin Social. Paul, un mio amico, suonava il sax in una band lì.»

«Fino a che ora è rimasto lì?»

«Non lo so, verso le dieci.»

«Dov'è stato dalle dieci fino al mattino seguente?»

«A casa.»

«È andato dritto dal Franklin Social a casa sua in Monterosso Lane?»

«Esatto.»

«Che auto guidava quella sera?»

«La mia Audi.»

Gli ingressi sorvegliati di Mediterra avevano telecamere di qualità, all'altezza di quella comunità di lusso. Se avesse mentito, l'avremmo scoperto.

Chen era uno degli uomini più sgradevoli che avessi mai incontrato. Risalendo sul SUV, mi ritrovai a sperare che fosse stato lui a uccidere Beas. In tal caso, sarebbe finito dietro le sbarre per il resto della sua vita.

Prima che uscissi dal parcheggio, mi squillò il cellulare. Era Coburn. «Signor Coburn, come sta?»

«Sono stato meglio.»

La sua parlata era impastata. «Ho saputo dell'ictus. Sembra però che si stia riprendendo bene.»

«Sto andando a pezzi, ecco cosa sto facendo. È interessato ad aiutarmi a trovare quello di cui abbiamo discusso?»

«Lo sono, ma — e non è che non mi fidi di Lei — ho

bisogno di una prova che ciò che dice su Withers sia vero prima di farmi coinvolgere.»

«Capisco. Ho prove più che sufficienti. Mi dia un giorno per arrivare alla mia cassetta di sicurezza, poi potrà venire da me. D'accordo?»

«Certo. Mi mandi un messaggio quando è pronto.»

Uscii dal parcheggio e mi diressi a nord sulla Route 41. Mediterra era a venti minuti di distanza.

6

Arrivato in ufficio di gran carriera, controllai l'ora: mancavano solo quindici minuti al mio appuntamento al poligono di tiro. Era un altro modo per scandire il tempo; ogni sei mesi dovevo rinnovare la mia qualifica di tiratore.

Chiusi a chiave nel cassetto della scrivania la chiavetta USB di Mediterra e mi diressi in bagno. Speravo ci fosse abbastanza tempo per convincere la vescica, che i medici mi avevano creato dopo che avevo perso la mia a causa di un cancro, a lasciar uscire qualche goccia. Ci mettevo sempre più tempo a liberarmi.

Seduto sul trono, passai in rassegna la lista delle cose da fare. Avevamo un paio di piste da seguire per l'omicidio di Beas. I filmati del cancello di Mediterra avrebbero scagionato Chen oppure puntato i riflettori su di lui.

Poi c'era Coburn. La sua voce era debole, ma la sua determinazione e la sua convinzione di avere qualcosa in mano mi diedero speranza. Era un modo legittimo per assicurarci il futuro finanziario, o l'equivalente di chi ignora la matematica e compra i biglietti della lotteria?

Mentre mi lavavo, mi chiesi che prove avesse Coburn. Una mappa? Una foto? Un documento? Il mio cervello rimbalzava tra le varie ipotesi mentre mi dirigevo verso il seminterrato.

———

RINFRANCATO per aver superato il test di tiro, e anche con un buon margine, feci le scale a due a due. Derrick era dietro la sua scrivania. Dissi: «Ci so ancora fare. Non sparavo così bene dai tempi dell'accademia».

«Io devo qualificarmi il mese prossimo».

«Se vuoi lezioni, faccio sconti».

«Non danno un handicap ai vecchietti come te?»

«Ah ah. Com'è andata l'autopsia?»

«Strangolamento, e Bilotti è sicuro che sia avvenuto con una corda o un cavo spesso».

«Cos'altro?»

«C'erano cellule epiteliali sotto le unghie di Beas. Le stanno mandando all'analisi del DNA. Probabilmente ha graffiato l'assassino; devono essere sue».

«Non so. Probabilmente Beas si stava artigliando il collo, nel tentativo di togliersi il cavo, o quello che era».

«Speriamo di no».

«È spuntato qualcosa nel sangue?»

«No. Una bassa concentrazione di alcol, ma ben al di sotto del limite».

«L'ora del decesso resta quella?»

«Sì, intorno a mezzanotte».

«Nient'altro?»

«Più o meno è tutto. Bilotti sta facendo un esame tossi-cologico completo. Forse ne ricaveremo qualcosa».

«Un indizio non sarebbe male».

«Che è successo con Chen?»

Dopo avergli raccontato ciò che avevo scoperto, Derrick disse: «Potrebbe essere il nostro uomo. È un omofobo violento».

Aprii il cassetto. «Forse. Chen ha detto che era a casa quando è avvenuto l'omicidio. Ho recuperato i filmati di Mediterra per l'ora in questione».

«Come si è comportato quando l'hai visto?»

«Spregevole».

Derrick sorrise. «Bella parola».

«Riesci a credere che Chen sia un farmacista?»

«Quello svitato omofobo probabilmente dà dei placebo ai gay».

Scorrendo il contenuto della chiavetta, dissi: «Fammi un favore, controlla quando ci arriveranno i tabulati telefonici di Beas».

«Lo faccio subito. È incredibile che non riusciamo a trovare il suo telefono».

«Potrebbe essere in fondo al Golfo».

«Vero. L'assassino probabilmente l'ha gettato via dopo averlo ucciso».

Mentre Derrick prendeva il telefono, trovai il marcatore temporale delle 21:30 e premetti play. Dopo cinque minuti senza che entrasse un'auto, raddoppiai la velocità di riproduzione. Alle dieci meno dieci, una Mercedes bianca attraversò il cancello dei residenti.

A Naples, la maggior parte di noi si alzava presto e andava a letto per le undici. Questo rendeva la sorveglianza notturna più facile, ma noiosa. Il cancello iniziò a sollevarsi e una Ferrari rossa sfrecciò sotto, passandoci per un pelo.

Derrick disse: «Ce li mandano entro un'ora».

Tenendo gli occhi sullo schermo, dissi: «Vediamo cosa ci dicono e magari chiederemo un mandato di geofencing per vedere quali altri telefoni c'erano in zona».

«Abbiamo abbastanza per chiederlo?»

«Non lo so finché non vedremo che aspetto hanno i tabulati. Se il suo telefono era sulla scena, o vicino, penso che ce lo concederanno».

«Probabile».

«Poi, a seconda di quanti telefoni ci sono intorno, chiederemo un mandato per identificarli».

«Ed è lì che la faccenda si complica».

«Forse. Abbi fede, fratello».

Derrick venne dietro la mia scrivania, sbirciando da sopra la mia spalla. «Niente, eh?»

«No, e sono le undici e dieci».

«Perché la gente ci mente? Non sanno che controlleremo quello che ci dicono?»

«Non rispondo a domande retoriche, amico mio. Ma Mediterra ha due ingressi, quindi prima di incriminare quel bastardo ripugnante...»

«Ti sei messo a leggere il dizionario?»

«Dopo vent'anni a dare la caccia a dei cretini, conosco ogni parola per descriverli».

Lui rise. «Puoi dirlo forte».

«Quasi dimenticavo... mentre guardo questo, vedi cosa riesci a trovare su una certa Astra Development e su un certo Damien».

«Ok, ma con lo strangolamento non sembra un omicidio legato agli affari».

«Un omicidio sulla spiaggia non è da professionisti. Ma se si tratta di soldi, tutto è possibile».

A mezzanotte, passai al filmato del cancello posteriore di

Mediterra. Si affacciava sulla Old 41. Non aveva senso che Chen usasse quell'uscita, dato che il suo appartamento era a un minuto dall'ingresso di Livingston Road.

«Questa Astra è una grossa società; ha anche una sede a Miami. Costruisce hotel e complessi residenziali. Alcuni edifici davvero notevoli.»

«Da quanto tempo esiste?»

«Dal novantadue.»

«E la proprietà?»

«A quanto pare, due fondatori. Sono fratelli. Robert ed Eugene Evans.»

Nessun movimento all'ingresso posteriore. Mandai avanti il nastro a velocità tripla e chiesi: «C'è un certo Damien?»

«Bingo. Damien Roth è un senior project manager.»

«Sembrerebbe che sia coinvolto nella scelta dei designer che usano.»

«Deve per forza. Potrebbe aver preteso una tangente per assegnare il contratto allo studio di Beas.»

Con gli occhi fissi sul video, dissi: «Sì, ma Beas l'avrebbe pagata in anticipo o in base ai lavori che avrebbe ottenuto?»

«Magari una combinazione, tipo cinquanta subito e una percentuale su ogni lavoro svolto.»

«Potrebbe essere una questione di mazzette. Se così fosse, Beas avrebbe fatto tutto da solo o ci sarebbe stato di mezzo anche Sanchez? Ma in ogni caso, non vedo che ruolo potrebbe avere in un omicidio. E tu?»

«Già, se Beas o Sanchez fossero stati contrari, avrebbero potuto semplicemente dire di no. Non ce lo vedo qualcuno che si faccia ammazzare per una cosa del genere.»

«Un concorrente che perde l'appalto si incazzerebbe, tangente o meno.»

«Dovremmo chiederlo a Sanchez.»

«Forse, ma... aspetta. Ecco Chen, sta usando l'ingresso sul retro.»

«A che ora?»

«L'una e venti del mattino.»

«Porca miseria! È dopo l'ora del decesso.»

7

Siamo saliti sul SUV e ci siamo diretti a North Naples. Derrick svoltò dalla Statale 41, entrando nel Marketplace di Pelican Bay.

Dissi: «Il CVS è in fondo, all'angolo, dalle parti di Vanderbilt».

«Capito».

Fece retromarcia in un parcheggio e ci precipitammo nella farmacia. Percorrendo la corsia dei biglietti d'auguri fino al retro dell'edificio, scrutai il bancone. Chen non era in vista.

Bussai sul plexiglas sopra il bancone. «Mi scusi. Cerchiamo Richard Chen».

Una donna con un camice blu scuro disse: «Se n'è andato. Ha detto che c'era un'emergenza familiare».

«Un'emergenza familiare?»

«Sì».

«Che tipo di emergenza?»

La donna si strinse nelle spalle.

«Ha ricevuto una telefonata a riguardo?»

«No. Forse era un messaggio».

«Ha detto di cosa si trattava?»

«No. Solo che doveva andarsene e che non sarebbe tornato per un po'».

Ci dirigemmo al parcheggio. Dissi: «Facciamo un salto a Mediterra. Magari riusciamo a prenderlo prima che scappi».

Derrick disse: «Vuoi diramare un avviso di ricerca?»

«Non abbiamo abbastanza elementi. Se è pulito, ci farebbero causa».

Derrick afferrò la cornetta. «Vedo se ci sono unità in zona. Forse riescono ad arrivare da Chen prima che sparisca».

Era un'idea che avrei dovuto avere io. «Fallo».

Derrick contattò un'unità che stava pattugliando a Vasari, un complesso residenziale dall'altra parte della strada rispetto a Mediterra. Gli disse che dovevamo controllare se Chen fosse a casa e di chiedergli di non muoversi.

Derrick accese i lampeggianti e sfrecciò lungo Vanderbilt Beach Road verso Livingston. Svoltammo a destra e, nell'avvicinarci a Immokalee Road, l'agente di pattuglia rispose via radio: «Sono alla residenza del soggetto, ma non sembra essere in casa».

Derrick chiese: «Ha suonato il campanello?»

«Sì. Nessuna risposta. Ho guardato dalla finestrella laterale; non c'è attività».

«Okay.»

«Cosa vuole che faccia?»

«Niente. Può andare. Grazie».

Riattaccò la cornetta. «Maledizione».

Dissi: «Non preoccuparti. Lo rintracceremo».

«Non mi piace essere preso per scemo».

«Questo vale anche per me. Non ha dato alcun segno di volersene scappare, altrimenti l'avrei fatto sorvegliare».

«È un serpente».

«Dobbiamo allertare il CVS. Se si fa sentire, dobbiamo saperlo».

«Dirò loro...»

«Non possiamo rovinare quest'uomo finché non sappiamo se è coinvolto. Anche se la cosa puzza, dobbiamo stare attenti».

«Ci inventeremo qualcosa».

«Nel frattempo, dobbiamo tenere d'occhio casa sua. A meno che Chen non abbia un piano dettagliato per sparire, ci sono il lavoro e la casa di cui preoccuparsi».

«È in affitto».

«Maledizione. Potrebbe dileguarsi e basta».

«Quando torniamo, controllerò i social media e vedremo se riusciamo a trovare una traccia di Chen».

«Dobbiamo ricostruire la sua cerchia di familiari e amici. Potrebbe contattare qualcuno per chiedere aiuto».

ENTRANDO in casa con la busta di Jimmy P's, Mary Ann disse: «Che succede? Hai dovuto aspettare?»

Le diedi un bacio sulla guancia. «No, è andato tutto liscio».

«Ho apparecchiato in veranda».

La seguii fuori attraverso la porta scorrevole. Mentre aprivo la busta, il mio telefono vibrò per un messaggio. Le porsi un contenitore e lei disse: «Cosa c'è che non va?»

«Niente».

«Non dirmi niente. Cos'è successo?»

«Sono andato a trovare un vicino della vittima. C'è una vecchia ruggine tra loro. Il tizio ha precedenti e ha qualcosa contro i gay».

«Okay. E allora?»

Versai il condimento sulla mia insalata. «Sembra che sia scappato».

«Lo prenderai».

«Ce l'avevo in pugno. Avrei dovuto accorgermene».

«Cosa hai contro di lui?»

«Niente di concreto, ma è uno che picchia i gay».

«Smettila di dubitare di te stesso. Hai solo prove indiziarie».

Scossi la testa. «Una volta riuscivo a prevedere queste cose. Voglio dire, questo tizio non mi piaceva per niente, è un vero idiota, ma non ho mai avuto la sensazione che fosse un assassino».

«Smettila di preoccuparti, bevi un bicchiere di vino».

Il mio telefono vibrò di nuovo. «Lasciami vedere chi è. È Coburn».

«Cosa vuole?»

«Dice di avere delle prove sui soldi scomparsi».

«Davvero? Cos'ha?»

«Non lo so. Vuole che vada da lui per mostrarmele».

«Perché non ci vai?»

«Stasera?»

«Perché no? Sono un sacco di soldi».

«Te l'immagini se ci fosse una possibilità di trovarli?»

«No, davvero non riesco a immaginarlo».

«Lascia che gli mandi un messaggio e gli dico che passo tra un'ora. Non vedo l'ora di vedere cosa ha».

8

Pochi isolati a ovest della Route 41, l'atmosfera commerciale lasciava il posto a un verdeggiante quartiere conosciuto come Old Naples. Su un lotto d'angolo, la casa di Coburn sulla Second Avenue era circondata da una vegetazione lussureggiante. La modesta via era impreziosita da un tramonto rosato.

L'aria era impregnata di salsedine. Ad aprirmi fu una donna robusta con un accento dell'Europa dell'Est. Indossava un'uniforme bianca e mi fece entrare. Era buio.

«Signor Coburn, la sua visita è qui.»

Coburn afferrò il bastone e faticò ad alzarsi da una poltrona. L'infermiera si precipitò ad aiutarlo, ma Coburn le scacciò la mano con un gesto secco. «Non sono un invalido, Valerie. Vorremmo un po' di privacy, per favore.»

«Certo, signore. Se ha bisogno di me, mi faccia sapere.»

«Chiuda la porta, per favore.»

Mi tese una mano tremante. «Piacere di vederti, Frank.»

«Come stai?»

Si lasciò cadere su una sedia accanto a un tavolo da gioco

su cui era appoggiato un laptop. «Dicono che più di così non migliorerò. Siediti.»

Presi posto. «Non è male. L'importante è esserci con la testa.»

«Senza dubbio, ma ti dirò, il primo giorno o due mi sentivo come intrappolato nel mio stesso corpo. Non potevo muovermi o parlare. Ma la mia mente andava a mille.»

«Mi dispiace.»

«Se avessi avuto una pistola, l'avrei fatta finita.»

«Beh, meno male che non l'hai fatto.»

Fece spallucce. «L'unica cosa che mi resta, adesso, è trovare i soldi.»

«Hai qualcosa da mostrarmi?»

«Volevi una prova, così sono andato alla mia cassetta di sicurezza.»

«Mi dispiace averti fatto scomodare.»

«Se non me l'avessi chiesto, mi sarei preoccupato.»

«Cos'hai?»

Coburn frugò in una tasca e sollevò una chiavetta USB rotonda. «Questa contiene un video di mio cugino, Nick, l'agente della DEA.»

«Chi ha girato il video?»

«Io. Ho usato il telefono.»

«Quando è stato girato?»

Aggrottò la fronte. «Un paio di settimane prima che morisse. Nicky aveva un cancro al pancreas e, quando glielo diagnosticarono, era troppo tardi.»

«Mi dispiace sentirlo. Quando è mancato?»

«Undici mesi fa.»

«Voleva documentarlo?»

«No, l'ho voluto io. Sapevo che avrei avuto bisogno di

una prova, altrimenti sarei stato liquidato come un vecchio con la demenza senile.»

Era facile immaginarlo. «Sono pronto a vederlo, se lo sei anche tu.»

Coburn inserì la chiavetta nel laptop. Mentre cercava il video, io avvicinai la sedia.

Con un dito sospeso sulla tastiera, disse: «Ci siamo.»

Un'immagine tremolante di un uomo con una polo bianca riempì lo schermo. Si sentì la voce di Coburn: «Okay, Nicky. Puoi iniziare.»

L'immagine si stabilizzò. L'uomo si sporse in avanti. Aveva le guance scavate e la testa cosparsa di radi ciuffi di capelli. «Mi chiamo Nicholas Ellis. Sono un agente della DEA in pensione e vivo a Bonita Springs.»

«Per tutta la mia carriera, ho lavorato presso l'ufficio di Miami. Per diciotto anni, io e Steve Withers siamo stati colleghi. Steve era un caro amico a cui la vita ha giocato un brutto tiro. Sua moglie e sua figlia rimasero uccise in un incidente d'auto, e l'unico modo in cui Steve riuscì ad affrontare la perdita fu bevendo.»

Ellis scosse la testa. «Nonostante i suoi problemi, Steve era il miglior agente con cui abbia mai lavorato. Forse erano i suoi problemi o il suo senso di vulnerabilità, ma gli spacciatori, e parlo di grossi spacciatori, si fidavano di Steve. Gli passavano informazioni, permettendoci di smantellare una dozzina di operazioni ad alto volume.»

Tossì e riprese a parlare: «Uno dei trafficanti a cui Steve si avvicinò di più fu Julio Cabrerra. Era conosciuto in strada come Fast Jersey, e gestiva un'operazione che incassava sessanta milioni al mese. Ci sono un sacco di informazioni di dominio pubblico su Cabrerra. Fece carriera in fretta. Cabrerra fu il primo trafficante a usare motoscafi ad alta velocità per spostare la droga da Key West a Miami.»

Ellis si appoggiò allo schienale. «Ma come molti spacciatori, Cabrerra voleva uscirne, e metteva da parte un milione di dollari a settimana. In contanti. Steve venne a sapere da Cabrerra che stava cercando una via d'uscita e gli parlò di un accordo. Cabrerra voleva trasferirsi in Spagna ed era disposto a fornire informazioni concrete sul suo principale concorrente, oltre che sui fornitori con cui trattava.»

Chiese Coburn: «Il tuo collega, Withers, ha raggiunto un accordo con lo spacciatore?»

«Withers ci stava lavorando. Non era ancora stato approvato dai pezzi grossi. Non era un accordo di immunità totale. Cabrerra temeva per la sua vita e voleva una nuova identità e la cittadinanza spagnola per lui e la sua famiglia.»

«Stringere un patto col diavolo non è qualcosa che l'agenzia prende alla leggera, così Withers gli disse che avevamo bisogno di qualcosa di tangibile da mostrare ai capi, e Cabrerra ci diede le informazioni necessarie per far fuori i ragazzi Aquino.»

Ellis si schiarì la gola. «Sulla base di ciò, riuscimmo a convincere il Dipartimento di Stato a dare a Cabrerra ciò che voleva. Loro misero in moto la macchina, ma Cabrerra percepì di essere in pericolo. Non sapemmo mai se ci fosse stata una fuga di notizie da parte dei federali, ma la situazione iniziò a farsi spinosa.»

«Cabrerra chiamò Withers, dicendogli che dovevano vedersi. Withers aveva il bagagliaio pieno di documenti riservati e stava andando in ufficio prima di recarsi all'aeroporto di Miami per un incontro con un informatore.

Cabrerra sembrava così disperato che Withers acconsentì a incontrarlo a Hialeah invece di andare prima in ufficio.»

«Cabrerra gli disse che sarebbe sparito immediatamente e che avrebbe avuto bisogno di aiuto per mettere in salvo la sua famiglia. Sua moglie e i suoi figli si nascondevano a Orlando, e Cabrerra voleva che il mio collega desse qualcosa a sua moglie se gli fosse successo qualcosa.»

Coburn fece una pausa e allungò la mano verso il bastone. «Devo andare in bagno.»

«Cosa diede Cabrerra al Suo collega?»

«Lo vedrà. Siamo solo a metà.»

«A metà?»

«Sì. Vedrà cos'è successo. Sembra una cosa che avrebbe potuto scrivere Grisham.»

9

Fissai l'immagine bloccata del cugino di Coburn. Quello che avevo visto finora sembrava uscito da un film. Ma questo era reale. Controllare l'agente della DEA Ellis e il trafficante Cabrerra sarebbe stato facile. Mettere da parte un milione a settimana sembrava un'esagerazione, ma un mese prima, la polizia di Miami-Dade aveva effettuato un singolo arresto, sequestrando duecentocinquanta milioni in droga e denaro.

Scorrendo la mia lista mentale di contatti, cercai qualcuno che potesse condurmi a una persona con l'autorità di negoziare un accordo. Un accordo che ci permettesse di tenere una parte del denaro, se fossimo riusciti a trovarlo.

Mi alzai e iniziai a camminare avanti e indietro. Mentre stavo per mandare un messaggio a Derrick, entrò Coburn con passo tranquillo. «Devi usare il bagno?»

In effetti sì. «No. Sto solo sgranchendo le gambe.»

Crollò su una sedia. Agganciai il suo bastone al bracciolo della sedia e mi sedetti. «Questa sì che è una storia.»

«Se fosse una serie su Netflix, direi che migliora a ogni episodio, ma... vedrai.» Aggrottò la fronte. «Pronto?»

«Sì.»

Coburn premette Invio e l'agente della DEA Ellis prese vita. «Il mio partner cercò di convincere Cabrerra a mettersi sotto protezione, ma Cabrerra non si fidava del sistema.»

Ellis sollevò un pezzo di carta. «Diede questo al mio partner, dicendo che era il posto in cui aveva nascosto i soldi, e sparì. Fu l'ultima volta che lo vedemmo.»

Mi sporsi verso lo schermo, ma Ellis posò il documento, dicendo: «Il mio partner era in ritardo per il suo appuntamento e partì per l'aeroporto.

«Steve parcheggiò l'auto ed entrò nel terminal. L'informatore gli mandò un messaggio dicendo che era in ritardo e Steve si diresse al bar. Si fece un paio di drink e mi chiamò. Era brillo. Gli dissi di lasciar perdere, ma si arrabbiò e riattaccò. Stevie a volte era così.»

Ellis scosse la testa. «Sarei dovuto andare lì subito, ma dovevo ragguagliare il commissario su un'operazione. Due ore dopo, Stevie chiamò, sconvolto. Era ubriaco e diceva di non riuscire a trovare la sua macchina. Era preoccupato per il materiale riservato che aveva con sé. Credeva che l'auto fosse stata rubata.

«Stevie continuava a dire che sarebbe stato disonorato e licenziato. Gli dissi di aspettarmi lì e saltai in macchina.»

Ellis espirò. «Arrivai al terminal e, vicino all'area ristorazione, una guardia di sicurezza aveva transennato i bagni. Mostrai il distintivo e chiesi cosa stesse succedendo. Disse che un poliziotto si era sparato. Il cuore mi sprofondò nel petto. Entrai... ed era lì. Si era sparato alla testa.

«Era morto. E io... ho solo reagito. Non volevo che la sua

reputazione venisse infangata più di quanto non lo sarebbe già stata, così gli controllai le tasche in cerca delle chiavi dell'auto per recuperare i documenti riservati. La prima cosa che trovai fu questa.» Raccolse il foglio a cui si era riferito prima.

«Me lo cacciai in tasca e trovai le chiavi. Individuai il suo veicolo, trasferii i documenti classificati nella mia auto e li portai in ufficio. Era l'unica cosa che potessi fare. Stevie non c'era più.»

Si inumidì le labbra. «Tenni da parte ciò che Cabrerra aveva dato a Stevie, pensando che Cabrerra o sua moglie si sarebbero fatti vivi. Passarono due giorni e ricevemmo una chiamata: avevano trovato Cabrerra, sua moglie e i due figli piccoli in un magazzino a Little Haiti.»

Chiuse gli occhi. «Erano stati decapitati, i loro corpi infilati in barili. Riesco ancora a vedere i bambini. Il figlio mi ricordava il bambino di Stevie prima dell'incidente.» Inspirò profondamente. «Ho pensato seriamente di mollare tutto, in quel preciso momento. Anche se mi mancavano solo cinque anni alla pensione completa.»

«Era difficile lavorare senza Stevie. Voglio dire, era un tipo impegnativo e l'alcol era un grosso problema, ma ne aveva passate tante e sarebbe stato lì per me, se le parti fossero state invertite. E non mentirò, i soldi erano un fattore. Sapevo che si sarebbe sparsa la voce che Cabrerra aveva una scorta di contanti e, infatti, ci arrivò voce che il cartello la stava cercando.

«Ho copiato le coordinate, ho bruciato il foglio che Cabrerra aveva dato a Stevie e ho mantenuto un profilo basso. Il mio piano era di aspettare dieci anni. Per cinque avrei lavorato, tenendo le orecchie aperte, e poi per altri cinque, pensavo di andare a prendere i soldi. Il mio piano era di vivere modestamente e viaggiare per l'Europa. Non mi serve molto, niente di appariscente.

«Ma mi sarei assicurato che il figlio di Stevie fosse sistemato e avrei fatto due donazioni anonime, una alla National Kidney Foundation, una manna dal cielo quando mia moglie, che riposi in pace, ebbe bisogno di un trapianto. E l'altra alla Youth Haven of Southwest Florida. Fanno un lavoro straordinario, fornendo un ambiente sicuro per bambini traumatizzati e senza tetto. Entrambe hanno bisogno di tutto l'aiuto possibile, e io avrei fatto la mia parte.»

Ellis si strinse nelle spalle. «Poi mi sono ammalato. Dal nulla, lo giuro, è come se Dio ce l'avesse con me. Non è che volessi comprarmi una casa sulla spiaggia o cose del genere. Stavo cercando di fare la cosa giusta, e cosa ci ho guadagnato? Tanto valeva prendere subito i soldi e spassarmela finché il cartello non mi avesse dato la caccia.»

Scosse la testa. «È vero quello che si dice: niente conta se non la salute. L'ho accettato, ma non voglio che i soldi vadano in fumo. Possono fare tanto bene. Non voglio controllare le cose dalla tomba, ma spero che Lei faccia qualcosa per le cause in cui credo. Ma se così non fosse, va bene lo stesso.» Prese il foglio. «Voglio solo passarle questo e togliermelo dalla mente.»

Il video finì e Coburn chiuse il portatile. «Cosa ne pensi adesso?»

«È una storia pazzesca.»

«È vera. Ho verificato, e sono sicuro che lo farai anche tu.»

«Ha mai menzionato il cartello o qualcuno che cercasse i soldi?»

«Ha detto che li hanno cercati, pensando che Cabrerra

avesse mandato i soldi alla famiglia in Colombia. A quanto pare, hanno fatto pressione su di loro, ma non hanno trovato prove che avessero il denaro. Hanno insistito, ma dopo due anni hanno perso interesse.»

«Due anni dopo che Cabrerra era stato ucciso?»

«Sì.»

Erano passati circa sette o otto anni. Scommetterei che li avevano tenuti d'occhio per più di due anni, ma dovevano aver pensato che ormai i soldi fossero persi. «Sembra che sia passato un tempo ragionevole.»

«Credo di sì. E poi, chissà quante delle persone che ne erano al corrente siano ancora vive.»

«Forse.» Il tasso di mortalità nel giro della droga era cento volte più alto di quello del settore delle coperture.

«Allora, questo risponde alle tue domande?»

«La storia mi convince. Vuoi darmi le coordinate?»

Coburn sorrise. «Bene, ma prima di consegnarti qualsiasi cosa, dobbiamo raggiungere un accordo.»

10

La TV era accesa. Mary Ann era sul divano, con l'iPad in mano. «Com'è andata?»

«Sembra che questa storia possa essere vera.»

Saltò giù dal divano. «I soldi?»

«Già.»

«Quanti?»

«Non lo sapeva di preciso, ma si trattava di una cifra superiore ai cento milioni.»

Saltellò sulle punte dei piedi. «Oh mio Dio. Non riesco neanche a immaginare quanti siano.»

«Nemmeno io. È molto più di una somma che ti cambia la vita.»

«Visto? Se ti comporti bene, le cose buone ti accadono.»

Quella storia del karma si scontrava violentemente con la mia esperienza, avendo visto persone sante venire ammazzate per venti dollari. «Se... li troviamo, ne avremo solo una fetta.»

«Quanto vuole pagare per trovarli?»

«Dobbiamo ancora metterci d'accordo.»

«Sai, con così tanti soldi in gioco, qualcuno deve pur stare cercandoli.»

Era un timore comune. «Sono nascosti da molto tempo. Quasi dieci anni.»

«Farai meglio a stare attento; potrebbe essere pericoloso.»

Non c'era tempo per fornire dettagli su ciò che era successo alla famiglia Cabrerra. «Non preoccuparti, ho un sacco di lavoro da fare prima di pensare a cercarli.»

Mise il broncio. «Vuoi dire che non posso ancora spenderli?»

«Continua a sognare.»

Tirai fuori il cellulare e composi il numero di Derrick. Prima di avviare la chiamata, la annullai. Per quanto volessi discuterne con qualcuno, dovevo prima pensarci bene da solo.

Anche se era passato un bel po' di tempo, era comunque rischioso. Il tipo di gente coinvolta ti taglierebbe la gola per mille dollari. Non sapevano dove fossero i soldi, altrimenti li avrebbero già presi. O forse no?

Ellis l'aveva detto a qualcun altro? Se avesse tenuto stretta l'informazione per un decennio, avrebbe sfidato la natura umana. Condividere un segreto era un gene che accomunava chiunque su questo pianeta. Era davvero possibile che Coburn fosse l'unica persona a cui l'avesse detto?

E Coburn... era difficile credere che io fossi l'unica persona che avesse contattato. Se non fosse stato per il matrimonio, mi avrebbe cercato?

Composi un numero. «Ehi, Doc. Hai un minuto?»

«Certo, Frank. Che ti passa per la testa?»

«Il tuo amico Coburn.»

«Che ha fatto?»

«Quando ha iniziato a chiedere di me?»

«C'è qualcosa che non va?»

«No. Non posso parlartene adesso. È un'ipotesi remota, ma mi conosci, devo andare a fondo di ogni cosa.»

«È per questo che sei un bravo detective.»

«Grazie.»

«Riguardo a quando, non ricordo di preciso, ma quando noi ragazzi ci vediamo, finiamo inevitabilmente per parlare di lavoro. Sono sempre interessati ai crimini di cui ci occupiamo e io ho sempre raccontato come dai la caccia agli assassini e che brava persona sei.»

«Mi fai arrossire, Doc.»

Lui rise. «È la verità. Hai ottimi valori e una solida bussola morale.»

«Grazie. Ma dammi un'idea di quanto tempo fa.»

«Probabilmente ti ho menzionato a Coburn, non direttamente ma nel corso di una conversazione, anni fa. Hai scovato gli assassini in ogni omicidio su cui ho eseguito l'autopsia. Gli ho detto che sei un pitbull e che la tua determinazione è incrollabile.»

«Vuoi fondare il mio fan club?»

«È vero. Non ti distrai mai.»

Nasconderlo mi veniva naturale. «È il mio lavoro, ma credimi, non sono Superman. Devo andare, Doc. Mary Ann mi sta chiamando.»

———

«BUONGIORNO, DERRICK.» Sorseggiai l'ultimo goccio di caffè, lo buttai nel cestino e presi quello che mi aveva portato lui.

«Ehi, Frank. Ho appena ricevuto i tabulati telefonici. Non indovinerai mai con chi ha parlato Beas quella notte.»

Anche se era presto per i giochetti, dissi: «Chi?»

«Prova a indovinare.»

Se fossimo andati a caccia dei soldi scomparsi, per lui sarebbe stato il paradiso. «Topolino?»

Alzò gli occhi al cielo. «Barry Schwartz e Will Sanchez.»

«La chiamata a Sanchez è probabilmente per motivi di lavoro, ma Schwartz è interessante. Dobbiamo vederlo comunque.»

«Già, e possiamo mappare gli spostamenti di Beas dalle celle telefoniche. L'ultimo segnale è vicino a Lowdermilk. Chiunque l'abbia ucciso probabilmente ha gettato il suo telefono nel Golfo del Messico.»

«Già. Abbiamo qualcosa su Schwartz?»

«Due segnalazioni per rissa, ma nessun arresto.»

«È un tipo aggressivo. Dove lavora?»

«Da Steinway.»

«Quelli dei pianoforti?»

«Sì.»

Mi venne in mente una corda di pianoforte avvolta attorno al collo di Beas. Mi alzai. «Andiamo a parlargli subito.»

———

FACEMMO un'inversione a U da Trader Joe's e, tre isolati dopo, svoltammo a destra sulla 104ª Strada. Derrick disse: «La Steinway prima era a Bonita, no?»

«Sì, si sono trasferiti un po' di tempo fa»

Scendemmo dall'auto e Derrick disse: «Non posso credere che riescano a fare soldi vendendo pianoforti»

«Aspetta di vedere i prezzi. Quando Jessie aveva circa nove anni, prese qualche lezione e pensammo di comprarne uno, ma era decisamente fuori dalla nostra portata. Le prendemmo una tastiera economica per vedere se avrebbe continuato, ma la fase del pianoforte durò meno di un anno»

Spingendo la porta d'ingresso, disse: «Guarda questo. Wow, è magnifico»

Non capivo se lo scintillante strumento bianco fosse un pianoforte a coda o una mezza coda. «Lo è di sicuro. Scommetto che costa più di diecimila»

Derrick si diresse dritto verso il pianoforte e sollevò il cartellino del prezzo. «Ma dai. Ottantamila? Per un pianoforte? Mi prendi in giro?»

Stavo per dirgli di non toccarlo, quando Schwartz si avvicinò con fare disinvolto. Nonostante fosse massiccio come un blocco di granito, si muoveva come un ballerino. Il suo pizzetto ben curato non c'era nella foto della patente. «Signori. Questo Modello A è uno dei miei preferiti. Offre il suono di un pianoforte gran coda in uno strumento di medie dimensioni»

Medie dimensioni? Avrebbe occupato un quarto del nostro salotto. «È bellissimo»

Il viso di Schwartz era butterato di cicatrici da acne. «Chi di voi suona?»

«Nessuno dei due»

Scivolò sulla panca del pianoforte. «È un regalo?»

Era difficile credere che quella musica classica provenisse da un uomo tanto muscoloso. Si voltò. «Non ne amate anche voi il suono così ricco?»

Mentre Derrick diceva: «È bellissimo», io tirai fuori il distintivo.

«Di cosa si tratta?»

«David Beas. Vogliamo parlarne fuori?»

«Non ce n'è bisogno. Non abbiamo molto viavai la mattina»

«Ci risulta che lei e il signor Beas avevano una relazione»

«È finita mesi fa»

«Abbiamo saputo che non è stata una rottura amichevole»

«Quale rottura lo è?»

«Perché è finita?»

«Non c'è mai una sola ragione, no?»

Aveva ragione. «Me ne dia un paio»

«Lui era monogamo, io non ci credo. La vita è troppo breve»

«Le piacciono i rapporti sessuali violenti?»

«Tutti abbiamo i nostri feticci»

«Abbiamo sentito che le piace mettere il collare ai suoi, ehm, partner»

Lui sorrise. «Ragazzi, siete appassionati di BDSM?»

«No. Lei ha precedenti per violenza»

«Non la definirei violenza. È tutto per gioco»

«Incluse le risse? Siamo dovuti intervenire per due risse in cui era coinvolto al Bambusa Bar and Grill»

«Alcune delle drag queen che frequentano quel posto sono delle attaccabrighe»

«Dov'era la notte del primo ottobre, tra le nove di sera e l'una del mattino seguente?»

«A casa»

«C'era qualcuno con lei?»

«No»

«Lei ha chiamato il signor Beas quella sera, il primo

ottobre alle sette e quarantacinque. Qual era lo scopo della chiamata?»

«Cercavo compagnia. Disse che era impegnato e tutto qui»

«Siete stati al telefono per undici minuti. Di cosa avete parlato?»

«Solo per sapere come stava, tutto qui»

«Okay. Grazie per il suo tempo»

«Piacere mio»

«Devo dire che questo è un bel negozio. Come vanno gli affari in questa sede?»

«Bene. C'è un sacco di soldi in questa città. Metà di chi compra un pianoforte a coda in realtà cerca un mobile d'effetto, e noi abbiamo uno showroom pieno. L'altra metà compra per i nipoti»

«Lo credo bene. Fate anche riparazioni, sa, se qualcuno rompe una corda o qualcos'altro in questi pianoforti?»

«Sì, offriamo un servizio completo di assistenza, riparazioni e ricambi. Io ho iniziato con le riparazioni e sono passato alle vendite meno di un anno fa»

Che l'arma del delitto fosse una corda di pianoforte?

11

UNA VOLTA IN MACCHINA, DISSE DERRICK, «PRESUNTUOSO È dir poco.»

Era la parola giusta. «Mi stavo chiedendo se, poniamo, una delle corde spesse di un pianoforte...»

«Come quelle dell'ottava più bassa.»

«Suonavi?»

«No. Suonavo la chitarra anni fa; le corde più spesse producevano suoni più corposi e scuri.»

«Forte. Dobbiamo verificare a che tipo di corde ha accesso Schwartz. Bilotti potrebbe dirci se potrebbero essere state l'arma del delitto.»

«Pensi che Schwartz sia così stupido?»

«No. È scaltro, ma tutti commettono errori. Se è stato lui e ha usato una corda di pianoforte, c'è stata premeditazione.»

«Vero, ma se la faccenda del sesso di dominazione gli fosse sfuggita di mano, sarebbe successo a casa sua.»

«Ma forse Schwartz soffre dell'Alzheimer russo.»

«E che diavolo è?»

«L'unica cosa di cui si ricorda sono i rancori.»

Mi diede un pugno sulla spalla. «Molto divertente.»

«A me sembrava di sì. L'ho sentito dire da un comico in un qualche late show.»

«Un vecchio come te sta in piedi fino a tardi a guardare la TV?»

«Mai. Guardo le clip su YouTube.»

«C'è di tutto su YouTube.»

«Già. Tornando a Schwartz, potrebbe essere un tipo rancoroso che ha fatto fuori Beas. È un'ipotesi un po' tirata per i capelli, ma è un ex fidanzato con un passato di violenza e dedito al BDSM.»

«Potrebbe essere una cosa passionale. Quando torniamo, controllerò i social e scaverò un po'. Vediamo cosa riesco a scoprire su di lui.»

«Okay. Voglio vedere di che si tratta questa nuova faccenda d'affari con la Astra Development. Farò un salto dopo averti lasciato.»

«D'accordo.»

«Ehi, sono andato a trovare Coburn ieri sera e questa storia dei soldi nascosti sembra vera.»

«Porca miseria. Davvero?»

Gli parlai del video.

«Non ci posso credere. Quanti ha detto che ce n'erano?»

«Non ne è sicuro, ma potrebbero essere cento milioni.»

«Ma va'.»

«È quello che ha detto.»

«Amico, è una bella cifra da nascondere. Ci vorrebbe un sacco di spazio...»

«Ho controllato; se fossero in banconote da cento, peserebbero poco più di novecento chili.»

«E quanto spazio occuperebbero?»

«Una normale valigetta. Te le ricordi, no?»

Rise. «Non proprio.»

«Beh, una di quelle contiene circa un milione. Quindi, se fosse vero, avremmo a che fare con un centinaio di valigette.»

«Probabilmente hanno usato valigie d'acciaio. Le fanno impermeabili.»

«Fossi stato al loro posto, le avrei sigillate tre volte.»

«Riesci a immaginare avere tutti quei soldi ed essere costretto a nasconderli?»

«Stiamo parlando di narcotrafficanti; i contanti sono un grosso problema per loro.»

«Quello e restare vivi. Quindi, qual è il prossimo passo?»

«Trovare un accordo su come dividere i soldi, se li troviamo.»

«Dovremmo ottenere almeno la metà.»

«Non essere avido...»

«Non lo sono. Ha bisogno di noi per trovarli. In questo momento, non ha niente.»

«E nemmeno noi. È più complicato di quanto sembri. Ho detto a Coburn che non l'avrei fatto senza prima trovare un accordo con il governo...»

Il mio telefono squillò mentre Derrick diceva: «Non dobbiamo farlo; ci fregheranno. Dovremmo tenerceli tutti e fare finta di niente, stare zitti e buoni.»

Risposi: «Detective Luca.»

«Salve, sono Mario Vigo, quello che ha trovato il corpo a Lowdermilk.»

«Salve, signor Vigo. Cosa posso fare per lei?»

«Beh, mi aveva detto di farle sapere se mi fosse venuto in mente qualcosa.»

«Certo, di cosa si tratta?»

«Vede, vado a fare la mia passeggiata ogni giorno, e quasi tutti lasciano le scarpe vicino alla passerella, sa, per non riempirle di sabbia.»

«Okay.»

«C'è un paio di scarpe da ginnastica lì dal giorno in cui ho trovato quel corpo. Sono rimaste nello stesso identico punto. So che il morto aveva le scarpe addosso, ma forse sono dell'assassino.»

«Sono scarpe da uomo?»

«Sì, di tela. Non so la marca, ma non sono Converse.»

«Le ha toccate?»

«No. Perché avrei dovuto?»

Aveva piovuto per due notti di seguito. «Sono di tela o di pelle?»

«Decisamente di tessuto.»

«Può incontrarmi lì?»

«Certo. Sono proprio dall'altra parte della strada.»

«Grazie. Se non è troppo disturbo, può andare lì adesso e tenerle d'occhio finché non arriviamo?»

«Parto subito.»

Riattaccai. «Era il tizio che ha trovato il corpo. Dice che un paio di scarpe da ginnastica sono vicino alla passerella da quando è successo.»

«Forse le ha lasciate l'assassino?»

«Potrebbe essere, ma sarebbe piuttosto trascurato per uno che non ha lasciato indizi.»

«Come hai detto tu, tutti commettono errori.»

«Non ti lasci le scarpe indietro a meno che non sia dovuto scappare in fretta.»

«Sicuro. Strangola Beas, poi getta il suo telefono. Forse ha visto qualcuno quando si è avvicinato all'acqua.»

«Può essere. Ti lascio in ufficio, poi passo a prendere le scarpe. Forse la scientifica può ricavarci qualcosa.»

«Ha piovuto a dirotto le ultime due notti.»

«Lo so, ma se sono collegate all'omicidio, avremo almeno il numero di scarpa e chissà cos'altro.»

12

Dopo aver lasciato le sneakers al laboratorio, mi diressi all'Astra Development. Essendo nuovi clienti dello studio di Beas, non ero sicuro di quali informazioni avessero su di lui.

Il denaro era il movente principale nella maggior parte degli omicidi. Forse dipendeva dall'accordo che stavo cercando di stringere con Coburn, ma ero interessato al quarto di milione di dollari destinato a Damien. Forse c'era una lezione da imparare.

L'Astra si trovava in un'area industriale, a cavallo tra Livingston e Airport Pulling. Mentre stavo per svoltare su Progress Avenue, mi squillò il telefono.

«Detective Luca.»

«Ehm, signore, ehm, detective Luca. Sono Marjorie del CVS.»

«Salve. È per Richard Chen?»

«Sì, ho appena saputo che ha chiamato stamattina. Viene a fare il turno di sera.»

«Quando comincia?»

«Tra quindici minuti.»

«Okay. Mi faccia un favore e non gli parli di questa telefonata.»

«Certo. Sta bene?»

«Sì. Non si preoccupi, dobbiamo solo parlargli di uno dei suoi vicini.»

Feci un'inversione a U e mi diressi verso North Naples.

Superato il CVS, parcheggiai vicino al Publix e mi diressi verso la farmacia. Mi infilai nel negozio e percorsi la corsia dei cosmetici. Chen era dietro il plexiglas, a parlare con un collega. Non poteva scappare.

Andai dritto al bancone. Chen si accigliò quando mi vide. Lo indicai e puntai il pollice verso l'ingresso. Chen aggirò il bancone e mi seguì fuori.

«Dov'è stato?»

«Sono andato a trovare mia sorella a Jacksonville. Ha avuto un brutto incidente d'auto.»

«Sta bene?»

«Si è rotta entrambe le gambe e ha una commozione cerebrale.»

«Mi dispiace per lei, ma mi sentirei molto meglio se sapessi che non sta mentendo.»

«Mentire? Perché dovrei mentire sul suo incidente?»

«Forse per lo stesso motivo per cui ha mentito sul fatto di essere tornato a casa la notte del primo ottobre.»

Tirò fuori il telefono. «Guardi qui. Vede il messaggio di mio nipote? Cosa dice?»

Sembrava autentico. «Okay, ma che mi dice del fatto che era a casa verso le dieci quella sera, dopo essere stato al Franklin Social?»

«Sono andato al club. Può controllare. C'erano trenta, quaranta persone.»

«Mi interessa il dopo. Dopo le dieci di quella sera.»

«Sono andato a casa.»

«Con la sua Audi?»

«Sì.»

«Vola, per caso?»

«Cosa?»

«Le telecamere di Mediterra non registrano il suo ingresso da nessuno dei due cancelli.»

Abbassò la voce. «Senta, ero con una donna. Non ho detto niente perché è la moglie del mio capo.»

Chen aveva infranto la regola di non fare mai i propri bisogni nel giardino di casa. «A che ora?»

«Ci siamo visti verso le dieci e mezza.»

«Per quanto tempo siete stati insieme?»

«Fino all'una, o poco più tardi.»

«Come si chiama questa donna?»

«La prego, deve proprio parlarle?»

«Sì. Saremo discreti.»

«Potrei perdere il lavoro.»

Avrebbe dovuto pensarci prima. «Mi dia i suoi contatti.»

«Si chiama Jenny. Jenny Morrow. Posso chiamarla prima io, per avvisarla che vuole parlarle?»

«No. Lavora?»

«Sì. Lavora in quel negozio di impianti audio, Epic Sound, all'incrocio tra Pine Ridge e la 41.»

«È al lavoro adesso?»

«No, lei e il mio capo sono andati a Sanibel per un paio di giorni.»

«Quando torna?»

«Dopodomani.»

«Se scopro, e lo scoprirò, che ha chiamato la signora Morrow, la arresterò per ostruzione alla giustizia.»

«Non lo farò. Non si preoccupi.»

Presi i dati di contatto di Jenny Morrow e me ne andai.

―――――

UNA RECINZIONE A RETE metallica circondava la proprietà che ospitava l'Astra Development. Il posto non aveva nulla di particolare. Era un gradino sotto il basso profilo. Nessuna delle auto nel parcheggio si addiceva alla gente di lusso associata a Naples.

Suonai il campanello e mostrai il distintivo contro la porta a vetri. Si sentì un ronzio prima che la porta si sbloccasse. Un ragazzo sulla ventina in jeans e polo mi accolse.

«Come posso aiutarla, signore?»

«Vorrei parlare con uno dei fratelli Evans.»

«Gene è qui. Glielo chiamo subito.»

Si avvicinò un uomo alto, con capelli color sabbia e occhiali. «Salve, sono Eugene Evans. C'è qualche problema, signore?»

«Sono il detective Luca. Sto indagando sull'omicidio di David Beas.»

Evans si accigliò. «Siamo rimasti tutti scioccati. Aveva un sacco di buone idee e non vedevamo l'ora di lavorare con lui.»

«Da quanto tempo lo conosceva?»

«Da una decina d'anni. L'ambiente dell'edilizia non è così grande, anche se di sicuro si è espanso. Anni fa non ci rivolgevamo nemmeno ai designer. Voglio dire, avevamo degli arredatori, ma non dei designer. Poi hanno fatto il salto di qualità. David si faceva vivo con una proposta ogni sei mesi circa. Ma avevamo un rapporto di lunga data con lo studio a cui si affidavano i nostri architetti.»

«Perché avete cambiato?»

«Il nostro project manager, Damien Roth, ha detto che era ora di cambiare e io e mio fratello eravamo d'accordo. Sa, di questi tempi sul nostro mercato ci sono molti operatori regionali e persino nazionali. È una scelta più costosa, ma speriamo di mantenere i nostri margini puntando a una fascia un po' più alta.»

«Avete firmato un grosso contratto con la Magnet Design.»

«Si tratta di una somma considerevole e, come ho detto, contiamo di recuperare, ehm, l'investimento migliorando il nostro profilo per partecipare a progetti per i quali non venivamo presi in considerazione.»

«Cosa può dirmi di Will Sanchez?»

«Pensa che... No, non può essere...»

«È solo per avere un quadro generale e, dato che era il socio del signor Beas, dobbiamo verificare se la cosa sia legata all'attività che possedevano.»

«Oh. Will è un bravo ragazzo, un gran lavoratore e tenace. Credo che in realtà fosse lui la parte operativa della Magnet. David era più la forza creativa, mentre Will era quello dei numeri e mandava avanti la baracca.»

«Andavano d'accordo?»

Fece una smorfia. «Guardi, se Bobby non fosse mio fratello, probabilmente ci saremmo separati anni fa.»

«Sta dicendo che Sanchez e Beas non andavano d'accordo?»

«Sono persone completamente diverse. Lavorare con i creativi può essere duro per chiunque.»

«In che senso?»

Evans sorrise. «Will mi ha detto un paio di volte che

doveva tenere David con i piedi per terra, altrimenti avrebbe placcato d'oro i water.»

«Posso immaginarlo.»

«La cosa frustrava Will. Stava persino pensando di separarsi da David.»

«Davvero?»

«Sì, mi ha chiesto se, nel caso in cui lui e David avessero preso strade diverse, saremmo rimasti con la Magnet.»

«Cosa gli ha risposto?»

«Che avevamo un contratto con la Magnet e che lo avremmo onorato. Gli ho chiarito, però, che avrebbe dovuto assicurarsi che il lato creativo fosse gestito a dovere.»

«Quando è successo?»

«Circa un mese fa. La cosa mi aveva un po' preoccupato, perché era passato poco tempo da quando avevamo firmato con loro.»

13

Il sole si nascose dietro una nuvola mentre attraversavo il parcheggio dell'ufficio. Salii in macchina e accesi l'aria condizionata. Facendo un respiro profondo, chiamai l'ufficio dell'FBI di Fort Myers. «Vorrei parlare con l'agente Haines.»

«Chi devo annunciare?»

«Frank Luca.»

«Un attimo, signore.»

«Frank, come sta?»

«Bene, e Lei?»

«Tutto bene. Come sta Mary Ann?»

«Sta bene.»

«E la sua sclerosi multipla?»

«Va abbastanza bene. Si riacutizza di tanto in tanto, ma siamo fortunati.»

«Felice di sentirlo. Cosa succede?»

«So che ha lavorato a Washington e ha avuto a che fare con il Dipartimento di Stato.»

«Sono fuggito da quell'inferno dopo dieci anni. Di cosa ha bisogno?»

«Se non Le dispiace, non posso condividere nulla per il momento, ma sto cercando un contatto al Dipartimento di Stato. Qualcuno che sia esperto dei programmi per assicurare i narcotrafficanti alla giustizia.»

«Sembra pericoloso, Frank. È sicuro di non volermi dire di più?»

«Non ancora, ma volevo parlare con qualcuno, per vedere se c'è qualcosa di vero in ciò che mi ha detto l'amico di un amico.»

«Capisco. C'è una donna, Carla Jefferson, con cui ho lavorato; potrebbe essere in grado di indirizzarLa nella direzione giusta. Può fare il mio nome, ma devo avvertirLa, non è la persona più amichevole del mondo.»

«Va benissimo. La ringrazio.»

«Questo è il Suo numero diretto. È pronto?»

Lo annotai e riattaccai.

Mentre fissavo il contatto, il cellulare squillò. Era Derrick. «Non hanno ricavato molto dal paio di scarpe da ginnastica lasciate a Lowdermilk. Hanno detto che sono un paio di Allbirds costose, numero dieci.»

«Nessuna idea su dove le vendano?»

«Ho controllato online; si possono comprare ovunque.»

«Me lo immaginavo. Dobbiamo scoprire che numero di scarpe portano Chen e Schwartz.»

«Dovremo essere creativi.»

«Nessun problema. Ascolta, torno subito.»

Digitai il numero che mi aveva dato Haines. Squillò cinque volte: «Carla Jefferson.»

«Salve, signora Jefferson. Mi chiamo Frank Luca.»

«È signora Jefferson.»

«Mi scusi, signora. Il signor Haines, dell'FBI, ha detto che Lei sarebbe stata un buon punto di partenza riguardo a una ricompensa per informazioni su una questione di droga. Con chi mi consiglia di parlare?»

«Questione? Se si aspetta un aiuto, ho bisogno di dettagli.»

«Un mio contatto crede di aver localizzato un'ingente somma di denaro proveniente dal narcotraffico.»

«E dove si troverebbe?»

«A sud di Atlanta.»

«La questione è sotto la giurisdizione della DEA.»

«Non hanno un programma per ricompensare chi trova il denaro.»

«Il nostro programma è concepito per assicurare alla giustizia i trafficanti stranieri. Non possiamo aiutarLa.»

«Stiamo parlando di un paio di centinaia di milioni di dollari.»

Fece una pausa. «Mi dia le Sue informazioni. Vedrò se c'è qualche interesse.»

Dopo averle dato il mio numero, rientrai. Derrick stava tamburellando sulla tastiera. Chiusi la porta.

«Che si dice?»

«Ho contattato il Dipartimento di Stato riguardo al loro programma di ricompense.»

«Che hanno detto?»

«Non credo che funzionerà.»

«Perché no?»

«Hanno detto che serve per incastrare i trafficanti.»

«Gli hai detto di che cifra stiamo parlando?»

«Sì, ma un paio di centinaia di milioni sono una goccia nel mare. I federali spendono ottocento milioni ogni ora.»

«Così tanto?»

«Già.»

«Assurdo, da non credere. Che facciamo?»

«Vediamo se mi richiamano, ma nel frattempo comincia a pensare a delle alternative.»

«Contatterò un po' di gente che conoscevo a Baltimora. Forse possono aiutarci.»

«Non dare troppe informazioni.»

«Tanto non so quasi niente. Non mi hai mai dato le coordinate.»

«Non ce le ho. Coburn le tiene per sé finché non raggiungiamo un accordo.»

Era in parte vero. Lui voleva che le prendessi, ma io non volevo alcun legame finché non si fosse delineata una strada chiara.

«Pensavo le avessi viste.»

«Me le ha mostrate al volo, ma non le ho memorizzate.»

«Ah.»

«Abbiamo tempo. Potrebbe esserci una svolta a nostro favore. Nel frattempo, becchiamo il bastardo che ha ucciso Beas. Credo che dobbiamo vedere cosa possiamo ricavare dai tabulati telefonici.»

«Vuoi chiedere un mandato di geofencing?»

«Sì, proviamo a ottenere i dati dal Sensorvault di Google. Se concentriamo l'area target su Lowdermilk, un giudice probabilmente lo concederà, e conosceremo tutti i telefoni presenti in zona in quel momento.»

«Preparo la richiesta. Circoscriviamo l'area attorno al corpo, diciamo un centinaio di metri?»

«Perfetto.»

«Prova con duecento metri. Il colpevole potrebbe aver lasciato il telefono in auto, parcheggiata in strada.»

«Okay.»

«E non centrare il cerchio, altrimenti ci becchiamo la spiaggia e l'acqua. Usa la posizione del corpo come limite inferiore del cerchio.»

«Me ne occupo subito.»

«Grazie. Vado da Will Sanchez.»

————

SANCHEZ STAVA PARLANDO con la donna che mi aveva accolto la prima volta. Si bloccò quando mi vide, sfoderò un sorriso e alzò un dito.

In pantaloni grigio antracite e una camicia bianco sporco inamidata, Sanchez si avvicinò. «Detective Luca. Ha trovato il responsabile?»

«Non ancora. Ha qualche minuto?»

«Certo.» Lo seguii in una sala riunioni dalle pareti di vetro. Lui si sedette a capotavola di un tavolo con il piano in pietra e io presi una sedia di fronte a lui.»

«Mi risulta che stesse valutando di sciogliere la società con il signor Beas.»

«Per avere successo, bisogna tenersi aperte tutte le porte.»

«C'era una ragione particolare che l'ha spinta a considerarlo?»

«David era un buon designer, ma i migliori non ripiegano sempre sulle opzioni più costose. Perdevamo troppe gare d'appalto a causa dei prezzi.»

«Ma è stato fondamentale per ottenere il contratto con l'Astra Development.»

«È stato un lavoro di squadra.»

«Mi dicono che il contratto con l'Astra è molto redditizio.»

«Non più di qualsiasi altro lavoro che facciamo.»

«Ma è molto più grande.»

«È considerevole, ma non vedo cosa c'entri con la morte di David.»

«Dobbiamo esplorare ogni possibile movente.»

«Beh, non è legato alla Magnet Design.»

«Chi è Damien Roth?»

Lui batté le palpebre. «Damien è un project manager dell'Astra.»

«È stato influente nel farvi ottenere il contratto.»

«A Damien piace il nostro lavoro, ma non direi che sia stato influente. Quando gli è stato chiesto, ci ha raccomandati ai fratelli Evans.»

«Ha avuto tempo di pensare a chi potrebbe aver ucciso il signor Beas. C'è qualcuno su cui dovremmo indagare?»

«Nessuno in particolare, ma dev'essere qualcuno della sua vita privata. Sembrava che corresse dei rischi con alcuni dei siti di incontri che usava. Un paio di volte mi ha parlato dei pazzi che aveva incontrato.»

«Qualche sito in particolare?»

«Non gliel'ho mai chiesto. Può controllare il suo telefono. Sono sicuro che le app siano lì.»

Lo ringraziai e me ne andai. I social media erano il campo di Derrick; avrebbe controllato le app mentre noi facevamo il punto della situazione con Chen e Schwartz. Io avrei approfondito la pista Sanchez. L'incoerenza tra quello che diceva Sanchez sullo sciogliere la società con Beas e il suo commento sul fatto che si sarebbe sentito perso senza di lui quando l'avevo informato della sua morte, non quadrava.

Era il motivo per cui non avevo ancora parlato del pagamento di duecentocinquantamila dollari a Damien Roth.

Se fossimo arrivati a un vicolo cieco con Schwartz e Chen, avremmo parlato con un altro paio di impiegati per farci un'idea dell'azienda e del rapporto tra Sanchez e Beas.

14

Feci irruzione in ufficio. Derrick disse: «Il giudice ha firmato il mandato per il geofencing. L'ho mandato a Google».

«Fantastico. Spero che si diano una mossa.»

«Di solito ci mettono un po' per farlo controllare dai loro avvocati.»

«Uff, gli avvocati. Governano il mondo. Quasi ogni politico è un avvocato.»

«Ecco perché a Washington non si conclude mai niente.»

Il cellulare vibrò. «È disgustoso. Non farmi iniziare.» Lo tirai fuori dalla tasca. Prefisso 202. Washington, D.C.

Alzandomi dalla sedia, risposi: «Pronto».

«Parlo con Frank Luca?»

Chiusi con un gesto secco la porta dell'ufficio. «Sì. Chi parla?»

«Attenda in linea per il signor Davis.»

«Chi?»

«Byron Davis. Il vicesegretario di Stato per la lotta internazionale al narcotraffico.»

«Certo.» Feci un cenno a Derrick e alzai un pollice in su.

«Sono Byron Davis.»

«Salve, grazie per aver chiamato.»

«Mi risulta che sia interessato a un accesso non convenzionale al nostro programma di ricompense.»

«Sì, signore. Più di dieci anni fa, una grossa somma di denaro è stata nascosta da uno spacciatore di un cartello, che poi è stato ucciso.»

«Quale cartello?»

Rivelarlo avrebbe potuto metterci in pericolo. «Un cartello del Mediterraneo che opera da Marsiglia.»

«Marsiglia? Dieci anni fa non erano una potenza. A quanto ammonta la somma?»

«Almeno duecento milioni.»

«E come lo sa?»

Derrick mi seguiva con lo sguardo mentre camminavo avanti e indietro per la stanza. «Dalla persona che ha nascosto il denaro.»

«E dove ha ottenuto il denaro?»

«Lavorava con il trafficante.»

«Questo non rientra nei parametri del nostro programma, ma potremmo essere in grado di fare un'eccezione e modificarlo.»

«È una buona notizia. Cosa otterremmo portandovi il denaro?»

«Dovremmo definire i dettagli, ma credo che potremmo accordarci per una ricompensa di un milione, forse due.»

«Non è interessante.»

«A cosa puntava?»

«Cinquanta milioni.»

Davis sogghignò. «Non se ne parla nemmeno.»

«Qual è la sua offerta migliore?»

«Cinque milioni.»

«Non è neanche lontanamente abbastanza. Ci lascerebbe con due milioni a testa.»

«Sono esentasse.»

«Lo davo per scontato.»

«È tutto ciò che possiamo fare.»

«Mi sta dicendo che vi portiamo due, trecento milioni di dollari e otteniamo solo dei miseri cinque milioni? È circa il due per cento.»

«Due milioni a persona cambiano la vita...»

«Abbiamo un accordo con la persona che ci ha chiesto di donare parte del denaro a enti di beneficenza che vuole sostenere. Non farebbe alcuna differenza.»

«Dica loro che non può farlo.»

«Non mi rimangerò la parola data.»

«Potremmo essere in grado di addolcire l'offerta di un milione; facciamo sei milioni. D'accordo?»

«No. Non vale il rischio. Tanto vale lasciarli lì.»

«Ci pensi. È un'offerta generosa.»

«Non ne ho bisogno. Grazie per il suo tempo.»

Sbattei giù il telefono.

«Era qualcuno di Washington, giusto? Cos'hanno detto?»

Gli spiegai la situazione e lui disse: «Cinque milioni? Ma perché diavolo sono così avidi?»

«Non lo capisco neanch'io. Per come la vedo io, quando sequestrano denaro o beni, possono tenere i soldi nel dipartimento.»

«Un fottuto fondo nero per loro.»

Era il motivo per cui i sequestri avvenivano a un ritmo

allarmante, a volte con prove scarse o nulle. «Hanno un bel coraggio. Ti dimostra quanto poco gli importi del denaro.»

«Cosa facciamo?»

«Ci dormiamo su. Pensiamo alle nostre opzioni.»

«Dovremmo trovare un altro contatto al Dipartimento di Stato.»

«Questo tizio era il sottosegretario del loro programma antidroga.»

«Bastardo, probabilmente non ha mai lavorato un giorno nel mondo reale.»

Il mio telefono squillò mentre dicevo: «Probabile. Ma torniamo al nostro mondo reale: scoprire chi ha ucciso David Beas».

«Omicidi, detective Luca.»

«Salve, uhm, Lei non mi conosce, ma L'ho visto due volte quando è venuto alla Magnet Design. Sono stata io a chiamarLe Will.»

«Certo. Cosa posso fare per Lei?»

«Beh, potrebbe non essere niente, ma David e Will avevano litigato molto negli ultimi due mesi circa.»

«Per affari?»

«Sì. E una sera, sono stata l'ultima ad andarmene. Loro due erano ancora lì; sono scesa alla mia macchina e, non appena mi sono immessa sulla 41, mi sono resa conto di aver lasciato il telefono in ufficio. Così, sono tornata indietro.»

«È tornata in ufficio?»

«Sì, e loro due stavano urlando l'uno contro l'altro. Non sapevo cosa fare. Sono andata alla mia scrivania e ho visto Will lanciare un campione di granito contro David. Lo ha mancato per un pelo. Will ha detto qualcosa del tipo: "La prossima volta non sarai così fortunato. Sistemerò il tuo culo per sempre."» Calcò la parola «sistemare».

«Crede che fosse una minaccia alla vita del signor Beas?»

«Ero confusa e non sapevo cosa pensare. Voglio dire, era la peggior litigata a cui avessi mai assistito tra loro due, ma non pensavo che ne sarebbe venuto fuori nulla di male.»

«E ora lo pensa?»

«Non lo so, ma è possibile.»

«Cosa l'ha spinta a chiamare?»

«Beh, dopo che David è morto, ho continuato a pensare a quel litigio. Non volevo denunciare nulla, perché se mi fossi sbagliata, avrei perso il lavoro.»

Se fosse stato Sanchez e l'avessero arrestato, lei avrebbe probabilmente perso il lavoro, se l'azienda avesse chiuso. «Cosa Le ha fatto cambiare idea?»

«Will si comporta in modo strano ultimamente. Non è più lui.»

Perdere una persona cara, soprattutto se ci avevi litigato, era un duro colpo. «Qualcosa di specifico?»

«Beh, il giorno in cui Lei è venuto qui la prima volta, lui è entrato nell'ufficio di David e ha cominciato a svuotarlo. Gli abbiamo chiesto se l'azienda ce l'avrebbe fatta e se avrebbe trovato un nuovo socio, sa, per rilevare la quota di David, e lui ha risposto di no. Il loro accordo societario assegnava al socio superstite il cento per cento dell'azienda.»

Questo bastava a spuntare la casella del movente. Ma Sanchez aveva avuto i mezzi e l'occasione per commettere un omicidio? O aveva assoldato qualcuno?

15

Superando una fila di auto che intasava Pine Ridge Road, ho svoltato dalla Route 41. L'unico parcheggio libero era davanti a Charles Schwab. Scendendo dall'auto, il mio sguardo fu catturato da uno schermo a scorrimento all'interno della società di intermediazione scontata. Simboli azionari e gli ultimi prezzi vi scorrevano sopra.

Mi chiesi come stesse andando il mio fondo pensione. I soldi che avevamo erano tutti nel programma pensionistico istituito dall'ufficio dello sceriffo. Mentre camminavo verso l'Epic Sound, fui grato di essermi fatto detrarre i soldi dalla busta paga ogni settimana.

Il negozio di impianti audio e video aveva una doppia vetrina. Anche se Naples era il posto giusto per un'attività di lusso come questa, la frustrazione con la tecnologia doveva spingere persone di ogni ceto sociale in negozi del genere.

Una TV grande come un lenzuolo, che mostrava immagini subacquee, era appesa sulla parete di fondo. Tentato di rilassarmi su una poltrona reclinabile per guardare i pesci tropicali sfrecciare, fui avvicinato dalla donna che aveva una relazione con Richard Chen.

«Signora Morrow?»

Con indosso una gonna a tubino grigia, inclinò la testa. «Sì?»

Mostrai discretamente il distintivo. «Mi serve un minuto. Possiamo uscire?»

«Ben sta bene?»

«Sì. Non è successo niente.»

Le tenni la porta e uscimmo alla luce del sole.

«Di cosa si tratta?»

«Di Richard Chen.»

Abbassò lo sguardo sui suoi tacchi a spillo. «Lavora per mio marito?»

«No. Però devo avvertirla che, se mente o cerca di coprire il signor Chen, mi assicurerò che venga accusata di intralcio alla giustizia e che i dettagli della sua relazione vengano a galla.»

«Richard è nei guai?»

«Mi interessa la notte del primo ottobre. Lei dov'era?»

Aggrottò la fronte. «Con Richard.»

«A partire da che ora?»

«Credo verso le dieci di sera. Ero uscita con le mie amiche, poi ci siamo incontrati.»

«Per quanto tempo siete stati insieme?»

Arrossì. «Sono tornata a casa per mezzanotte.»

Un incontro veloce. «Ne è sicura?»

«Sì. Se fossi tornata più tardi, Ben avrebbe fatto domande.»

«Dove eravate Lei e il signor Chen?»

«Richard ha affittato un appartamento su Airbnb.»

«Dove?»

«Al Bahama Club.»

«Non mi è familiare. Dove si trova?»

«Su Gulf Shore Boulevard, più o meno dove finisce Crayton Road. È vicino all'acqua, ma è piuttosto malmesso.»

Era vicino a dov'era stato trovato il corpo. «A che distanza abita da lì?»

«Venticinque minuti.»

«Ed era a casa per mezzanotte?»

«Sì, poco prima.»

«Il signor Chen se n'è andato quando se n'è andata Lei?»

«No. Stava guardando la TV quando me ne sono andata.»

«Grazie per il suo tempo. Le sarei grato se questa conversazione rimanesse tra noi, e Le prometto di fare lo stesso. Non deve preoccuparsi che la notizia si diffonda. Se il signor Chen dovesse chiederLe se abbiamo parlato, Le suggerisco di dirgli che non l'ho mai contattata.»

«Davvero? Non dirà niente?»

«Finché Lei non aprirà bocca, non lo farò neanch'io.»

Digitai il numero rapido prima di risalire in macchina. «Derrick, Chen potrebbe essere il nostro uomo.»

«Che è successo?»

Gli raccontai quello che avevo saputo dalla Morrow. Lui disse: «Fa una sveltina e poi fa fuori Beas? Cavolo, che stranezza.»

«È assurdo, ma la maggior parte degli assassini sono sociopatici. La domanda è: come avrebbe fatto a portare Beas fino a Lowdermilk? O se Beas era già lì, come faceva a saperlo?»

«Sono vicini di casa.»

«Sì, ma non andavano d'accordo.»

«A detta di tutti, Beas era un bravo ragazzo. Forse Chen l'ha chiamato, gli ha detto che era nei guai e gli ha chiesto di incontrarlo.»

«Non saprei. Se Beas sapeva che era uno che odiava i gay, non ci sarebbe mai andato. Può darsi che Chen l'abbia ingannato in qualche modo, magari spacciandosi per un amico di Beas.»

«Chen potrebbe aver avuto un aiuto per attirarlo. Ci sono un sacco di persone che odiano i gay.»

Le speculazioni erano importanti, ma stavamo forzando la mano. «Non lo escludo, ma tra l'essere un cretino e l'uccidere qualcuno c'è un abisso. Specialmente in un complotto premeditato.»

«Non ne sarei così sicuro.»

«Lo scopriremo. Vado a trovare Chen.»

«Buona fortuna.»

«Verifica con Google i dettagli del Sensorvault. Ne avremo bisogno.»

———

TRE PERSONE ERANO in fila al bancone della farmacia. Mi ci diressi a grandi passi.

«Ehi, amico, c'è la fila.»

Feci un cenno col capo e mostrai il distintivo. «Richard Chen sta lavorando?»

«Sì. È nel retro.»

«Lo chiami, ma non gli dica che sono qui.»

«C'è qualche problema?»

«Per favore, faccia come Le ho detto.»

Mi allontanai dal bancone e tenni d'occhio l'uscita. Con gli occhiali che gli pendevano al collo, Chen scrutò l'area.

Facendomi avanti, dissi: «Signor Chen, mi serve un minuto.»

Prima che le porte d'uscita si chiudessero, mi piazzai di fronte a Chen. «La notte in cui Beas è stato ucciso, Lei si trovava a pochi isolati di distanza.»

Chen si accigliò. «Lo so.»

«Perché non ha detto niente?»

«Non è ovvio? Avrebbe pensato che c'entrassi qualcosa.»

«Sta dicendo che non c'entra niente?»

Chinò il capo, incapace di reggere il mio sguardo. «È la verità.»

«Come mai si trovava in quella zona?»

«Stavo portando a spasso il cane.»

«Ci saranno voluti almeno venti minuti per andare da casa Sua alla spiaggia.»

«Siamo andati in macchina.»

«Intorno alle dieci del mattino di lunedì. Ero a casa di Beas quando è arrivato suo figlio. Hanno parlato di una lite che avete avuto durante il fine settimana.»

«Mi aveva chiesto di smetterla di fissarlo, come se fossi un pervertito. Sono sposato con figli.»

«Il che non Le ha impedito di avere una relazione.»

«Cosa?»

«Lei e la signora Morrow?»

«Quella... Quella stronza.»

«Ha detto che eravate insieme al Bahama Club la notte in cui Beas è stato ucciso.»

Scrollò le spalle. «E quindi?»

«Quindi Lei era un omofobo nel posto sbagliato al momento sbagliato?»

I suoi occhi guizzarono verso le porte d'uscita. Feci un passo di lato per bloccare la sua fuga.

«Non può provare niente.»

«Posso provarlo eccome.» Mentii. «La signora Morrow dirà che l'ha lasciata lì poco prima di mezzanotte, e i tabulati del Suo cellulare mostreranno che è rimasto per un bel po'. La videocamera di sorveglianza di una casa vicina La mostra mentre si dirige verso la spiaggia. Se eseguiamo un test alla ricerca di sangue, troveremo tracce di Beas in casa Sua e nella Sua macchina.»

Distolse lo sguardo. «Tutto questo non prova che abbia ucciso qualcuno.»

«È vero. Ma quando le giurie ascoltano tutte le prove, di solito mettono insieme i pezzi e arrivano alla conclusione giusta.»

«Non mi farei mai coinvolgere in una cosa del genere.»

«Mi racconti cos'è successo e considererò la possibilità di farLe avere una pena ridotta.»

Ci pensò su, poi disse: «C'è stato uno scontro.»

«Continui.»

«L'ho visto mentre portavo a spasso il cane. Era solo. Abbiamo avuto un altro battibecco. Mi ha spinto. Io l'ho spinto di rimando. È caduto.»

«Non è caduto, l'ha spinto nella risacca. Dove l'ha trovato?»

Chen non aprì bocca.

«Signor Chen, mi sta costringendo a pensare che Lei stesse osservando Beas da un po'. Forse l'ha seguito sulla spiaggia e ha aspettato il momento giusto per attaccarlo.»

«No, è stato un incidente.»

«Sì. Certo che no.»

«A che ora ha lasciato l'appartamento di Airbnb?»

«Quando Jenny è andata via, stavo guardando la TV e mi

sono addormentato. Mi sono svegliato verso l'una, ho messo in ordine e me ne sono andato.»

«A che ora?»

«Un paio di minuti dopo essermi svegliato, verso l'una e un quarto.»

«Che numero di scarpe porta?»

«Cosa? Il mio numero di scarpe?»

«Sì.»

«Quarantatré.»

«Dove sono le Sue scarpe da ginnastica?»

Lui indietreggiò. «Devo tornare al lavoro.»

«Risponda alla domanda.»

«Non rispondo a niente senza un avvocato.»

«È un Suo diritto. Ne assuma uno subito e mi faccia sapere chi è il Suo legale.»

«Lo farò.»

«Nel frattempo, non provi a scappare; La teniamo d'occhio.»

«È ridicolo.» Si voltò ed entrò in farmacia.

Chiamai l'ufficio, organizzando una sorveglianza per Chen ventiquattr'ore su ventiquattro. Sarebbe stato all'erta, ma non potevamo rischiare che scappasse.

Saltai al posto di guida e il cellulare squillò. Era un altro numero con prefisso 202. «Pronto.»

«Signor Luca. Sono Byron Davis.»

«Buongiorno, signor Davis.»

«Non ha detto di essere un agente delle forze dell'ordine.»

«Non è rilevante.»

«Se ne potrebbe discutere.»

«Qualsiasi cosa io abbia fatto non è stata in orario di servizio.»

«Non c'è bisogno di mettersi sulla difensiva. Volevo vedere se fosse disponibile per un incontro.»

«A Washington?»

«No. Vado ad Atlanta e dopo verrei da Lei, a Naples.»

«Certo. Mi dica quando. Ma di sera.»

«Perfetto. Domani sera alle sei. Prenoterò una cena al Capital Grille.»

«Quel posto è caro.»

«Non si preoccupi. Lo metterò in nota spese.»

16

PRIMA CHE POTESSI ELABORARE LA TELEFONATA, MI BALENÒ IN mente l'immagine di Davis seduto a un tavolo d'angolo del Capital Grille. Corrispondeva allo stereotipo dei funzionari governativi che concludono affari in stanze rivestite di pannelli scuri, cenando con bistecche da cento dollari.

Reprimendo l'indignazione per il fatto che il governo stesse buttando via i soldi delle nostre tasse, mi concentrai su ciò che aveva motivato la chiamata. Davis aveva cercato di fregarci. Aveva fatto ricerche su di me. Era stato il fatto che fossi un detective a fargli cambiare idea, o aveva attinto alla base di dati della DEA? Erano passati dieci anni, ma Cabrerra non era l'unico spacciatore ad aver messo da parte dei soldi.

A questo punto non c'era modo per lui di collegare i puntini tra Withers, Ellis e Coburn. O forse sì? Che Coburn avesse contattato il Dipartimento di Stato in passato?

Coburn era un uomo astuto. Rientrava nel regno delle possibilità. Avrebbe esaurito ogni strada prima di coinvolgere uno come me. Era quello che chiunque avrebbe fatto.

Che Davis avesse messo insieme i pezzi o no, aveva cambiato musica. Se aveva controllato, era la conferma che i soldi erano veri.

L'offerta originale era ridicola. Stava scendendo a patti per raddolcire la pillola. Il fatto che avesse scoperto di me così in fretta era snervante, ma il suo viaggio era un fatto positivo. In più, avrei mangiato in una steakhouse di lusso.

Rimuginando su cosa potesse offrire Davis, entrai a passo svelto in ufficio. Derrick stava fissando la lavagna bianca. «Ehi, che ha detto Chen?»

«Si sta procurando un avvocato.»

«Quel bastardo ne ha bisogno.»

«Gesso sta organizzando la sorveglianza su di lui.»

«Ci serve qualcosa di concreto contro di lui. Speriamo che le informazioni di Google aiutino.»

«Non credo: sappiamo già che era in zona.»

«Forse possiamo localizzare la sua posizione esatta sulla scena del crimine.»

«Non credo che saranno così precise. Ci serve un testimone o una prova schiacciante.»

Derrick puntò il dito contro la foto di Chen. «Ti prenderemo.»

«Dobbiamo dare un'occhiata a Sanchez.»

«Perché?»

Dopo avergli raccontato della chiamata di un dipendente, Derrick disse: «Vediamo se riesco a parlare con un altro paio di impiegati. Potremmo ottenere la prova che tra i due ci sia stata una lite fisica.»

«Grazie.» Chiusi la porta. «Senti, mi ha richiamato il tizio del Dipartimento di Stato. Ha detto che sarà in zona e che vorrebbe incontrarci.»

«Lo sapevo! Hanno provato a fregarci e, visto che non abbiamo abboccato, vogliono alzare la posta.»

«Probabile.»

«Quando sarebbe?»

Mi si strinse il petto, ma non potevo rischiare di aggiungere un'altra voce all'incontro. «Non sono sicuro. Ora è ad Atlanta ed è diretto in Florida. Ha detto che chiamerà quando avrà tempo.»

«Okay, so che otterrai un accordo equo per noi.»

«Non vuoi esserci?»

«Certo, ma penso sia meglio un incontro a quattr'occhi.»

Ecco perché adoravo quel ragazzo. «Se non è una buona offerta, me ne vado.»

«Che si fottano.»

«Senti, Davis ha scoperto che sono un detective.»

«Come diavolo ha fatto?»

«Hanno risorse illimitate. Non mi sorprende.»

«Chiederei cinquanta milioni.»

«Probabilmente non accetteranno.»

«Perché no? Se sono duecento milioni, loro ne prenderebbero centocinquanta. Se sono tre, come ha detto Coburn, si intascano un quarto di miliardo.»

«Non riesco a credere a queste cifre; vediamo come va. Non lo farò se non ne vale la pena. Non è una faccenda pulita come pensiamo.»

«Ti capisco. Ho pensato che fosse impossibile che nessuno li stesse cercando.»

«Speriamo che tu ti sbagli. Perché se così non fosse, siamo in grave pericolo.»

«Andrà tutto bene.»

«Vado a smuovere un po' le acque con Sanchez. Ci

vediamo dopo. Se riesci a sapere qualcosa da un dipendente, chiamami.»

———

Uscii nel vano scala accompagnato da un'orecchiabile melodia jazz. L'addetta alla reception sorrise e abbassò la musica. «Buon pomeriggio. Come posso aiutarla?»

«Vorrei parlare con il signor Sanchez.»

«Oh, mi dispiace. Oggi lavora da remoto.»

«Da casa?»

«Credo di sì.»

«Okay. Buona giornata.»

Sanchez viveva a un paio di isolati di distanza, all'Eleven Eleven Central. Il lussuoso complesso di appartamenti aveva sfruttato il successo di Naples Square, e avevo sentito dire che era ancora più costoso.

Capire perché la gente pagasse due milioni per un appartamento non sull'acqua era più difficile che risolvere un cubo di Rubik. Pubblicizzavano la vicinanza a Fifth Avenue, ma a che serviva possedere una Bentley se non la si poteva guidare?

Quattro edifici circondavano l'area dei servizi. Era carino, ma era difficile giustificare le scritte rosse *Tutto Venduto* su metà della planimetria. Naples stava cambiando. Se in meglio o in peggio era una questione aperta.

Il concierge chiamò l'appartamento di Sanchez al secondo piano e io mi diressi verso l'edificio tre. Sanchez, in camicia azzurra e pantaloni eleganti, aprì la porta. «Detective Luca. Benvenuto. Entri pure.»

«Sono passato dall'ufficio e mi hanno detto che lavorava

da casa.» I suoi occhi si strinsero. Aggiunsi: «In realtà, hanno detto da remoto, e ho immaginato fosse casa sua.»

Il suo volto si rilassò. «Immagino sia per questo che fa il detective.»

L'appartamento era ben arredato con mobili moderni e colori neutri. La disposizione aperta rendeva lo spazio di centoquaranta metri quadrati più grande di quanto non fosse. Una terrazza avvolgente dava sulla piscina. Sanchez chiuse la porta. «Si sente pronto per un altro round di domande?»

«Certo. Grazie per avermi ricevuto.»

«A cosa devo il piacere?»

«La sua segretaria ha detto che Lei ha avuto... chiamiamolo un alterco con Damien Roth qualche giorno prima che morisse.»

Il sudore gli imperlò la fronte. Prese un sorso d'acqua da un bicchiere sul bancone. «Lo ha definito un alterco?»

«Così sembra.»

Spinse via la sedia da bar e si appoggiò al bancone, incrociando le braccia. «Okay, abbiamo avuto una discussione. Diciamo che avevamo vedute diverse.»

«Su cosa?»

«Lavoravamo insieme in un ufficio open space. A volte sorgono dei conflitti.»

«Che tipo di conflitti?»

«Aveva un modo irritante di fissare le persone. Era strano e gliel'ho fatto notare. Si è arrabbiato.»

«E questo è tutto?»

«In seguito abbiamo avuto degli scambi di parole accesi sui clienti. A me piacevano tutti, mentre lui era molto più selettivo.»

«È diventata fisica?»

«Si è surriscaldata, ma non è diventata fisica. Gli ho detto di lasciarmi in pace o l'avrebbe pagata cara. Ero frustrato.»

«Dove si trovava la sera in cui Roth è morto?»

«A casa. Lavoro molte ore.» Le sue spalle si rilassarono. «Le ho detto la stessa cosa anche l'ultima volta.» Avrebbe potuto mentire, ma la sua sicurezza era sconcertante.

C'era qualcosa che non tornava. Non mi sarei sorpreso se ci fosse stata una lite fisica.

Sorrisi e lui chiuse la porta alle mie spalle. Su un tappetino accanto alla porta c'erano tre paia di scarpe. Il mio sguardo cadde sui suoi piedi infilati nelle pantofole. Era l'unico indizio che non si trattasse di un ufficio. Un tavolo da pranzo era coperto di campioni di legno, piastrelle e tessuto.

«È la prima volta che vengo all'Eleven Eleven. È un bel posto. Assomiglia un po' a Naples Square, ma qui c'è molto più spazio.»

«Sì, la piazza è semplicemente troppo congestionata. Avrebbero dovuto includere più spazi aperti. Almeno questo è ciò che ho suggerito io.»

«Ha provato ad aggiudicarsi quell'appalto?»

Lo seguii fino alle porte scorrevoli. «Ho presentato un'offerta insieme ad altre trenta ditte.»

La vista dava su un'ampia area verde. Due donne chiacchieravano mentre i loro cagnolini giocavano in un'area recintata. Bello, ma non faceva per me, anche se avessi potuto permettermelo, e avrei potuto se avessimo trovato i soldi nascosti.

«Durante il nostro primo colloquio, Lei ha detto che David era una parte importante dello studio e che non sapeva come avrebbe fatto ad andare avanti senza di lui. Eppure stava pensando di separarsi da lui.»

«Aveva i suoi pregi.»

«Sembra che Lei abbia voltato pagina in fretta, dal punto di vista lavorativo.»

«Se si vuole sopravvivere in questo settore, bisogna farlo. La compassione dura circa un giorno, poi, se non si ottengono risultati, si è fuori.»

Vero, fino a un certo punto. «A proposito di affari, Lei ha detto che Damien Roth ha raccomandato la sua società ad Astra.»

«È così.»

«Quella raccomandazione Le è costata duecentocinquantamila dollari?»

«Di cosa sta parlando?»

«Ha pagato al signor Roth un quarto di milione di dollari per assicurarsi il contratto?»

«Questo è ridicolo.»

«Posso ottenere un'ordinanza del tribunale per esaminare i suoi documenti finanziari.»

«È stata un'idea di David. Io ero contrario e, francamente, quello è stato il motivo principale per cui volevo separarmi da lui.»

«È per questo che stava litigando con lui?»

«Litigando? Può darsi che abbiamo discusso, ma definirlo un litigio è un po' drammatico.»

«Non gli ha tirato addosso un pezzo di granito?»

«Se ho perso la pazienza con David? Sì, ma insinuare che volessi ferirlo è fantasioso.»

Una buona parola da usare con Derrick. «Era una sua fantasia essere l'unico proprietario della Magnet Design?»

«Non apprezzo l'insinuazione, detective. Domani ho una presentazione importante e non ho tempo per continuare questa conversazione.»

17

SUPERAI LA POSTAZIONE DEL PARCHEGGIATORE E FECI UN GIRO nel parcheggio. Sebbene si trattasse di un incontro per milioni di dollari, non me la sentivo di sprecare cinque dollari di mancia.

Mi fecero entrare in una sala rivestita di legno pregiato. Schiena al muro, Davis era seduto a un tavolo d'angolo e sfogliava un iPad. Alzò lo sguardo e sorrise. Mi tese la mano, ma non fece alcun cenno di alzarsi. «Signor Luca, piacere di conoscerla».

«Piacere mio, signor Davis».

«Byron, mi chiami pure Byron».

Aveva una quindicina di chili di troppo. «Certo, io sono Frank».

«Ti va un cocktail?»

«No, sono più da vino».

«Anch'io. Rosso?»

«Sì».

Fece un cenno al cameriere. «Una bottiglia del Cabernet Vineyard 29».

Mi chiesi quale fosse il prezzo. A giudicare dal posto, doveva superare i cento dollari. «Sembra ottimo».

«Ne sono certo». Prese un pezzo di pane. «Ora, parliamo del deposito di cui abbiamo discusso».

«Certo».

«Riteniamo che tu meriti un compenso per il ritrovamento, e posso capire come, in un certo senso, tu l'abbia ritenuto basso».

«Non voglio entrare nel merito, ma chi ha nominato il Dipartimento di Stato arbitro di ciò che è meritato?»

«Tieni a mente che sei un agente di polizia».

«E allora?»

«Hai un obbligo...»

«Il mio unico obbligo è verso il mio lavoro e la mia famiglia e, come scoprirai, se non l'hai già fatto, svolgo dannatamente bene il mio lavoro».

«Non c'è bisogno di scaldarsi. Come si suol dire, questi sono affari».

Arrivò il cameriere con il vino e lo mostrò a Davis prima di aprirlo. Ne versò un po' e Davis approvò. Mentre mi versava il vino, Davis disse: «Ci porti una dozzina di ostriche e una tartare di manzo per cominciare».

Davis sollevò il bicchiere. «A una collaborazione».

Annuendo, infilai il naso nel bicchiere. Era un aroma di liquirizia? «È buono».

«Non male».

Presi un altro sorso e chiesi: «Come te la immagini una collaborazione? Cinquanta e cinquanta?»

Lui sbuffò. «Sai che non è possibile».

«Nel tuo mondo, cos'è possibile?»

«Dieci milioni. È il doppio dell'offerta originale».

Scossi la testa. «Non basta».

«Non essere avido».

«Avido? Se c'è qualcuno di avido, siete voi. Fino a un paio di giorni fa, non sapevate nemmeno che esistessero, quei soldi».

«Non esserne così sicuro».

Stava bluffando. «Beh, se lo sapevate, perché non li avete presi?»

Il cameriere posò un vassoio di ostriche sul ghiaccio e un piatto di tartare di manzo. Davis afferrò una conchiglia prima che il cameriere si allontanasse. Risucchiò l'ostrica. «Serviti».

«Non mi fanno impazzire. Ma ne assaggerò una».

«Vengono da Capers Island, South Carolina».

Era viscida e salata. «Niente male».

Posò un'altra conchiglia vuota. «Non posso credere che tu stia rifiutando dieci milioni. È una cifra considerevole per un detective».

«Ma insignificante rispetto alla somma che recupereremmo».

Il cameriere si avvicinò. «Come sono gli antipasti?»

«Buoni. Io prenderò la costata con osso ai porcini, ben cotta, con una patata al forno».

«Per farla semplice, prenderò lo stesso».

«Scelta eccellente, signori».

Feci roteare il vino nel bicchiere e dissi: «Non devo difendere la nostra posizione, ma, per la cronaca, abbiamo concordato di fare un paio di donazioni con una parte dei soldi che otterremo. Ora, per quanto mi stia godendo una cena in un posto come questo, non continuerò a negoziare. Se non otteniamo quello che vogliamo, ce ne andiamo».

«E lascereste i soldi lì? Non sareste in grado di resistere alla tentazione di prenderli».

«Aspetta e vedrai. Sono molto disciplinato, una dote che credo sia rara a Washington».

Mise in bocca una forchettata di tartare e la mandò giù con il cabernet. «Potrebbe servirci una seconda bottiglia».

«Devo guidare, per me solo un altro bicchiere».

«Quale pensi che sia un accordo equo?»

«Equo sarebbe dividere a metà. Ma ci accontenteremmo di un minimo di venti milioni contro il venticinque per cento del totale ritrovato».

«Quindi, se trovaste trecento milioni, vorreste un totale di settantacinque?»

«I tuoi calcoli sono giusti».

«Sono un sacco di soldi».

«E devono essere esentasse».

«Questo non dipende da noi. Il Dipartimento del Tesoro...»

«Il vostro programma di ricompense è esentasse, quindi qualunque eccezione dobbiate fargli, includete l'aspetto dell'esenzione fiscale».

«Sei un negoziatore tosto».

«Stiamo portando un sacco di soldi al vostro dipartimento». Volevo aggiungere: *Così potreste permettervi di scaricare cene come questa*, ma dissi: «Spero che ne farete buon uso».

«Fidati, lo faremo».

Fidarmi di un funzionario del governo federale era un rischio che avevo imparato a evitare. «Bene, allora non dovresti avere problemi con le nostre condizioni».

«Se dipendesse da me, sarei d'accordo, ma non spetta a me la decisione finale».

«Ma sei il sottosegretario».

«Tutti rendiamo conto a qualcuno. E mi sono stati

imposti dei parametri. Le tue cifre non sono accettabili per noi».

Presi un sorso di vino e lui disse: «Possiamo accordarci per un minimo di venti milioni contro il venti per cento?»

«Esentasse?»

«Non sarà facile, ma credo di poterla far passare».

«Affare fatto».

Allungò la mano e ce la stringemmo.

«Ottimo. Quali sono le tue tempistiche?»

«Cominceremo una volta che avremo tutto per iscritto».

Davis sogghignò. «Non ti fidi di me?»

«Non ha niente a che fare con Lei. Ho visto troppa gente uccisa per soldi.»

«E Lei pensa che un pezzo di carta La proteggerà?»

«Non da tutto, ma è il minimo che possiamo chiedere.»

18

MENTRE ANDAVO VERSO LA MACCHINA, TIRAI FUORI IL telefono. «Derrick, ho appena finito con Davis. Sembra che abbiamo un accordo».

«Che tipo di accordo?»

«Minimo venti milioni contro il venti per cento di quello che troveremo».

«Coburn ha detto che si trattava di un paio di centinaia di milioni, giusto?»

«È quello che pensa, quindi se fossero trecento, la nostra parte sarebbe di sessanta milioni».

«Oh, mio Dio! Sarebbe una figata pazzesca».

«Possiamo sistemare i nostri conti e ci avanzerebbe una barca di soldi».

«Trenta a testa, okay?»

«Vedremo».

«Niente tasse, giusto?»

«Giusto. Zio Sam è già il socio di maggioranza».

«Ottimo lavoro, amico. Che tipo è?»

«Avido ed egoista come pochi».

«Possiamo fidarci?»

«Neanche per sogno. Lavora per i federali. Ho chiesto di mettere tutto per iscritto. Se provano a fregarci, rendiamo la cosa pubblica».

«Spero non si arrivi a tanto».

«Potrebbe. Sono un sacco di soldi e può succedere di tutto. Ma dobbiamo assicurarci di non fare niente durante l'orario di servizio. Dobbiamo farlo fuori dal lavoro».

«Buona idea».

«Ci vediamo domani».

«Stanotte non riuscirò a dormire».

«A chi lo dici. Senti, Remin vuole un aggiornamento domattina presto, quindi ci vediamo dopo».

———

Lo sceriffo stava immergendo una bustina di tè in una tazza. «Buongiorno, Frank».

«Buongiorno, signore. Ha preso un raffreddore?»

«No, mia moglie mi fa bere tè verde, dice che è pieno di antiossidanti. Ha un sapore terribile».

«Perché tutto ciò che fa bene ha un sapore cattivo?»

«Non si allontana molto dalla verità». Si schiarì la gola. «Stiamo ricevendo pressioni dalla vecchia guardia di The Moorings».

«Capisco, signore».

«A che punto siamo con il caso Beas?»

Noi? Forse avevo un topo in tasca? «Abbiamo diverse piste promettenti».

«Mi dia i dettagli».

«Una persona di interesse è il vicino di Beas. È un omofobo violento e aveva dei trascorsi con Beas».

«Alibi?»

«Si trovava in zona al momento dell'omicidio».

«Ne ha dette diverse».

«Un ex fidanzato di Beas è un patito di BDSM e ha precedenti di aggressione. Potrebbe essere stato qualcosa che è andato troppo oltre. Lui è...»

«Mi risparmi i dettagli».

«Stiamo indagando anche sul suo socio in affari. Hanno litigato e sembra esserci di mezzo un affare losco».

«L'omofobo potrebbe essere l'assassino. È noto che queste persone manifestano violenza contro quella comunità».

«Stiamo scavando a fondo, signore».

«Concentri la sua attenzione su di lui. Corrisponde al profilo».

Che si avessero le informazioni necessarie o meno non importava: tutti avevano un'opinione. «Speriamo di concentrarci presto su un sospettato principale».

«Le servono risorse?»

«Per ora siamo a posto».

«Mi faccia sapere, qualsiasi cosa le serva».

La riunione era finita. «Grazie».

Mentre mi alzavo, disse: «Si assicuri di tenermi aggiornato».

Derrick stava rovistando in uno schedario. «Com'è andata con Remin?»

«Non male, ma tra una settimana aumenterà la pressione».

«Hai visto che l'associazione dei proprietari di The Moorings vuole assumere una vigilanza privata?»

«Me l'ha detto Mary Ann. Per me va bene, se li fa sentire più sicuri».

«Come ti piace dire, è solo teatro della sicurezza».

«È vero. Tutte queste comunità hanno le loro ronde, ma non intervengono quando c'è un problema. Non scendono nemmeno dalle auto, chiamano noi».

«Non rischieranno la vita per venti dollari l'ora».

«Noi non guadagniamo molto di più. La nostra paga iniziale è di poco più di trenta dollari l'ora».

«Più i benefit».

«Vero. E non puoi dare un prezzo al privilegio di lavorare con me».

«Dovrei ricevere un'indennità di rischio».

«Okay, spiritosone. Diamo un'occhiata a Will Sanchez. C'è qualcosa in lui che non mi convince».

«Cosa?»

«È troppo calmo, ha una risposta per tutto».

«Ho parlato con due dipendenti attuali che hanno detto che non c'era nulla di strano nell'interazione tra Sanchez e Beas. Di tanto in tanto, discutevano sui dettagli di un progetto, ma erano solo normali disaccordi. Ho fatto delle chiamate a un paio di persone che lavoravano lì. Vedremo cosa dicono».

«Senza il rischio di perdere il posto, saranno più disposti a parlare».

«È quello che spero».

Dissi: «Chen ha mantenuto un basso profilo. Va al lavoro e torna dritto a casa. Ha cambiato le sue abitudini, il che è un campanello d'allarme».

«Potrebbe avergliielo detto il suo avvocato. Perché non chiediamo un mandato?»

«Mi piacerebbe, ma è furbo. Non riesco a immaginare cosa possa avere in casa».

«Dici sempre che è sorprendente quel che si trova quando si cerca».

«Hai ragione. Aveva dei trascorsi con Beas, non va d'accordo con i gay ed era a due isolati di distanza.»

«Non dimenticare che ha mentito sul suo alibi.»

«Proviamo a ottenere il mandato. Includi la sua auto. Potrebbe aver gettato l'arma del delitto nel bagagliaio.»

Derrick disse: «E il suo posto di lavoro? Probabilmente ha un armadietto lì.»

«Mmm. Ci servirebbe un buon motivo, altrimenti sembrerà che stiamo andando a pesca e ce lo rifiuteranno.»

«Potrebbe nascondere qualcosa lì.»

«Sì, ma perché lì e non in un deposito?»

«Potresti dire la stessa cosa di casa sua e della sua auto.»

«Non proprio. La casa e il veicolo sono completamente sotto il suo controllo. Ecco perché sono posti comuni da perquisire. Se fosse il proprietario dell'attività, la situazione potrebbe essere diversa, ma al CVS altri hanno accesso.»

«Preparo il mandato per il suo appartamento e la sua auto.»

«Fai pure.»

Mentre Derrick picchiettava sulla tastiera, io controllai le mie e-mail. Dopo aver cestinato un invito per una conferenza sulla sicurezza domestica a Sarasota, il cellulare trillò. Era un messaggio di Byron Davis:

«Frank, volevo farLe sapere che l'ufficio legale ha redatto l'accordo. Mi mandi il suo indirizzo e-mail.»

Gli avrei dato quello personale. Ero uno dei dinosauri che avevano ancora un account AOL: «Grazie, rispondo dopo le cinque.»

Mentre aprivo un'altra e-mail, arrivò un altro messaggio da Davis. Mi aspettavo un "okay" e invece, aprendolo, vidi

che aveva scattato una foto della lettera. Mentre la ingran-
divo con le dita, il cuore mi balzò in petto. Apparve un'a-
quila che teneva delle frecce in un artiglio e un ramoscello
d'ulivo nell'altro: il logo del Dipartimento di Stato.

Era impossibile leggerla sullo schermo del telefono.
Avrei voluto stamparla, ma temevo di lasciare una traccia
cartacea.

«Derrick.»

«Che c'è?»

«Lascia stare. Mi è appena venuto in mente qualcosa.»

19

CHIUSA LA PORTA DEL GARAGE, ENTRAI IN CASA E CORSI NELLO studio. «Mary Ann!»

«Frank? Che succede?»

Aprii il portatile e feci l'accesso al mio account AOL. «Vieni qui!»

Con uno strofinaccio in mano, lei chiese: «Cosa sta succedendo?»

Aprii l'allegato. «Abbiamo ricevuto la lettera, l'accordo con il Dipartimento di Stato.»

Venne dietro la scrivania. «Cosa dice?»

I miei occhi scorsero fino al secondo paragrafo. «È quello che avevamo concordato. Il venti per cento di qualunque cosa troviamo. Oh, aspetta. Non c'è un minimo.»

«Oh, mio Dio. Diventeremo ricchi.»

«Aspetta un attimo.» Mi appoggiai allo schienale e chiusi gli occhi. Aveva senso: se avessimo trovato i soldi e ce ne fossero stati solo dieci milioni, non avrebbero potuto darci un minimo di venti. Come avevo fatto a non accorgermene?

«Frank, tutto bene?»

«Sì. Volevo un minimo, ma capisco che non poteva essere altrimenti.»

«Non fa niente. Hai detto che ci sono almeno cento milioni, giusto?»

«È quello che ha detto Coburn.»

«Allora prenderemmo venti milioni. Oh, mio Dio. Non riesco a credere di starlo dicendo.»

«Non così tanti. Ne prenderemo almeno otto, forse nove milioni, se ce ne sono cento, una volta divisi e adempiuti i nostri obblighi.»

«Quali obblighi?»

«Te l'ho detto. Ci sono degli enti di beneficenza da aiutare. Non essere avida.»

«Non lo sono. Sto solo cercando di capire. È sconvolgente pensare che avremo così tanti soldi.»

«Prima dobbiamo trovarli, e ce ne devono essere abbastanza.»

«Ce ne saranno.»

«Ne stamperò tre copie. Dobbiamo nasconderle. Non puoi dirlo a nessuno, nemmeno a Jessie.»

«Non possiamo dirlo a Jessica?»

Cliccai sull'icona di stampa e dissi: «No. Non possiamo avere nessuna fuga di notizie. Non sto dicendo che lei direbbe qualcosa, ma sarebbe entusiasta, e sono sicuro che alle feste dei dormitori l'alcol non manca. Non possiamo rischiare che si lasci sfuggire qualcosa.»

«Okay.»

«Sono serio. Non dobbiamo fiatare. Non ho ancora detto nemmeno a Derrick di aver ricevuto la lettera.»

«Okay, non preoccuparti. Farò di tutto per ottenerli.»

«Domani devi andare in banca a prendere una cassetta di sicurezza.»

«Perché?»

«Quando riceveremo l'originale, voglio metterlo lì.»

«D'accordo. Ci andrò domattina presto.»

«Lo spedirà con FedEx. Se arriva domani, controllalo con questa copia, e se è identico, fanne un'altra e metti l'originale nella cassetta di sicurezza.»

«Okay.»

«Devo andare da Coburn per fargli sapere che si fa.»

«Non puoi chiamarlo?»

«Non voglio rischiare.»

«Ti stai comportando come se fosse una faccenda di spionaggio.»

«Non si è mai troppo prudenti quando si parla di questa quantità di denaro. E poi, voglio prendere le coordinate.»

———

ESAMINANDO LA STRADA, percorsi il vialetto di Coburn fino alla mia macchina. Appena salito, tirai fuori il telefono e il foglio che Coburn mi aveva dato. Scattai tre foto e inviai due immagini al mio account AOL e la terza a un account email che avevo ancora, ma non usavo mai, su Yahoo.

Cercando su Google le coordinate GPS di Naples, mi apparve una serie di numeri. La latitudine era di ventisei gradi e la longitudine di ottantuno. Ma Naples si estendeva per chilometri.

Allontanandomi dal marciapiede, mi ricordai che per una posizione esatta servivano tre sottoinsiemi per ogni numero. Il globo era diviso in spicchi nord-sud espressi come gradi di longitudine e spicchi est-ovest come latitudine. I soli gradi avrebbero identificato un'ampia area geografica. Per individuare un punto preciso, i gradi dovevano essere raffinati con minuti e secondi.

Mary Ann stava aspettando vicino alla porta del garage. «Le hai prese?»

«Sì. Vediamo un po' dove diavolo dovrebbero essere.»

«Non te l'ha mai detto?»

Andai su Google Earth. «No. Coburn sa mantenere un segreto.»

«Non so come ci sia riuscito per così tanto tempo senza andare a prendere i soldi.»

La vista satellitare della casa di un sospetto in un caso passato apparve sullo schermo. «È stato piuttosto semplice: ha detto che ne aveva abbastanza.»

«Anche noi ne abbiamo abbastanza, ma sarebbe proprio bello poter fare la bella vita.»

«Mi dispiace dirtelo, ma la bella vita non esiste. I soldi portano problemi.»

«Anche non averne.»

Inserii le coordinate nella barra di ricerca. «Maledizione! Google sa tradurre il russo in cinese, ma non riesce a trovare delle coordinate GPS?»

«Probabilmente non stai cercando nel modo giusto.»

Indicai la parte in basso a destra dello schermo. «Ecco dove mostra le coordinate.»

Spostando il mouse verso nord, il numero della longitudine saliva. «Sarà a nord-est, dalle parti di Estero o qualcosa del genere.»

«Una volta là fuori non c'era anima viva, soprattutto a est della 75.»

«No, è più vicino. È nel Big Corkscrew Island Park, là a est.»

«È un buon posto per nascondere qualcosa.»

«Non lo so; è vicino al polo fieristico della contea. C'è molto più movimento rispetto a dieci anni fa. Stanno costruendo come pazzi da quelle parti.»

«Ma non nel parco.»

«E dieci anni fa non ci sarebbero state telecamere.»

«Ci vai stasera?»

Navigai sul sito web dei parchi della Contea di Collier. «Neanche per sogno. Individuo la posizione esatta e ci penso su. Oh, il parco è aperto sette giorni su sette, dalle otto alle ventidue.»

«Sarebbe meglio andarci di notte.»

Annuii, mentre lo stomaco mi brontolava. «Devo mangiare qualcosa.»

«Ho preparato pasta e piselli. Te la scaldo.»

La pasta e piselli era considerata un piatto povero. Ma l'avrei mangiata ogni settimana, a prescindere da quanti soldi avessi.

Armeggiando con il mouse, misi a fuoco il punto, facendo corrispondere i numeri sullo schermo con quelli forniti da Coburn. Passai alla visualizzazione a strati della mappa e l'immagine divenne reale.

Ingrandii. Sul lato est c'era un gruppo di alberi e a ovest si stendeva un lago lungo e stretto. Se l'informazione era esatta, il denaro era sepolto a pochi metri da quelle che sembravano querce del sud.

Asciugandomi una goccia di sudore dal labbro, scattai una foto con il cellulare. Dopo aver stampato l'immagine, la cancellai dal telefono e, sul portatile, mi spostai dalla mappa del Corkscrew Park a una zona nei dintorni di Ave Maria.

«Frank, è pronto da mangiare.»

Mentre andavo in cucina, guardai fuori dalla finestra sul davanti. A fari spenti, un'auto era parcheggiata dall'altra parte della strada. C'era un uomo al posto di guida.

Mi precipitai in garage e premetti il pulsante di apertura della porta. Quando fu a mezza altezza, ci scivolai sotto, proprio mentre l'auto si allontanava. Chi era?

20

LA GIACCA DI DERRICK ERA SULLO SCHIENALE DELLA SEDIA. Presi il caffè che mi aveva portato e ne bevvi un sorso. Chissà cosa aveva il caffè che lo rendeva così buono al mattino?

Sfilai la pistola dalla fondina e la misi nel cassetto della scrivania. Il cassetto in cui la tenevo non era chiuso a chiave. Derrick entrò in ufficio con impeto. «Ehi, Frank, come va?»

«Bene. Hai aperto il cassetto della mia scrivania?»

«Io? E perché avrei dovuto?»

«Così, per chiedere. Lo chiudo sempre a chiave.»

«Forse te ne sei dimenticato.»

«Assolutamente no. È entrato qualcuno qui?»

«Non che io sappia.»

Abbassai la voce. «L'altra sera, la stessa in cui ho ricevuto le coordinate, c'era un'auto fuori da casa mia. È schizzata via quando sono andato a vedere chi fosse.»

«Probabilmente non è niente.»

«Non ne sarei così sicuro.»

«Sei paranoico.»

«Stiamo parlando di una somma di denaro pazzesca.»

«Lo so, ma chi potrebbe essere? Il cartello? Non si metteranno a frugare nella tua scrivania.»

«Potrebbero essere i federali.»

«Remin non permetterebbe loro di spiarti.»

«Non esserne così sicuro. Venderebbe sua madre per un incarico più importante a Washington.»

«Frank, non dici sempre che l'unico modo per mantenere un segreto tra due persone è che una delle due sia morta?»

Mi si accese un campanello d'allarme. «Esatto. Magari Coburn ha parlato con qualcun altro, o Davis sta facendo di testa sua.»

«Perché dovrebbero?»

«La risposta semplice è che non possono farne a meno. È la natura umana. Siamo avidi e non sappiamo tenere un segreto.»

Derrick rispose al telefono. «Detective Dickson, Omicidi.»

«Vado a fare una pisciata.»

Seduto sul trono, cercai di calmarmi. Urinare era già abbastanza difficile senza le terminazioni nervose che i dottori mi avevano tolto. La tensione non faceva che peggiorare le cose. Chiusi gli occhi e mi immaginai le cascate del Niagara. Mentre visualizzavo il boato fragoroso della cascata, iniziò un rivolo di pipì.

Tornando indietro, misi la testa dentro la caffetteria. Nessuna faccia strana. Mi stavo forse facendo un film per niente? Derrick diceva che ero paranoico. Era una mia tendenza, ma mi aveva protetto per vent'anni per strada.

Derrick stava camminando avanti e indietro. «Era

Carolyn Tevo. Lavorava alla Magnet. Non puoi credere a quello che mi ha detto.»

«Cosa? Cos'ha detto?»

«Che Sanchez ha minacciato Beas e lo ha spintonato durante una discussione. E senti questa: era così arrabbiato con Beas che ha spaccato un campione di persiana sulla scrivania con una tale forza da dover cambiare la scrivania.»

«Quando è successo?»

«Meno di un anno fa.»

«Che ruolo aveva lei?»

«Lavorava in contabilità, pagava le fatture e si assicurava che i clienti pagassero in tempo.»

«Dimmi esattamente cosa sostiene.»

Derrick prese un blocco legale giallo. «Ha detto che una volta, nell'estate del 2021, Sanchez e Beas erano nella sala riunioni. La Tevo ha detto che l'ufficio era vuoto, c'era solo un'altra persona, una donna di nome Sandy. Hanno iniziato a discutere e la Tevo ha visto Sanchez spintonare Beas.»

«Ne è sicura?»

«Sì, ha detto che Beas ha barcollato all'indietro e ha ritrovato l'equilibrio. Ha detto che se ne stava andando e Sanchez gli ha urlato di tornare, ma lui è andato via.»

«L'altra donna ha assistito?»

«No, ma ha sentito le urla.»

«E la minaccia? Che tipo di minaccia?»

«Alla fine del 2021, la Tevo aveva bisogno che Sanchez approvasse una fattura perché era superiore a diecimila dollari, e gliel'ha portata. Quando lui l'ha vista, è andato fuori di testa e ha urlato chiamando Beas. Quando Beas è entrato, gli ha detto che gli aveva ordinato specificamente di non ordinare una specie di focolare da giardino, e Beas ha risposto che era un suo progetto e che la storia finiva lì.

Sanchez ha afferrato un campione di persiana in metallo e l'ha sbattuto sulla scrivania, dicendo che l'avrebbe fottutamente ucciso se gli avesse disubbidito di nuovo.»

«Ha detto "disubbidito"?»

«È quello che ha detto la Tevo.»

«Sono soci al cinquanta per cento, cosa si crede di essere, un imperatore?»

«Scelta di parole strana, di sicuro, ma cosa vuoi fare?»

«Possiamo trovare dei riscontri?»

«Posso rintracciare l'altra donna, ma perché non andiamo da Sanchez a sentire cosa dice?»

«Facciamolo.»

———

DERRICK ENTRÒ nel parcheggio e io dissi: «Eccolo. Sta salendo su quella macchina blu.»

«È nuova. Una Maserati.»

«Mettiti dietro di lui.»

Derrick suonò il clacson e bloccò Sanchez. Scendemmo e Sanchez aprì la portiera. «Sono in ritardo per una riunione.»

Dissi: «Le dobbiamo parlare.»

«Ma...»

Derrick disse: «Possiamo portarla in centrale.»

«Cosa volete?»

«Lei ha un precedente di violenza fisica con il signor Beas.»

«È un'assurdità.»

«Nell'estate del 2021, lei ha avuto una discussione con lui e lo ha spintonato.»

«Chi l'ha detto? Oh, è stata Carolyn, ne sono sicuro.»

«Cos'è successo?»

«Niente. Stavamo avendo un diverbio ed è inciampato su alcuni campioni. In realtà l'ho salvato. Avrebbe potuto sbattere la testa se non l'avessi afferrato.»

«Non è quello che ha detto la signora Tevo.»

«Sta cercando di mettermi in cattiva luce perché non ho voluto darle un aumento.»

«E che mi dice dell'episodio in cui era necessaria la Sua approvazione per una spesa che Lei aveva detto a Beas di non effettuare?»

«Ho perso il conto di quante volte l'ha fatto. È una cosa comune nel settore. David non rispettava né i budget né i margini. Ma se non si fa profitto, non si mangia.»

Derrick disse: «O comprare una Maserati nuova.»

Sanchez si accigliò e io dissi: «Lei ha minacciato di uccidere il signor Beas.»

«Ma andiamo. È solo un modo di dire: *«Ti ammazzo se lo fai di nuovo»*. Non lo intendevo letteralmente.»

Io ho sempre fatto confusione tra senso figurato e letterale. «Se non lo intendeva sul serio, perché ha colpito la scrivania così forte da doverla sostituire?»

«Non è andata così.»

Derrick disse: «Ci racconti la Sua versione.»

«Ammetto che ero furioso, ma tutto qui. La scrivania si è danneggiata quando ci ho fatto cadere sopra un pezzo di quarzo. Se non avesse colpito il bordo, non si sarebbe sfasciata.»

«Lei non ha colpito la scrivania?»

«Non che io ricordi. Come ho detto, ero irritato perché aveva ignorato i miei ordini. Era un brav'uomo, ma cocciuto e poco portato per gli affari.»

Tornammo in macchina. Dissi: «Vedi cosa intendo? Ha una risposta per tutto.»

«Sta minimizzando, rigira le cose come un politico.»

«Esatto. Ma ora abbiamo due persone che hanno assistito a un litigio e hanno sentito Sanchez lanciare minacce.»

«Continuo a pensare che sia stato Chen.»

«Probabile. Ehi, quella Lincoln non era dietro di noi mentre venivamo qui?»

«Quella color sabbia?»

«Sì, giurerei che era dietro di noi.»

«Ci saranno un paio di centinaia di Lincoln color sabbia a Collier.»

«Ma il guidatore sembra lo stesso. È un tipo robusto e ha l'aletta parasole abbassata.»

«Siamo in Florida, il sole splende sempre.»

Stavo vedendo pericoli dove non ce n'erano? «Stasera stiamo più attenti del solito. Troviamoci nel parcheggio dell'Off the Hook Comedy alle otto.»

21

IL LOCALE DI CABARET INGAGGIAVA ARTISTI DI PRIM'ORDINE. Non c'era da stupirsi che il parcheggio fosse pieno zeppo. Mentre giravo in cerca di un posto, notai che tre quarti dei veicoli erano SUV. Che le berline stessero facendo la fine dei videonoleggi? Mandai un messaggio a Derrick e, un secondo dopo, un rapido lampo di fari mi fece capire che era arrivato.

Salì nella mia macchina e disse: «Devono avere un bravo comico stasera; il locale è pieno».

«Probabile, ma alla gente di qui piace uscire».

«È una bella cosa. Domenica scorsa eravamo in centro a pranzo e abbiamo sentito della musica provenire da Cambier. Suonava la Naples Big Band. Erano davvero bravi. La prossima volta ci porteremo le sedie».

Svoltai su Airport Pulling Road. «Fanno un sacco di buona musica a Cambier ed è gratis».

«Quanto costa non avrà importanza dopo che avremo trovato i soldi».

«Ce la prenderemo comoda; prima sonderemo il terreno. Voglio essere sicuro che non ci vedano».

«Non avrà importanza una volta che li avremo presi».

Svoltai a sinistra su Immokalee Road. «Potrebbero volerci un paio di tentativi per trovarlo. Ci stiamo basando sulle coordinate GPS che Cabrerra ha usato dieci anni fa».

«Non sono cambiate».

«No, ma chissà come le ha misurate».

«Probabilmente ha usato un'app».

«Dieci anni fa?»

«Perché no?»

Superando l'ospedale NCH, dissi: «Non voltarti. Credo che qualcuno ci stia pedinando».

Derrick sbuffò. «Questi soldi ti stanno davvero mandando in paranoia».

«Te lo dico io: quell'auto è uscita dal parcheggio del Publix appena prima che ci fermassimo al semaforo ed è ancora dietro di noi».

«Abbiamo svoltato solo una volta».

«Però, che io rallenti o acceleri, lui mantiene la stessa distanza».

«Vedi cosa succede quando arrivi alla 41».

Invece di girare a destra, attraversai l'incrocio. «Ci sta ancora seguendo».

«Entra nel cimitero e vediamo cosa succede».

Passammo la chiesa di Saint John the Evangelist e svoltammo nel Naples Memorial Gardens. L'auto che ci seguiva proseguì, svoltando a destra su Vanderbilt Drive.

Derrick disse: «Falso allarme, amico».

«Forse, o forse no».

«Andiamo».

Tornando sui nostri passi, svoltai a sinistra sulla 41 e mi

diressi a nord. Avvicinandomi alla Old 41, dissi: «È tornato».

«Chi?»

«Quell'auto. Deve aver preso Wiggins Pass Road e ci ha ritrovati».

«Vuoi fermarlo?»

«No. Divertiamoci un po' con lui».

Superammo il centro commerciale Coconut Point e l'auto mantenne la sua distanza di circa quattrocento metri. Svoltai a sinistra su Corkscrew Road. «Dove stai andando?»

«Al Koreshan Park».

«Sarà chiuso».

«Ancora meglio. Parcheggeremo ed entreremo a piedi».

———

Una zanzara mi ronzava intorno alla testa mentre camminavamo su un sentiero che era più terra che ghiaia.

Derrick disse: «Caspita, com'è buio qui dentro».

«Sai, si dice che i fantasmi di alcuni Koreshan vaghino da queste parti».

«Ma va' là».

«Non scherzo. Organizzano un tour dei fantasmi una volta all'anno. Credo sia a gennaio».

«Non credo a queste cose. È solo un modo per fare soldi».

«Avremmo dovuto portarci una pala. Per fargli credere che sia seppellito qui».

«Pensi davvero che qualcuno ci stia seguendo?»

«Non possiamo correre il rischio. Sediamoci sui gradini di quell'edificio. Sono abbastanza sicuro che fosse la loro sala da musica. Sai che Thomas Edison veniva qui ad ascoltare i concerti che tenevano?»

«Di persona o il suo fantasma?»

Scossi la testa e mi sedetti. «Aspettiamo quindici minuti».

Derrick si diede uno schiaffo sull'avambraccio. «Per allora, queste maledette zanzare mi avranno prosciugato».

Sussurrai: «Sshh. Guarda. Laggiù. È il fascio di luce di una torcia».

«Porca miseria. Avevi ragione. Dovremmo affrontarlo?»

Mi alzai. «No. Nascondiamoci. Dobbiamo fare in modo che, chiunque sia, pensi che i soldi siano qui».

Andammo sul retro dell'edificio e guardammo l'uomo illuminare con la torcia una delle cabine originali.

«Non riesco a crederci».

«Credici, amico. È tutto vero. Quello che voglio sapere è come faceva a sapere che ci saremmo incontrati vicino al locale di cabaret».

«Ha seguito uno di noi da casa».

«Non ero io. Hai visto qualcuno pedinarti?»

«No. Dopo l'imboscata dell'altra volta, sto sempre in guardia».

Fui pervaso da una fitta di colpa. Mi sentivo ancora in parte responsabile. «Forse stanno usando un drone».

«Di notte vedremmo la luce».

«Se è il Dipartimento di Stato, probabilmente ne hanno uno con visione notturna. Cavolo, se è il cartello, e spero di no, hanno abbastanza soldi per comprare anche loro l'attrezzatura migliore».

«Prima di tutto, dobbiamo scoprire chi diavolo è».

«Già. Senti, vediamo se riusciamo ad arrivare al punto di noleggio dei kayak. Qui affittano kayak, e se ne troviamo uno aperto, faremo finta di essere usciti in acqua.»

Derrick mi afferrò l'avambraccio, sussurrando: «No. Se gliela rendiamo troppo difficile, non avranno altra scelta che seguirci.»

«Giusta osservazione.»

«Andiamo nel fitto del bosco e lasciamo qualche segno. Niente di troppo evidente, ma abbastanza da fargli capire che siamo stati lì.»

———

ENTRAI NEL GARAGE dove facevano manutenzione ai veicoli del dipartimento. Un meccanico in tuta da lavoro si avvicinò. «Ehi, che cos'ha che non va?»

«Gira bene. Ho bisogno che ci faccia una scansione.»

«Per un localizzatore?»

«Sì. Può farlo ora? Sto per entrare in servizio.»

Lui indicò un punto. «La metta in quella postazione, laggiù.»

Il meccanico, con un dispositivo in mano, girò attorno al SUV. Si chinò e allungò una mano sotto il bagagliaio. Si rialzò sventolando un quadratino nero, grande la metà di un pacchetto di sigarette. «Come faceva a saperlo?»

«Dopo vent'anni, certe cose le senti.»

Mi porse la scatoletta. «Non c'è niente di meglio dell'istinto.»

Esaminandolo, chiesi: «Quanto è sofisticato?»

«Non è un dispositivo amatoriale, ma oggigiorno ne fanno di molto più piccoli.»

«Grazie.»

Parcheggiando nel piazzale dell'ufficio, scrissi a Derrick

di raggiungermi fuori. Con una tazza di caffè in mano, il mio partner si avvicinò con calma. Salì in macchina e gli porsi il localizzatore.

«Dove l'hai preso?»

«Era sulla macchina.»

«Porca puttana. Chi credi che sia stato?»

«Non lo so.»

«Dovremmo controllare chi usa questo tipo di apparecchio.»

«Non chiedere a nessuno, altrimenti che diremo? Non stiamo lavorando a un caso del genere.»

«Se è il cartello, forse è meglio lasciar perdere.»

«Possiamo farlo, ma se pensano che sappiamo dove sono i soldi, loro non si dimenticheranno di noi.»

Annuì. «Merda. Non è mai facile, vero?»

«Beh, scegliere il Koreshan Park è stato un bel colpo di fortuna.»

«Credi?»

«Sì, ho fatto qualche ricerca quando sono tornato a casa ieri sera. Che tu ci creda o no, organizzano una cosa chiamata Geo-Seeking. La gente cerca cianfrusaglie e tesori che i geocacher nascondono nella proprietà.»

«Mi stai prendendo per il culo?»

«No. È tutto vero ed è una copertura perfetta.»

22

E<small>NTRAMMO IN UFFICIO</small>. D<small>ERRICK SI MISE DIETRO LA SUA</small> scrivania e io diedi un'occhiata agli arresti del giorno precedente. Era un'abitudine che mi teneva aggiornato e che si era rivelata utile in un paio di casi. Sarebbe stata fondamentale anche nel caso Beas?

Il mio partner si alzò. «Abbiamo ricevuto il report di Google Sensorvault.»

«Spero sia utile.»

«Lo sto stampando.»

«Inoltrami l'email.»

Mentre la stampante ronzava, allungai la mano verso il foglio che stava uscendo. «Dobbiamo mappare queste posizioni in relazione a dove è stato trovato il corpo di Beas.»

«Già.»

Il documento era tiepido ma le informazioni erano scottanti. «Il numero di Chen è qui, come quello di Schwartz. Dannazione, c'era anche un fottuto telefono usa e getta nella zona.»

«Ce ne sono un sacco, di questi tempi. Sappiamo che

Chen alloggiava a un paio di isolati di distanza, quindi dovremmo concentrarci su Schwartz. Ha detto che era a casa, giusto?»

«Esatto. Ma includendo quello non rintracciabile, ce ne sono solo altri due. Dovremmo controllarli prima di parlare con Schwartz.»

«Perché vuoi farlo?»

«Se eliminiamo tutti gli altri nella zona, possiamo metterlo alle strette.»

«Questo significa che facciamo affidamento sul fatto che l'assassino avesse il telefono con sé.»

«È un'ipotesi solida, specialmente se doveva incontrare Beas. Lui o lei potrebbe averlo lasciato in macchina, ma a meno che non abbia parcheggiato a isolati di distanza, abbiamo i dati.»

«Io penso solo che dovremmo andare subito da Schwartz.»

«Non ci vorrà molto per vedere se qualcuno di loro ha un legame con Beas.»

«D'accordo. Controlliamoli.»

«Okay. Il telefono di Robert Walker era su Gulf Shore Boulevard alle ventitré e quarantasette.»

«Indirizzo?»

«Novecentouno Spindrift Drive, unità 112.»

«La sua scheda della motorizzazione dice che ha quarantanove anni. Un metro e ottanta per ottanta chili.»

Lo inserii nella barra di ricerca del registro degli impieghi della Florida. «Abbastanza grosso da sopraffare Beas.»

«Non ha precedenti.»

«Lavora alla Imperial Home Builders. Potrebbe esserci un collegamento.»

«Se hai ragione su questo approccio, dovresti dirigere il NYPD.»

«Lassù non puoi fare la differenza; i politici non hanno spina dorsale.»

«Vediamo gli altri. Greg Grossman, 333 Twenty-Ninth Avenue North. Questo tipo è interessante. È entrato e uscito dalla zona quattro volte, tra le undici e le undici e quaranta.»

Derrick continuò a digitare. «Mmm. Ventisette anni. Un metro e ottanta per novanta chili.»

«Ha dei precedenti. Risalgono a un paio di anni fa, per possesso di droga.»

«Non abbiamo prove che Beas facesse uso di droghe.»

«Vero. Ma Grossman al momento non ha un impiego.»

«Forse è uno spacciatore.»

«Dobbiamo parlargli.»

«Forse il telefono usa e getta era di un altro spacciatore. Beas potrebbe aver fatto incazzare uno di loro e uno di loro l'ha ucciso.»

«Dobbiamo controllare il numero, vedere se fa parte di qualche altra indagine. È un'ipotesi azzardata, ma non si sa mai. Se non c'è niente, partiremo da lì.»

«D'accordo. Andiamo a parlare con questi due.»

———

PRENDEMMO la Gulf Shore Boulevard in direzione sud. Lo Spindrift Club era sul lato della baia, vicino al vicolo cieco che terminava la via principale. Se ti piaceva andare in barca, l'edificio giallo di cinque piani era l'ideale.

Robert Walker viveva al secondo piano, in un'unità d'angolo. Un cane cominciò ad abbaiare prima che suonassimo

il campanello. Una voce femminile disse: «Silenzio, Rusty».
E funzionò.

Una donna con una gonnellina da tennis bianca aprì la
porta. Sorrise. «Salve.»

Derrick mostrò il suo distintivo. «Vorremmo parlare
con Robert Walker.»

«Mio marito? È sicuro di non aver sbagliato Robert
Walker?»

«Sì, signora.»

Lei si voltò. «Bob! C'è la polizia. Dicono che vogliono
parlarti. Non capisco, che succede?»

«Non si preoccupi, signora. È solo routine.»

Suo marito apparve, con un giornale in mano. «Sono
Robert Walker. Di che si tratta?»

«Possiamo entrare?»

«Certo, certo.»

L'appartamento era minuscolo. Due camere da letto al
massimo, e datato.

«Signor Walker, il primo ottobre, il suo telefono è stato
localizzato vicino a Lowdermilk Park...»

«Certo. Viviamo su Gulf Shore.»

«Nello specifico, intorno a mezzanotte del primo. Cosa
stava facendo a quell'ora?»

Lui sorrise. «Non so di cosa si tratti, ma stavo andando
in ospedale. Se non fosse stato per mia moglie, non sarei
qui.»

«Cos'è successo?»

Parlò la moglie. «Eravamo a letto; andiamo a dormire
verso le dieci e mezza e, per grazia di Dio, ci siamo alzati
entrambi verso le undici e mezza per, uhm, usare il bagno.
Bob c'è andato per primo e l'ho sentito barcollare. Gli ho

chiesto se andava tutto bene e mi ha risposto di sì. Ma ho acceso la luce e il suo viso era afflosciato.»

«Pensavo non fosse niente, ma lei ha insistito, chiedendomi di sorridere, e non ci riuscivo.»

«Ho detto che saremmo andati in ospedale e, infatti, aveva avuto un TIA, un piccolo ictus.»

«Se non fosse stato per il neurochirurgo che ha insistito perché facessi una risonanza magnetica con contrasto, mi avrebbero dimesso. Hanno trovato un coagulo nel cervello e sono passati dall'inguine per rimuoverlo.»

Dissi: «È stato molto fortunato, signore».

«Sono stato fortunato trent'anni fa, quando mi ha detto di sì.»

«Sono contento che sia andata bene. A proposito, in quale ospedale è andato?»

«L'NCH Baker. Glielo dico io: quella gente è la migliore.»

Risalimmo in macchina. Derrick disse: «Se l'è vista brutta. È stato fortunato.»

Il cancro mi aveva portato via le terminazioni nervose che mi davano lo stimolo di andare in bagno. Era snervante pensare che se lui avesse ignorato il segnale, sarebbe potuto diventare un vegetale. «La tua vita può cambiare in un secondo.»

«Non vorrei essere nei suoi panni. Voglio dire, dopo una cosa del genere, deve per forza preoccuparsi che succeda di nuovo. Non riuscirei a dormire.»

«Dopo essere stato colpito dal cancro, non era facile dormire. Anche dopo che mi dissero di averlo tolto del tutto, in fondo alla testa avevo sempre il pensiero che sarebbe tornato.»

«Mi dispiace, amico.»

«Fa niente. Dopo un paio d'anni, il pensiero è svanito e ora non ci penso quasi più.»

«Non riesco a immaginarlo. Come ti ha cambiato?»

«All'inizio, mi ha condizionato parecchio ed ero, sai, più presente, ma col tempo sono tornato quello di prima.»

«Questa è una buona cosa.»

Non ne ero così sicuro. Essere a contatto con la mia mortalità era spaventoso, ma mi aveva dato un maggiore apprezzamento per la vita che mi ero lasciato sfuggire. «Basta con questi discorsi deprimenti; andiamo a trovare Grossman.»

23

Una recinzione circondava la villa in stile mediterraneo di Greg Grossman. Premetti il pulsante di chiamata sul cancello del vialetto. Una voce gracchiante rispose: «Ehi, chi è?»

«Detective Luca, dell'ufficio dello sceriffo.»

Una pausa di cinque secondi. «Di cosa si tratta?»

«Vorremmo parlare con lei.»

«Sono molto impegnato.»

Io e Derrick ci scambiammo un'occhiata. «Ci vorrà solo un minuto.»

Il motore del cancello prese a ronzare. Derrick disse: «Perché questo tizio ha un cancello? Spaccia?»

«Buone domande. Vediamo cosa scopriamo.»

Mentre guardavo dal finestrino di un SUV Audi nel vialetto, sentii aprirsi la porta di casa.

La bambina che dormiva sull'anca di Grossman sembrava un accessorio. Lui parlò. «Che succede?»

«Possiamo entrare?»

Grossman si acciglò, ma spostò di lato la sua grossa

corporatura. L'arredamento era elegante e nuovo. Una coperta piena di giocattoli era stesa sotto un televisore.

La bambina si mosse. Grossman le fece dei versetti mentre la posava sulla coperta.

Derrick chiese: «Quanti anni ha?»

«Sei mesi, martedì. Volete dirmi che succede?»

«Lei era su Gulf Shore Boulevard, vicino a Lowdermilk Park, verso mezzanotte del primo ottobre. Cosa ci faceva lì?»

«Uh, ne è sicuro? Che giorno era?»

«Lunedì.»

«Oh, sì. Olivia non si calmava. Piangeva ed era tutta agitata. Quando succede, l'unico modo per calmarla è portarla a fare un giro in macchina. Si addormenta subito.»

«La porta a fare un giro con la sua Audi?»

«Sì, è l'unica cosa che funziona.»

Nel veicolo non c'era nessun seggiolino.

«E quella notte, è quello che ha fatto?»

«Sì, come per magia, si è addormentata in un minuto.»

Il suo telefono è stato localizzato vicino al parco quattro volte in un arco di quaranta minuti. «Be', almeno sa cosa funziona.»

«È una brava bambina, ma ha i suoi momenti.»

«Tutti li abbiamo.» Sorrisi e lui ricambiò. «Ogni quanto deve mettersi in strada con lei?»

«Non molto spesso, forse una volta a settimana.»

«Mentre era fuori a guidare il primo ottobre, ha visto qualcosa di strano?»

«No, niente che io ricordi.»

«Ha visto qualcuno?»

«Non che mi ricordi. Insomma, non c'è nessuno in giro a quell'ora.»

«Okay, grazie.»

«Si figuri.»

«È una bella casa. Cosa fa per vivere?»

«Io? Faccio il papà a tempo pieno. Mia moglie ha un buon lavoro.»

«Prima di avere la bambina, cosa faceva?»

«Un po' di tutto. Sa, edilizia, ho provato a lavorare in ufficio, ma non mi piaceva stare chiuso dentro tutto il giorno.»

«Conosce un certo David Beas?»

«Beas? Hmm, mi suona familiare, ma non riesco a inquadrarlo.»

«Okay, grazie per il suo tempo e si prenda cura della sua bambina. È una bellezza.»

Tornato nel SUV, dissi: «Sull'Audi non c'è il seggiolino.»

«Già, e ha detto che si è addormentata subito. Se fosse vero, perché ha continuato a guidare per quaranta minuti?»

«Dobbiamo scavare a fondo su di lui.»

«A proposito di scavare, a che ora stasera?»

«Porterò la mia macchina a Koreshan e la lascerò lì. Così penseranno che siamo nel parco. Incontriamoci alla banca TD dall'altra parte della strada alle otto.»

«Okay. Faccio un salto in officina e mi assicuro che la mia macchina non abbia un localizzatore.»

«Bene. In ogni caso, assicurati di non essere seguito.»

———

CON IL BERRETTO da baseball in testa, salii sulla macchina di Derrick, chiedendo: «Tutto a posto?»

«Sì. Hanno controllato la macchina, era pulita e nessuno mi sta pedinando.»

«Bene.»

«Dove hai parcheggiato?»

«Nello stesso posto dell'ultima volta.»

«Hai visto qualcuno?»

«No. Andiamo. Prendi Corkscrew fino a Three Oaks Parkway.»

Derrick fece due svolte veloci a destra e ci ritrovammo diretti a est. Un minuto dopo, un'auto che procedeva nella direzione opposta rallentò. Quando ci superò, mi voltai. Stava facendo un'inversione a U.

«Frena. Qualcuno ha appena fatto un'inversione.»

«Non fare il paranoico.»

«Non lo sono, e non lo ero nemmeno l'altra sera, o sbaglio?»

«Hai ragione.»

«Entra nel parcheggio di Lowe's.»

Girammo per il parcheggio e l'auto si tenne a distanza. Derrick disse: «Ci sta ancora seguendo.»

«Assicuriamocene. Torna su Corkscrew. Se ci segue, sapremo che è un pedinamento.»

Derrick si diresse a est su Corkscrew e l'auto lo seguì. «Maledizione. Va bene, uhm, prosegui fino in fondo a est. C'è un impianto di trattamento delle acque su Alico Road. Accosteremo e scenderemo. Se ci vedono curiosare lì, si confonderanno sul serio.»

———

CON I CAFFÈ IN MANO, Derrick entrò con calma in ufficio. «Giorno, Frank, che ci fai qui così presto?»

«Ogni tanto, devo batterti sul tempo.»

Sbuffando, mi posò una tazza sulla scrivania. «Neanch'io sono riuscito a dormire.»

Cancellai un'email e abbassai la voce. «Vado a prendere un paio di cellulari usa e getta per noi.»

«Davvero?»

«Dobbiamo lasciare i nostri cellulari indietro quando andiamo in cerca.»

«Pensi che ci stiano tracciando i cellulari?»

«È l'unica cosa che abbia senso.»

«Se è così, devono essere i federali.»

«È quello che penso anch'io. Vado a prendere Davis di petto: vediamo come reagisce.»

«Bastardi.»

«Pensano di avere a che fare con dei pagliacci di provincia.»

«Gliela faremo vedere noi. Non dovremmo dargli tutti i soldi.»

«Non se li meritano.»

«Non sentiranno la mancanza di un paio di milioni. Che ne dici?»

«Porca puttana!»

«Cosa c'è?»

Usai una delle frasi tipiche di Derrick: «Indovina chi hanno arrestato ieri notte?»

«Non lo so. Chi?»

«Schwartz.»

«Per cosa?»

«Spaccio di steroidi.»

«Ecco perché è così grosso.»

Le sue cicatrici da acne erano un segno rivelatore dell'abuso di steroidi. «Potrebbe aver ucciso Beas in un impeto di rabbia, indotto dagli steroidi.»

«Quella robaccia ti incasina l'umore quando ne abusi.»

«Non devi abusarne per perdere la testa.»

«Come faremo a scoprire se è andata così?»

«Non so se potremo mai dimostrare una cosa del genere. Ma è già stato aggressivo in passato ed è stato arrestato per rissa.»

Derrick sorrise.

Dissi: «Cos'hai da ridere?»

«Non lo so. Solo il pensiero di uno che vende pianoforti di lusso e aggredisce qualcuno sembra uscito da un film o qualcosa del genere.»

24

Tenni d'occhio l'orologio. Quando scoccò mezzogiorno, mi alzai e mi diressi verso il parcheggio. Il sole dissolse il freddo che l'aria condizionata dell'ufficio mi aveva messo addosso. Infilai gli occhiali da sole e camminai fino a una panchina all'ombra di un'imponente quercia dalle fronde ampie.

Chiamai il cellulare di Bryon Davis. «Frank, come stiamo oggi?»

«Non bene, Bryon.»

«Mi dispiace sentirlo. Come posso aiutarla?»

«Richiami i segugi che mi ha messo alle calcagna.»

«Mi scusi, non capisco.»

Alzandomi, dissi: «Smettiamola con le stronzate, Bryon. Sappiamo che ci state pedinando».

«Mi creda, Frank. Non c'entro niente con quello che sta succedendo.»

«Non mi prenda in giro.»

«Non lo sto facendo.»

«Se non è lei, è qualcuno a cui lei ha parlato.»

«Non posso crederlo. Ma immagino sia possibile che dietro a ciò che sta vedendo ci sia un agente fuori controllo.»

«Chiunque sia, posso dirle che sta sprecando il suo tempo. Lascerò marcire i soldi dove si trovano.»

«Non sia vendicativo, Frank. Se sta succedendo qualcosa, identificheremo il responsabile e metteremo fine a questa storia. Vogliamo aiutarla.»

«Non vogliamo il suo aiuto. Statecene fuori, o non vedrete un centesimo.»

«Si calmi, Frank. Non so perché pensi che io abbia a che fare con quello che sta succedendo. Potrebbe essere il cartello.»

«Come farebbero a saperlo se non è stato lei a spifferarglielo?»

«Le posso assicurare che non ho fatto nulla del genere. Anzi, solo chi ha la stretta necessità di sapere è a conoscenza di questa operazione.»

«Nel suo mondo, saranno probabilmente un centinaio di persone.»

«No, non è così. Solo tre persone ne sono al corrente.»

«E quelle tre a quante altre l'hanno detto?»

«Sono collaboratori fidati...»

Sbuffai. «Fiducia e Washington sono un ossimoro.»

«Noi non siamo così, Frank.»

«Sì, certo. Senta, tenga lontani i suoi scagnozzi o è finita.» Riattaccai prima che potesse aggiungere altro.

Tornando verso l'ufficio, mi chiesi se fosse il cartello. Sembrava improbabile, ma non potevo escluderlo. Se si fosse rivelato vero, probabilmente sarei morto prima di scoprirlo.

Una goccia di sudore mi scivolò lungo la tempia. Se

fossero stati i nervi o il sole, restava da vedere. Mi voltai e mi diressi verso l'ufficio.

Derrick stava scrivendo al computer. Mi chinai e sussurrai: «Ho parlato con Davis.»

«Che ha detto?»

«Ha negato come San Pietro.»

«È stato convincente?»

«No. Ha detto che non è stato lui e ha dato la colpa al cartello.»

«Tu che ne pensi?»

«In ogni caso, dobbiamo stare in guardia, anzi, sulla punta dei piedi.»

Annuì.

Mi sedetti dietro la mia scrivania. «Contatto Bilotti, vediamo cosa può dirci sugli effetti degli steroidi.»

«A Washington abbiamo avuto un caso con un sollevatore di pesi. Si imbottiva di steroidi e ha ucciso due adolescenti nello spogliatoio.»

«Non è altro che un'altra droga. Questi atleti in cerca di un vantaggio barattano un sacco di sofferenze per chissà cosa.»

«Sì, è un'altra cosa di cui nessuno parla ai ragazzi.»

«Sta ai genitori. Chiamami pazzo, ma se tutti parlassero con i propri figli di droga, ci sarebbero meno pressioni dai coetanei e meno abusi.»

«Qualsiasi cosa si possa fare, dovremmo farla. Non c'è una soluzione magica.»

Composi il numero di Bilotti. «Ehi, dottore. Come va?»

«Abbastanza bene. Cosa posso fare per lei?»

«Cosa sa degli steroidi?»

«È una domanda piuttosto generica. Cosa sta cercando di capire?»

«L'uso di steroidi che porta alla rabbia.»

«Non è una scienza esatta, per così dire, ma l'uso di steroidi anabolizzanti androgeni è stato collegato a comportamenti violenti.»

«Che tipo di steroidi sono?»

«Tipicamente, il testosterone, sia in composti naturali sia sintetici, strutturalmente correlati al testosterone.»

Schwartz spacciava la versione sintetica dell'ormone maschile che promuove la massa muscolare e ossea. «Se qualcuno ne abusa, come diventa violento?»

«È una domanda senza risposta. Sebbene esistano prove sostanziali che indicano come l'uso di steroidi influenzi l'umore di un consumatore, non è stato identificato cosa scateni l'aggressività.»

«Mi serve qualcosa con cui lavorare. C'è qualcosa che può dirmi su un consumatore che entra in modalità attacco?»

«Solo che un'interessante caratteristica comune della rabbia da steroidi è che viene innescata da una reazione esagerata a un evento che normalmente non turberebbe il consumatore.»

«Sclerano per un nonnulla?»

«In sostanza.»

«Non possiamo puntare a un litigio che sia diventato violento?»

«Non lo escluderei, ma spesso il fattore scatenante non è evidente.»

«Lei non mi facilita le cose, vero?»

Bilotti ridacchiò. «Mi dispiace, Frank.»

«Nessun problema, dottore. Grazie per l'aiuto.»

Riattaccai e dissi: «Derrick, Bilotti dice che non

possiamo necessariamente cercare un litigio che abbia fatto infuriare Schwartz.»

«Ho colto il succo da quello che dicevi. La sostanza è che abbiamo il suo telefono vicino alla scena del crimine, e dovrà renderne conto.»

«Hai ragione.» Mi alzai. «Ricapitoliamo a che punto siamo. Chen e Schwartz erano nella zona. Chen stava facendo una sveltina, ma l'aggressore omofobo ha comunque avuto il tempo di uccidere Beas. Anche Schwartz era lì, ma non sappiamo perché. E poi c'è il telefono usa e getta da cui dobbiamo ricavare tutto il possibile.»

«E non dimentichiamoci di Grossman. Non credo alla sua storia, e hai visto come ci ha preso per i fondelli quando gli hai chiesto se conosceva Beas?»

Mi ero perso qualcosa? «Faremo un controllo su di lui. Le mogli tendono a coprire i mariti, ma basta chiedere a un paio di vicini e scopriremo se la sua versione regge.»

«C'è qualcosa in lui che non mi convince. Mi chiedo se ci sia un collegamento tra lui e Beas che ci sta sfuggendo.»

«Può darsi. Abbiamo appena saputo di lui. Forse è legato alla droga.»

«Perché non vai a sentire cosa ha da dire Schwartz? Io approfondisco su Grossman.»

«Mettiamoci in moto.» Abbassando la voce, dissi: «Questo potrebbe essere il nostro ultimo caso risolto.»

Derrick annuì. «Ci ho pensato molto. Troviamo i soldi, che il caso sia risolto o meno, e io me ne vado da qui. Il sessanta per cento della pensione è più che sufficiente.»

25

Il traffico in direzione est su Radio Road mi fece chiedere che aspetto avrebbe avuto la stagione imminente. Un aumento costante del numero di persone che si trasferivano qui aveva iniziato a intasare le strade. Svoltai a sinistra su Santa Barbara Boulevard ed entrai a Berkshire Lakes.

Mentre guidavo verso un quartiere chiamato Melrose Gardens, mi resi conto che tutti i nomi del complesso residenziale erano quanto di più anti-floridiano potesse esistere.

Schwartz viveva in una villetta ad Ascot Court. Stimai a occhio il valore della villetta a schiera, calcolandolo sui quattrocentomila dollari. Schwartz stava suonando il piano. Mi ricordò Dave Brubeck. Ascoltai un attimo prima di suonare il campanello.

Schwartz aprì la porta e aggrottò la fronte. «Sono fuori da due ore e hai già altre domande?»

«Non sono qui per l'arresto.»

«E allora per cosa sei qui?»

«David Beas. Posso entrare?»

Sbuffò. «Va bene.»

A parte immaginarmi un trapezio o una pila di fruste, non sapevo cosa aspettarmi. La stanza principale aveva un soffitto a volta e il pavimento in legno. Il mio sguardo cadde su un pianoforte verticale. «Ti ho sentito suonare. Era Brubeck?»

Sorrise. «Te ne intendi di jazz.»

«Non proprio. Mia madre adorava mettere su i suoi dischi.»

«Aveva buon gusto.»

«Già, mi manca ancora.»

Annuì. «Di mamma ce n'è una sola.»

«Eh già.» Indicai i suoi piedi. «Mi piacciono quelle scarpe. Dove le hai prese?»

«Da Nordstrom, online.»

«Belle. Le cercherò, ma a volte con un numero diverso non rendono altrettanto. Che numero porti?»

Si sedette su una delle due sedie della cucina. «Il quarantaquattro.»

Lo stesso del paio lasciato sulla spiaggia. «Anch'io.»

Schwartz era sproporzionato per quella sedia da bistrò. «Cosa volevi sapere di David?»

«La notte in cui il signor Beas è stato assassinato, il primo ottobre, gli hai parlato al telefono.»

«Sì, te l'ho detto.»

«Hai anche detto di essere stato a casa quella notte.»

«Esatto, c'ero.»

«Per tutta la notte?»

«Sì.»

«Stai mentendo.»

«Senti, sto cercando di collaborare.»

«Allora di' la verità. Abbiamo i tuoi tabulati telefonici. Quella notte eri dalle parti di Lowdermilk.»

La sedia scricchiolò mentre lui spostava il peso. «Sono uscito per, uhm, incontrare il mio contatto. Dovevo ritirare un ordine.»

«Steroidi?»

Fece un cenno di assenso con la testa. «È per quello che mi hanno beccato.»

«Dove si trova il tuo spacciatore?»

«Ha un appartamento ad Admiralty Point.»

Era un complesso residenziale circolare alla fine di Gulf Shore Boulevard, con una splendida vista sul mare. «Avrò bisogno dei tuoi recapiti.»

«Non posso darteli, mi darebbero la caccia.»

Schwartz era muscoloso, ma un proiettile lo avrebbe steso tanto rapidamente quanto chiunque altro. «Sono un detective dell'Omicidi. Non mi occupo di droga, di nessun tipo.»

«Andiamo, mi stai dicendo che non parli con gli agenti della Narcotici?»

«Per cose del genere? No, non lo facciamo.»

«Non posso. Scordatelo.»

«Senti, o me lo dici, o ti arresto. Se non vuoi che ti venga addossato l'omicidio, dovrai far sì che il tuo avvocato citi in giudizio il tuo spacciatore...»

«Oh, andiamo. Mi stai cacciando in un mare di guai.»

«Sei tu quello che spacciava steroidi, quindi non dare la colpa a me. Ti prometto che non dirò nulla alla squadra Narcotici.»

Scosse la testa.

Allungai la mano verso le manette alla cintura. «Girati. Ti porto...»

«Si chiama Michael Paul.»

«Indirizzo?»

«Non ne sono sicuro. Credo che viva nell'unità d'angolo al piano terra nel primo edificio, sulla destra.»

«Credi?»

«Mi incontra nel parcheggio.»

«Qual è il suo numero di telefono?»

Si alzò e aprì un cassetto della cucina. Il suo corpo mi bloccava la vista, così mi alzai e mi spostai di lato. Non cercò un'arma. Era un telefono. Inserì una batteria e lo accese.

«Okay. Pronto?»

Annotai il numero e dissi: «È già abbastanza nei guai. Se mi stai mandando a vuoto, te ne pentirai.»

———

FERMO AL SEMAFORO su Santa Barbara Boulevard, chiamai Derrick. «Ehi, Schwartz sostiene che stava ritirando degli steroidi dal suo spacciatore, che vive su Gulf Shore Boulevard.»

«Gli credi?»

«Sì, finché non l'ho visto rimettere la batteria nel telefono.»

«Ha tolto la batteria?»

«Esatto. Potrebbe anche aver tolto la scheda SIM.»

«Potrebbe essere il telefono che usa quando spaccia.»

«Forse, o è più furbo di quanto pensiamo.»

«Cosa intendi?»

«Mantiene il telefono acceso, ritira la droga. Questo gli

dà un solido motivo per trovarsi nelle vicinanze. Chi confesserebbe di star comprando droga?»

«È astuto.»

«Ma potrebbe essere passato in modalità fantasma dopo l'acquisto. Smonta il telefono e uccide Beas.»

«Ma come ha fatto ad attirare Beas lì?»

«Non lo so. Sto solo cercando di pensare fuori dagli schemi.»

«Forse sei un po' troppo fuori dagli schemi, amico mio.»

«Forse. Ma guarda caso porta il dieci.»

«Interessante.»

«Lo so. Com'è andata con Grossman?»

«Un paio di vicini hanno detto che è solito uscire di casa tardi la sera. Ma non sapevano se avesse il bambino con sé oppure no.»

«Mmm, potrebbe essere uno scambio di droga o qualcosa del genere. Hai parlato con la moglie?»

«Non ancora. Le ho lasciato un paio di messaggi.»

«Stalle addosso. Sto arrivando.»

«Sono appena tornato anch'io. Ci vediamo tra poco.»

Percorrendo Davis Boulevard in direzione ovest, abbassai l'aletta parasole. Stavo per alzare l'aria condizionata, quando squillò il telefono. Era Derrick. «Che c'è? Ti manco?»

Lui ridacchiò. «Non ci crederai.»

«Cosa? Lasci tua moglie per me?»

«Nossignore. Prova ancora.»

«Non lo so. Che succede?»

«È arrivato il rapporto sul cellulare usa e getta. Indovina dov'è stato attivato?»

«A Disney World?»

«No. Nelle immediate vicinanze della casa di Will Sanchez.»

«Dall'Eleven Eleven Central?»

«Esatto.»

«Dobbiamo perquisire casa sua. Se ci troviamo il telefono, lo abbiamo in pugno.»

26

Entrai di corsa in ufficio. «Fammi vedere quel rapporto telefonico.»

Derrick mi porse due fogli. Diedi una scorsa al primo documento mentre lui diceva: «Sanchez vive proprio vicino al ripetitore su cui è stato attivato. Dai un'occhiata alla mappa.»

Scambiai i fogli. «Ci sono un sacco di appartamenti in quella zona. Oppure potrebbe essere stato attivato da qualcuno che guidava sulla 41.»

«Sarebbe una coincidenza pazzesca.»

«Hai ragione. Dove diavolo è quel telefono?»

«Probabilmente nel Golfo, insieme al cellulare di Beas.»

«Può darsi, ma dobbiamo comunque provare a localizzarlo. Cos'abbiamo per un mandato? L'attivazione del cellulare usa e getta, i litigi con Beas...»

«Sanchez gli ha tirato una pietra e ha minacciato di ucciderlo.»

Annuii. «E avrebbe ereditato l'attività.»

«Un'attività che ha più che raddoppiato le sue dimensioni con Astra, il nuovo cliente.»

«E che storia era quella del pagamento di duecentocinquantamila dollari?»

«Pensi che possiamo ottenere un mandato per controllare i registri bancari?»

«Dovremmo dimostrare un legame ragionevole tra quel denaro e la morte di Beas.»

«Non abbiamo mai parlato con Damien. Dovremmo metterlo alle strette riguardo ai soldi. Forse ne verrà fuori qualcosa.»

«Probabilmente dovremmo.»

Squillò il telefono fisso di Derrick. Rispose e riattaccò rapidamente. «Era la moglie di Grossman. Vado a trovarla; vuoi venire?»

«Occupatene tu. Vedrò cosa ha da dire Damien.»

Mentre Derrick se ne andava, chiamai l'Astra Development per sapere dove fosse Damien.

———

IL SEMAFORO DIVENTÒ rosso all'incrocio tra Orange Blossom e Airport Pulling Road. Il sole scintillò sulla cupola dorata della chiesa greco-ortodossa di Santa Caterina. Mentre cercavo di ricordare quando si sarebbe tenuto il loro prossimo festival gastronomico, la luce divenne verde.

Da quanti edifici sarebbe stato composto il complesso di Siena Lakes? Gli anziani si erano già trasferiti in due di essi. La guardia all'ingresso del cantiere mi indirizzò verso una roulotte bianca.

Sopra il ronzio del condizionatore, sentii due uomini parlare. Bussai. Un uomo con un casco da cantiere aprì la porta. Corrispondeva alla foto della motorizzazione di Damien.

Mi invitò a entrare e chiese all'altro uomo di andarsene. Su un tavolo erano ammucchiati grossi rotoli di cianografie. Damien spostò una cassa di bottiglie d'acqua da una sedia. «Si accomodi.»

«Grazie. Volevo parlarLe di David Beas.»

«Okay.»

«Cosa può dirmi di lui?»

«A dire il vero non lo conoscevo molto bene. Ma era un bravo designer.»

«Mi risulta che Lei lo abbia raccomandato ai fratelli Evans.»

«Pensavo che fosse necessario un cambiamento se volevamo realizzare progetti più, uhm, interessanti dei complessi per anziani.»

«Era a conoscenza di qualcuno che volesse fargli del male?»

«No, come ho detto, non lo conoscevo bene.»

«Questo contraddice quanto ha detto il signor Sanchez.»

«Cosa ha detto?»

«Che Lei era un sostenitore del signor Beas e del suo lavoro.»

«Non volevo che ci etichettassero per sempre come costruttori di posti come questo. Non aveva niente a che fare con l'essere suo amico.»

«Avrebbe scelto la prima azienda che fosse capitata?»

«Andiamo, è ridicolo.»

«Quanto bene si conoscono Lei e il signor Sanchez?»

«Lo conoscevo dal posto dove lavorava prima. Erano coinvolti in un paio di progetti che abbiamo fatto a Estero.»

«Va d'accordo con lui?»

Fece spallucce. «Niente di strano.»

«Cosa significa?»

«Ci sono scadenze e budget e una pressione pazzesca per portare a termine una proprietà. Se un fornitore è in ritardo, si crea un effetto a catena che manda a monte i nostri piani.»

«L'azienda di Sanchez ha mai mandato a monte i vostri piani?»

Annuì. «Un paio di volte. Una volta... Ah, lasci perdere. Capita a tutti.»

«Il signor Sanchez ha mai cercato di farsi perdonare con Lei?»

«Cosa intende?»

«Le ha mai, uhm, regalato qualcosa?»

Guardò verso la porta. «Regalato? No, perché avrebbe dovuto?»

«Per entrare nelle Sue grazie. Per rimediare a un ritardo su un lavoro.»

«Non capisco dove vuole andare a parare con tutto questo e cosa c'entri con quello che è successo a David.»

«Nel corso della nostra indagine, abbiamo scoperto un documento che descrive un pagamento a Suo favore, per un importo di duecentocinquantamila dollari.»

Diventò più bianco di un fantasma.

«Il signor Beas si è offerto di pagarLa per una raccomandazione ai fratelli Evans?»

Aggrottò la fronte. «Non è stato David. È stato Will a venire da me.»

«Vorrei essere chiaro: non mi interessano le tangenti. Il mio lavoro è trovare chi ha ucciso il signor Beas.»

Mormorò: «Non ho preso soldi.»

Invece di chiedere quando avrebbe dovuto essere pagato, dissi: «È certo che sia stato il signor Sanchez?»

«Sì. Non gli ho dato io l'idea. Non ho mai chiesto niente.»

«Se non avesse ricevuto l'offerta, avrebbe raccomandato la Magnet Design?»

«Certo. I soldi non c'entravano nulla.»

Repressi una risata e conclusi il mio interrogatorio.

Mentre mi dirigevo a nord sulla 41, notai un edificio con il tetto a spiovente e mi immisi nella corsia di destra. Quella sera saremmo andati a caccia dei soldi. Era una buona scusa per uno spuntino, per assicurarmi di non rimanere a corto di energie.

Accostai nel parcheggio del Turco Taco. Lì potevi personalizzare i tuoi tacos. Ne ordinai due con il mahi mahi e mi sedetti a un tavolo vicino a una siepe.

Mentre mangiavo, ripensai ai soldi che Sanchez aveva offerto a Damien. Era un grosso incentivo per ottenere l'appalto e probabilmente aveva suggellato l'accordo. Ma la tangente aveva avuto un ruolo nell'omicidio di Beas?

A parte rendere più redditizia l'attività che Sanchez avrebbe ereditato, non riuscivo a capire in che modo. L'Astra Development avrebbe affidato l'attività a Sanchez se Beas fosse stato vivo?

Mentre mi ficcavo in bocca l'ultimo pezzo di taco, mi colpì un pensiero: Sanchez voleva quell'appalto. Ma quale prezzo era disposto a pagare? Un quarto di milione in tangenti o togliere la vita a un uomo?

Mentre andavo verso la macchina, Derrick mi chiamò: «Ehi, Frank, la moglie di Grossman pensa che suo marito abbia un'amante.»

«E sarebbe per questo che fa quei giri in macchina a tarda notte?»

«È quello che pensa lei.»

«Quel tipo se ne sta a casa tutto il giorno; perché dovrebbe aspettare che sua moglie torni a casa?»

«Non lo so. Forse la donna che si scopa lavora.»

«La cosa puzza. Dovremo affrontarlo.»

«Già, a te com'è andata con Damien?»

Dopo avergli raccontato l'accaduto, dissi: «Dobbiamo mettere sotto pressione Sanchez.»

«Sicuramente.»

«Non mi piace, ma non è chiaro se sia un assassino. Posso dirti una cosa: non sarà facile farlo crollare. Ci darà del filo da torcere.»

«Dopo stasera, non dovremo più preoccuparcene. Dovrà occuparsene qualcun altro.»

27

Il Seed to Table era affollato di festaioli notturni.
Vestito di nero, entrai senza che nessuno si voltasse.
Nell'aria fluttuava musica country dal vivo. Tenendomi
sulla destra, staccai un sacchetto di plastica da un rotolo e
feci il giro del reparto ortofrutta. Nessuno sembrava
seguirmi. Uscii dall'altra uscita.

Sgattaiolai dietro l'edificio, sulla strada di accesso per
Carlton Lakes. A fari spenti, Derrick stava aspettando.
Disse: «Campo libero?»

«Sì.»

Svoltando su Livingston Road, Derrick disse: «Probabilmente tutto questo non era necessario.»

«Non si è mai troppo prudenti.»

«Ci verrebbe fuori un bel reality.»

«Non sopporto quei programmi. Sono così forzati e
falsi.»

Svoltammo a destra, su Bonita Springs Road. «Ma
questo sarebbe bello.»

«Chi lo sa, magari un giorno scriveremo un libro e diventerà una serie Netflix.»

«Oh, cavolo, sarebbe forte. Diventeremmo famosi.»

«Stai attento a ciò che desideri.»

«Mia madre lo dice sempre.»

«Vorrei che mia mamma fosse ancora qui. Se trovassimo i soldi, le comprerei un bell'appartamento in un buon complesso residenziale.»

«Avremmo dovuto procurarci un georadar.»

Dissi: «Sono troppo costosi. Se sapessimo per certo che i soldi sono lì, non ci sarebbe da pensarci due volte, ma non lo sappiamo.»

«Secondo te a che profondità sono sepolti?»

«Circa un metro.»

«Le aste da sondaggio sono lunghe un metro e mezzo. Se hai ragione, siamo a posto.»

«Non credo siano a più di un metro. Più in profondità, servirebbe un escavatore per seppellire così tanti soldi.»

«Quanti soldi pensi che ci siano?»

«Un momento credo alla storia di un paio di centinaia di milioni, e il momento dopo penso che siano centomila al massimo.»

«Devono essere più di centomila. Altrimenti, non si sarebbe preso tutto questo disturbo.»

Era un'osservazione sensata. «Lo scopriremo abbastanza presto.»

Come da programma, superammo l'ingresso del Big Corkscrew Island Park. Dissi: «Non sembra che ci siano macchine nel parcheggio.»

«Potrebbe esserci qualcuno a piedi.»

«Forse, ma *io* non me ne andrei a spasso qui fuori.»

«Gli adolescenti non hanno paura del buio.»

«Fai un'inversione a U.»

Parcheggiammo. Derrick aprì il bagagliaio. Le luci del campo da baseball della Palmetto High School fendevano gli alberi. Gli studenti del liceo venivano al parco per sbaciucchiarsi o fumare marijuana?

Tirò fuori due pale e un paio di sonde e chiuse il bagagliaio. Sussurrò: «Hai individuato la posizione?»

Controllando le coordinate GPS sul mio telefono, indicai un punto. «Seguimi.»

Mentre ci dirigevamo verso una piccola fila di alberi, sussurrai: «Tieni gli occhi aperti. Io sono concentrato sullo schermo.»

Un cane abbaiò. Ci fermammo. Derrick disse: «Veniva da laggiù. Ma non è vicino.»

Neanch'io lo pensavo. Trecento metri più avanti, deviai a destra. «Ci stiamo avvicinando.»

«Dove? Dov'è?»

Mi portai un dito alle labbra e indicai un gruppo di querce. Camminando lentamente, controllai lo schermo. Feci un passo a sinistra e indicai il terreno. «Dammi una sonda.»

Afferrando l'impugnatura con entrambe le mani, conficcai l'asta nel terreno. La spinsi più a fondo che potevo e scossi la testa. «Cerchiamo seguendo una griglia nord-sud. Controlla ogni metro circa.»

Lui tirò fuori la torcia. Sussurrai: «No. Niente torcia. Non possiamo attirare l'attenzione.»

«Non vedo niente.»

«Non è necessario. Sonda, fai un passo e ripeti.»

Dopo trenta minuti di ricerca, la schiena cominciava a darmi fastidio. Avevamo coperto l'area indicata dalle coordinate e anche oltre. Andai da Derrick. «Ripassiamo la zona.

Potremmo essercelo persi.»

«Non vedo come.»

«Magari li ha seppelliti in verticale o qualcosa del genere.»

«Vale la pena tentare.»

«Stavolta andremo da est a ovest.»

Derrick conficcò la sua sonda, io feci un passo alla sua sinistra e feci lo stesso. Percorremmo l'area incrociando le direzioni e non trovammo nulla. Strofinandomi una vescica, dissi: «È tutto.»

«Non ci posso credere.»

«Andiamocene da qui.»

Sulla via per la macchina, Derrick continuava a conficcare la sua sonda. Mentre appoggiavo la sonda contro la macchina, sentii Derrick dire: «Frank, vieni qui.»

Era a sei metri di distanza. Mi avviai verso di lui. «Cosa?»

«Ho colpito qualcosa.»

Tirai fuori il dispositivo GPS. «Non può essere quello che cerchiamo. I numeri non corrispondono.»

Sfilò la sonda e la conficcò mezzo metro più a destra. «Beh, c'è qualcosa là sotto. E poi, chi ci dice che questo tizio ne capisse qualcosa di GPS?»

«Probabilmente una roccia.»

«Non credo.» Sollevò la sonda di un paio di centimetri e la spinse di nuovo giù. «Cede un po'.»

Prese una pala.

«Andiamo, Derrick. Sono già passate le dieci.»

«È solo a un metro circa. Lo tiro fuori in un secondo.»

Mise il piede sulla pala e l'affondò nella terra.

«Lascia che ti aiuti.»

Gettò una seconda palata di terra alle sue spalle. «Va bene così.»

Un rametto si spezzò. Mi irrigidii e sussurrai: «Sei stato tu?»

«Di cosa stai parlando?»

«Ho sentito qualcosa.»

Derrick riprese a scavare. «Sei così paranoico, amico.»

«Sshh, fa' silenzio.»

Derrick scosse la testa e piantò la pala nella buca che aveva scavato.

Tonfo.

Ci guardammo. Afferrai la mia pala e cominciai ad allargare la buca. Strinsi l'impugnatura per non farmi tremare le mani. Derrick disse: «Basta così.»

Si inginocchiò e frugò nella buca con le dita. Coprii la torcia con la mano e l'accesi. Inginocchiato, puntai il fascio di luce nella fossa. «Cos'è?»

«È una valigia!»

«Sshh.»

Derrick tastò il baule con la mano. «È avvolto nella plastica.»

«Non ci posso credere. L'abbiamo trovata.»

«Credici, fratello. Abbiamo fatto centro!» Derrick balzò in piedi e cominciò ad allargare la buca.

Lo afferrai per un braccio. «Aspetta.»

«Cosa?»

«Continuo a sentire qualcosa.»

Mi scrollò di dosso. «Rilassati. Altre due palate e riusciamo a tirarla fuori.»

Sbirciai nella buca. La valigia era grande e coperta di plastica che aveva cominciato a bucherellarsi. Non era abbastanza capiente da contenere più di un paio di milioni di dollari. Le altre dovevano essere sotto.

Derrick ci mise sotto la pala e fece leva. Afferrai un angolo infangato e la liberai. «Prendi l'altro lato.»

Mise le mani su un angolo. «Uno, due, tre.»

La sollevammo. Sbirciai nella fossa. «Ne vedi altre?»

Derrick sgranò gli occhi.

Una voce profonda, proveniente dal buio, disse: «Indietreggiate e tenete le mani in alto.»

28

Mi irrigidii e mi voltai. Si era nascosto dietro un albero. Mentre l'omone si avvicinava, dissi: «Stia calmo. Siamo agenti di polizia.»

Il suo accento spagnolo mi fece domandare se fosse legato a Cabrerra o a un cartello. «Non me ne frega un cazzo di chi è lei. Si allontani dalla valigia.»

Facemmo due passi indietro. Derrick disse: «Non vogliamo problemi. Metta via l'arma e faremo finta che non sia successo niente.»

«Stia zitto! E a terra, faccia in giù.»

Faceva abbastanza buio da non vedermi prendere la pistola? Mi inginocchiai e lui disse: «Tenga su quelle maledette mani!»

Il sangue mi martellava nelle orecchie. «Si calmi. Non è facile mettersi a terra senza usare le mani.»

«Mani dietro la schiena.»

Facemmo come disse. «Non ci faccia del male. Come le ho detto, siamo poliziotti.»

Mi si mise a cavalcioni, mi sfilò la cintura e la usò per legarmi le mani. «State zitti e nessuno si farà male.»

Al chiaro di luna, vidi il suo volto. Calvo, aveva la pelle coriacea come un guantone da ricevitore. Sullo zigomo destro aveva una cicatrice a forma di nove. I suoi occhi apparivano vitrei.

Dopo aver legato Derrick, ci perquisì, togliendoci le armi. Gettandole da parte, chiese: «Chi vi ha detto che i soldi erano qui?»

«Quali soldi?»

«Non mi prenda per il culo. Chi ve l'ha detto?»

Derrick disse: «Un tizio di nome Coburn.»

«Chi?»

«John Coburn.»

Io dissi: «Prenda i soldi e ci lasci in pace, la prego.»

Grugnì, disse qualcosa in spagnolo e andò verso la valigia. Inginocchiandosi, strappò via la plastica. Le serrature scattarono. Tesi il collo, guardando mentre sollevava il coperchio. Balzò in piedi. «Ma che cazzo!»

Sputò una sfilza di parole in spagnolo, molte delle quali erano imprecazioni riconoscibili, mentre camminava avanti e indietro. Guardò nella buca, scosse la testa e corse nell'area boschiva.

Derrick disse: «Che diavolo è stato?»

Cercai di allentare la cintura attorno ai polsi. «Deve essere legato al cartello o è di nuovo Davis.»

«L'abbiamo scampata per un pelo.»

«Proprio così. Hai visto la sua faccia? C'era qualcosa in lui che...»

«Prova a metterti seduto. Ci mettiamo schiena contro schiena e ce le togliamo.»

Ci mettemmo dieci minuti a liberarci. Derrick si alzò in

un balzo e mi tese una mano. Grugnii mentre mi tirava su. Recuperammo le pistole e andammo alla valigia.

«Porca puttana. Che diavolo...?»

Sbattei le palpebre due volte; era uno scheletro senza teschio. Tirando fuori la torcia, ci puntai sopra un fascio di luce. «È piccolo. Potrebbe essere un bambino.»

«Dov'è la testa?»

«Bella domanda.»

«Da quanto tempo è qui?»

Altra bella domanda. Diressi la luce verso la valigia. «È una vecchia valigia. Dobbiamo far venire la scientifica qui.»

«Come spiegheremo di averla trovata?»

«Dobbiamo pensarci bene. Se ce ne andiamo e lasciamo che la trovi qualcun altro, corriamo il rischio che qualcuno ci veda o ci colleghi alla cosa.»

«È la cosa più facile da fare. Nessuno ci ha visti.»

«Forse. Ma abbiamo lasciato il nostro DNA dappertutto e chissà cos'altro. Potrebbe condurre a noi.»

«Siamo dell'omicidi; possiamo rigirare la cosa come vogliamo.»

«Non complichiamo la situazione. Possiamo dire di aver ricevuto una soffiata anonima su un corpo sepolto qui fuori.»

«Potrebbe funzionare, ma come giustifichiamo il fatto di essere venuti qui a quest'ora?»

Feci spallucce e ispezionai l'area. «Andiamocene da qui. Ma dobbiamo controllare se abbiamo lasciato qualcosa.»

Raccogliemmo le cinture e gli attrezzi, ci guardammo di nuovo intorno e ci dirigemmo verso l'auto.

«Tieni i fari spenti e non correre.»

«Sembra di essere in un film.»

«Un film dell'orrore.»

«Chi era quel tizio?»

«Potrebbe essere uno degli uomini di Davis.»

«Sarebbe meglio del cartello.»

«Non ne sarei così sicuro. Mio zio diceva sempre che il governo è la mafia legale.»

«Non posso credere che non abbiamo trovato i soldi.»

«E ora dobbiamo occuparci di questo.»

«Dovremo scoprire di chi è il corpo.»

«Forse c'è qualcosa nei fascicoli dei casi irrisolti.»

«Potrebbe venire dalla Contea di Lee.»

«Iniziamo, dopo che avremo ricevuto la chiamata, dalla pista del senza testa. Vediamo dove ci porta la decapitazione.»

«Da quando sono qui, non ho mai sentito del ritrovamento di un teschio.»

«Nemmeno io, ma che tu ci creda o no, in New Jersey me ne sono capitati due.»

«Già, su a Washington, me ne capitò uno; era legato alla droga.»

«Sai, siamo fortunati che quel tizio non ci abbia uccisi.»

«Lo so. Ero lì steso a pensare a cosa fare.»

Io stavo pregando. «Non dire niente a Lynn di questa storia. Io non lo dirò a Mary Ann. Non possiamo rischiare.»

«Assolutamente non glielo dirò.»

«Bene. Se questa cosa viene fuori, non solo non avremo i soldi, ma perderemo il lavoro e ci daranno il massimo della pena.»

«La stampa ci andrebbe a nozze.»

«E come.»

Diedi un pugno al volante. «Immagino che questo signifi-chi che non troveremo mai i soldi.»

«Probabile. Devo parlare con Coburn. Non so se avvertirlo di questo tizio o fargli un culo così per averci raccontato stronzate.»

«Che si fotta. Non dire niente. Quel bastardo ci ha quasi fatto ammazzare.»

«Lo sei, ma la vendetta migliore è quella che si spinge troppo oltre.»

———

MARY ANN DORMIVA SUL DIVANO. Non avevo l'energia per farmi una doccia. Aprii il rubinetto della cucina e mi versai del detersivo per i piatti in mano. «Frank? Sei tu?»

«Sì. Mi sto solo lavando.»

Prendendo uno strofinaccio, mi si avvicinò. «Com'è andata?»

«Non abbiamo trovato niente.»

«Oh, no! Le informazioni non erano giuste?»

«No.»

«Immagino che non avrò una macchina nuova.»

«No. Sono esausto. Andiamo a dormire.»

Aggrottò la fronte. «Era troppo bello per essere vero.»

Feci spallucce e mi diressi in camera da letto.

«Frank, togliti i pantaloni in lavanderia: sono luridi.»

Mary Ann stava riordinando il salotto quando tornai in mutande. «Andiamo.»

«Devi spegnere le luci esterne.»

«Lasciale accese. C'è in giro una banda di ladri.»

Era una bugia e una reazione esagerata, ma dovevo stare attento.

A occhi aperti, me ne stavo a letto, cercando di elaborare ciò che era successo. Mentre immaginavo il volto dell'uomo,

Mary Ann si girò su un fianco. Di solito si addormentava pochi secondi dopo aver toccato il cuscino.

Sussurrai: «Non riesci a dormire?»

«Non ancora.»

«Che c'è?»

«Niente. Sto solo pensando.»

«Dormi.» Dormire otto ore era importante per tenere a bada la sua sclerosi multipla.

«So che mi sto comportando come una bambina, ma non posso fare a meno di sentirmi delusa. Immagino fosse troppo bello per essere vero, no?»

«Niente si ottiene facilmente.»

«Lo so, ma il pensiero di non doversi mai più preoccupare dei soldi...»

«Andrà tutto bene, dormi.» Lo dissi con più sicurezza di quanta ne provassi.

Le finanze non erano la preoccupazione; lo era tenere nascosto l'accaduto quando lo scheletro fosse stato scoperto. Oltre a ciò, c'era la possibile minaccia rappresentata dal cartello. Era una minaccia remota, ma quel genere di persone era meno prevedibile di un acquazzone della Florida.

29

AFFERRATO UN FLACONE DI TUMS, NE FECI USCIRE TRE compresse. Mentre le mandavo giù con il caffè, Derrick disse: «Ti dà fastidio lo stomaco?»

«Ho un reflusso che sembra una fontana.»

«Cos'hai mangiato?»

Non era il cibo, erano i nervi. «Un pezzo di pizza fredda. Probabilmente i salamini.»

Lui sorrise. «La colazione dei campioni.»

Non era preoccupato? Abbassai la voce. «Vorrei solo che arrivasse già quella chiamata.»

«Stai tranquillo. Andrà tutto bene.»

«Voglio scorrere le foto segnaletiche, vedere se riesco a trovare il tizio di ieri sera. So che è come cercare un ago in un pagliaio, ma puoi ordinarle per tipo di reato?»

«Solo per la classificazione del reato. Puoi cercare solo tra i crimini di secondo e terzo grado. Hai più probabilità di vincere al SuperEnalotto.»

«Devo fare un tentativo.»

«Buona fortuna.»

Mentre cliccavo tra le pagine di foto segnaletiche, entrò il sergente Gesso. «Ragazzi, abbiamo appena ricevuto una chiamata per un corpo a Big Corkscrew Park.»

Scattai in piedi. «Ci mettiamo subito in moto.»

«Con calma. Chi ha chiamato ha detto che si trattava di uno scheletro e che c'era una tomba.»

«Nel parco?»

«Già. Chissà? Magari è uno scherzo di Halloween o qualcosa del genere.»

«Andiamo a controllare.»

«Ho già mandato una volante.»

«Ha chiamato il dottor Bilotti?»

«No. Non volevo farlo venire fin là se si tratta di uno scherzo.»

«Ottima idea. Se è una cosa seria, lo chiameremo e glielo faremo sapere.»

Derrick uscì dal parcheggio. Io dissi: «Non recitare in modo esagerato. Dobbiamo stare attenti.»

«La stai facendo più grossa di quello che è.»

«Come puoi dirlo? Ci siamo imbattuti in una scena del crimine e ce ne siamo andati.»

Lui si strinse nelle spalle. «Senti, abbiamo fatto una buona cosa. Se non fosse stato per noi, chiunque sia là sotto sarebbe ancora sotto terra.»

«Questo non è un gioco. Abbiamo violato tutto ciò che il dipartimento rappresen-»

«Non essere così melodrammatico. Abbiamo aggirato le regole. Quante volte l'hai fatto?»

«Mai una cosa del genere.»

«Andremo sulla scena, faremo finta che sia una novità. Il corpo verrà recuperato e noi indagheremo. Magari risolveremo un vecchio caso.»

Derrick svoltò nel parco. «Cavolo, questo posto sembra completamente diverso.»

«Puoi dirlo forte.» Mi misi gli occhiali da sole. «Okay. Ricorda, comportati in modo naturale.»

Facemmo rapporto all'agente che sorvegliava la scena. Indicò un uomo sulla quarantina seduto su una panchina. «È lui che ha trovato i resti.»

Il setter irlandese dell'uomo zampettava sull'erba.

«Si assicuri che non si allontani. Abbiamo bisogno di una deposizione.»

«Stia tranquillo, non va da nessuna parte.»

«Dov'è il corpo?»

«Dritto là in fondo, a circa due campi da football, ma non è un corpo, solo uno scheletro senza testa.»

Derrick disse: «Niente teschio?»

«Niente.»

Sospirai. «Cose da pazzi che ci tocca vedere.»

A metà strada, Derrick disse: «Visto? Facile facile.»

«Non gufare.»

Facemmo le stesse cose che facevamo sempre su una nuova scena del crimine. Mi inginocchiai vicino allo scheletro. «Ha il bacino stretto, potrebbe essere un maschio.»

«Forse un adolescente?»

«Probabile.»

Mi alzai. «Chi sei? E chi diavolo ti ha fatto questo?»

«Il dottor Bilotti sarà importante.»

«Già.» Chiamai il medico legale e gli dissi cosa avevamo. «Andiamo a parlare con il tizio che l'ha trovato.»

———

Eravamo ancora sulla scena quando chiamò Mary Ann. «Come va?»

«Abbiamo un nuovo corpo.»

«Oh, mio Dio. Cos'è successo?»

«Sembra un vecchio caso. Un tizio a spasso con il cane a Big Corkscrew Park ha trovato uno scheletro.»

«L'hanno scaricato lì?»

«No, è stato dissotterrato.»

«Da chi?»

«Non lo sappiamo ancora. La scientifica sta raccogliendo i resti del ragazzo.»

«È un ragazzo?»

«Bilotti pensa che abbia tra i dodici e i quindici anni.»

«Poverino. I suoi genitori... non so-»

«Fa schifo. Senti, ti chiamo più tardi. Vediamo come va a finire la giornata.»

«Non tornare a casa tardi. Stanotte non hai dormito.»

«Vediamo come vanno le cose.»

Bilotti dirigeva i tecnici della scientifica mentre mettevano i resti scheletrici in un sacco per cadaveri. Mentre il sacco veniva sollevato, mi affiancai al medico legale. «So che è presto, ma secondo Lei, da quanto tempo è qui?»

«È difficile da stabilire. Ci sono segni di deterioramento, ma i casi che ho supervisionato erano tutti esposti al terreno, il che accelera la decomposizione.»

«Una stima a occhio?»

«Dai venticinque ai trent'anni.»

«Dio, che tristezza. Spero che riusciamo a risolvere il caso. E il fatto che sia stato decapitato?»

«Penso che potrebbe essere stato un tentativo di nascondere l'identità della vittima. Il DNA non era una risorsa quando è successo.»

«È qualcosa su cui riflettere. Altro?»

Indicò la fossa. «Scoprire chi l'ha disseppellito e perché sarebbe un punto di partenza interessante per la vostra indagine.»

«Ne verremo a capo. La prima cosa di cui avremo bisogno, dottore, è la sua identità. Senza quella, brancoliamo nel buio.»

Un'ora dopo, risalimmo sul SUV e ci dirigemmo verso l'ufficio. Dissi: «Abbiamo fatto una cazzata.»

«Di che stai parlando?»

«Avremmo dovuto scavare un altro paio di buche prima di andarcene.»

«Perché?»

«Secondo Bilotti dobbiamo scoprire chi l'ha disseppellito. Ha ragione. Non possiamo provare che sia stata una scoperta fortuita.»

«Ti stai facendo troppi problemi.»

«Forse invece sarebbe stato meglio inventarci una soffiata anonima.»

«Frank, smettila, okay? Andrà tutto bene. Non abbiamo ucciso nessuno. Chiunque sia, è lì da un sacco di tempo. È perfetto.»

«Perfetto? Ma sei matto?»

«È un caso vecchio. Magari la testa l'hanno trovata anni fa e la faccenda si chiuderà appena l'avremo identificato.»

Sbattei un palmo sul cruscotto. «Ci sono.»

«Cosa?»

«Un modo per tirarci fuori da questo casino.»

30

L'ODORE DELL'AGLIO SOFFRITTO MI HA INVESTITO NON APPENA sono entrato in casa. Mary Ann stava portando i piatti in veranda. «Sono subito da te. Voglio solo cambiarmi.»

Infilandomi una maglietta di Stan Getz, ho aperto la porta scorrevole della veranda. Le ho dato un bacio sulla guancia. «Ho una fame da lupi.»

«Com'è andato il resto della giornata?»

«Bene.» Ho afferrato il telecomando e ho acceso il telegiornale. «Cosa hai preparato?»

«Pasta e cavolfiore.»

«La ricetta siciliana che abbiamo preso da Molto?»

Dirigendosi in casa, ha detto: «La mia versione.»

È uscita con una ciotola fumante e l'ha posata sul tavolo.

«Adesso so che aspetto ha il paradiso.»

«Spegni la TV.»

«Voglio sentire cosa dicono dei resti che abbiamo trovato.»

«Tu? Interessato a quello che hanno da dire i media?»

«È un caso vecchio. Magari qualcuno si ricorda di un ragazzo scomparso o qualcosa del genere.»

«Mangia, prima che si freddi.»

Ho cosparso di formaggio la mia ciotola e ho inforcato le penne e il cavolfiore. «È buona. Passami l'olio d'oliva.»

Mentre mescolavo il piatto, il mezzobusto ha detto: «L'ufficio dello sceriffo della contea di Collier ha confermato il ritrovamento di resti scheletrici nel Big Corkscrew Regional Park.»

Mi è caduta la forchetta; una foto aerea della buca che avevamo scavato ha riempito lo schermo. Il conduttore ha detto: «Il parco è chiuso mentre la polizia indaga su questo strano caso. Nessuna dichiarazione è stata rilasciata sull'identità della persona sepolta lì o su chi abbia disseppellito i resti. *WINK News* seguirà gli sviluppi di questa notizia.»

Mary Ann ha detto: «Devono aver usato un drone per le foto.»

«Probabile.»

«Hai detto che il ragazzo era sepolto da molto tempo. Sembra una coincidenza che qualcuno lo abbia disseppellito dopo tutti questi anni.»

«Magari qualcuno si farà avanti con delle informazioni.»

«Hai più possibilità di ricevere una telefonata anonima.»

«Hai ragione. Remin terrà una conferenza stampa domani. Volevamo vedere cosa poteva darci Bilotti.»

«Quello dovrebbe generare un bel po' di soffiate.»

Ci contavo: era una parte importante del mio piano.

———

IN PIEDI, di lato, ho guardato lo sceriffo appoggiare entrambe le mani sul podio. Ha detto: «Grazie per essere venuti oggi. Avremo bisogno del vostro aiuto. Come forse saprete, sono stati trovati dei resti scheletrici al Big Corkscrew Regional Park. Stiamo lavorando per identificare la vittima.

«Il medico legale sta eseguendo degli esami per averne conferma, ma ritiene che il ragazzo abbia circa quindici anni. Le prove preliminari datano la sepoltura a circa trentacinque anni fa.

«Nel tentativo di aiutare a identificare questi resti, rendiamo noto il fatto che non è stato ritrovato alcun teschio insieme allo scheletro. Sfortunatamente, sembra che la vittima sia stata decapitata.»

La sala piena di giornalisti è rimasta senza fiato.

Remin ha scosso la testa. «Potremmo non sapere mai se il ragazzo sia stato ucciso nel parco o altrove. Nella nostra ricerca per risolvere questo vecchio caso, abbiamo istituito una linea telefonica diretta. Esortiamo il pubblico a scavare nella memoria per qualsiasi cosa possa aiutarci nelle indagini. La linea per le segnalazioni confidenziali è 239-888-8888. Grazie.»

Mentre Remin si dirigeva verso di me, un giornalista ha gridato: «Chi ha disseppellito i resti?»

Era una domanda che speravo svanisse nel nulla. Ho seguito Remin nell'anticamera della sala stampa. Lui ha detto: «Frank, anche se questo è un caso raccapricciante e precedente ai tempi di entrambi... per quanto mi piacerebbe risolvere un caso vecchio, l'omicidio di Beas deve essere la nostra priorità.»

«Sono d'accordo, signore. Vediamo cosa arriva dal pubblico.»

Derrick era al telefono. Sono scivolato dietro la mia scrivania mentre riattaccava. «Com'è andata la conferenza stampa?»

«Bene. Ne ricaveremo qualche pista.»

«Potremmo non averne bisogno.»

«Perché no?»

«Ho appena finito di parlare con un tenente Russo, su nella contea di Lee. Ha detto che suo padre era un detective e si ricordava di aver lavorato a un caso in cui un serial killer dava la caccia a ragazzi giovani. Lo psicopatico li decapitava con un seghetto, proprio come ha detto Bilotti.»

«Dov'era?»

«Contea di Charlotte.»

«Dobbiamo occuparcene subito.»

Lui ha preso il telefono. «Ci penso io.»

«Aspetta un secondo.» Mi sono alzato e ho chiuso la porta.

Derrick ha chiesto: «Che succede?»

«Ieri notte ho passato un'ora a guardare foto di uomini ispanici di quarant'anni.»

«Non capisco. Perché?»

«Per cercare caratteristiche facciali che corrispondessero a quelle del tizio che ci ha legati. Ho notato un paio di cose oltre alla cicatrice.» Gli ho porto i miei appunti. «Vado da Gesso, gli dico che ho ricevuto una telefonata anonima e che l'informatore mi ha dato la descrizione di un uomo che ha visto al parco quella notte.»

«Perché faresti una cosa del genere?»

«Sposta l'attenzione da noi. In più, potrebbe portare a scoprire chi era.»

Derrick ha sorriso. «Niente male.»

«Speriamo bene. La cicatrice sarà la chiave.»

———

Bussai alla porta di Gesso. «Credo che abbiamo qualcosa, sergente.»

«Spero non siano brutte notizie.»

«Ha chiamato un tizio; ha detto di aver visto un uomo nel parco la notte in cui è stato dissotterrato lo scheletro.»

«Cosa ci faceva lì?»

«Non ha voluto dirlo. Voleva restare anonimo.»

«Non mi piace.»

«Lo so, ma potrebbe essere la persona che ha dissotterrato i resti.»

«Cosa glielo fa pensare?»

«Il mio istinto, per come si è comportato al telefono.»

«Mmm.»

Gli porsi i miei appunti. «Questa è la descrizione della persona che dice di aver visto.»

Scorse la pagina. «Ha detto che pensa che sia stato lui a dissotterrare lo scheletro. Se fosse vero, questa cosa ci porterebbe fuori strada.»

Perché non ci avevo pensato? «Non necessariamente. Potrei sbagliarmi. Credo sia già successo.» Sorrisi.

«Non so che farmene di questa roba.»

«Potrebbe essere lui che descrive se stesso. Forse vuole giocare al gatto e al topo.»

«Stiamo pescando nel mucchio adesso?»

«No. È uno scenario legittimo.»

«Pensa che chiunque l'abbia dissotterrato sia l'assassino?»

«No, assolutamente. Ma abbiamo tenuto nascosto il fatto che i resti fossero in una valigia.»

«Vuole che renda pubblica questa informazione?»

«Sì, non si sa mai.»

31

AVEVO APPENA VARCATO LA SOGLIA DELL'UFFICIO QUANDO Derrick disse: «Non indovinerai mai cosa ho scoperto».

«Già, e se non me lo dici, non lo saprò mai».

Il suo viso si rabbuiò. «È solo un modo di dire, amico».

«Cosa hai scoperto?»

«Ho parlato con il vicecapo di Charlotte, un tipo di nome Casarella, lavora direttamente sotto lo sceriffo Prummell. Ha detto che hanno avuto un serial killer di nome Patrick Kearney che ha ucciso quattro ragazzi a Charlotte. E indovina un po'?»

Feci un respiro profondo. «Erano stati decapitati».

«Bingo. Pensa che Kearney potrebbe essere l'assassino».

«Quanto tempo fa è successo?»

«Primi anni Ottanta. Ha detto che Kearney è rinchiuso in una prigione della Georgia».

«Georgia?»

«Sì, credono che sia uno dei tanti assassini delle autostrade e che abbia commesso una serie di omicidi in tutto il paese».

Digitando sulla tastiera, Derrick disse: «È stato collegato ad almeno ventuno omicidi. E tutte le vittime erano maschi, di età compresa tra i dieci e i sedici anni».

Il nodo allo stomaco mi si strinse. «Dobbiamo identificare la nostra vittima e vedere se possiamo collegarla a questo bastardo».

«Kearney ora ha ottantatré anni, sta scontando la pena nella prigione di stato della Georgia, a Reidsville, a est di Savannah».

«Avrebbero dovuto friggere quel bastardo».

«Amen».

«Dobbiamo vedere i fascicoli di Charlotte».

«Ce li manderanno».

«Bene. Vado a chiamare Bilotti per vedere a che punto sono con le analisi prima di andare da Sanchez».

———

La Maserati blu notte di Sanchez era parcheggiata vicino all'ingresso della Magnet Design. L'auto era fresca di concessionaria. Sbirciai dentro... niente. Nemmeno un paio di occhiali da sole o una bottiglietta d'acqua.

L'addetta alla reception disse: «Mi dispiace. Il signor Sanchez è in riunione con un architetto delle luci».

Architetto delle luci? «Aspetterò».

«Potrebbe volerci un po'».

«La prego, gli dica che c'è il detective Luca».

Sanchez apparve, abbottonandosi la giacca mentre si dirigeva verso di me. «Sono nel bel mezzo di una riunione».

«Ho detto alla signorina che avrei aspettato».

Si accigliò. «In cosa posso aiutarla?»

«È meglio se parliamo in privato».

«Ha scoperto chi ha ucciso David?»

«Non ancora».

«Venga nel mio ufficio».

Lo seguii. «Si sta incontrando con un architetto delle luci? Non ho mai sentito una cosa del genere».

«Sono indispensabili per creare un'atmosfera e aggiungere interesse visivo. Valorizzano l'esperienza dello spazio sfruttando al meglio la luce naturale».

Il mio approccio fai-da-te sembrava funzionare alla perfezione. «Interessante».

Chiuse la porta e io mi sedetti. Sbottonandosi la giacca, Sanchez si accomodò dietro la scrivania. «Cosa c'è di così urgente?»

«Lei ha chiamato David Beas la notte del primo ottobre».

«Non è vero. Può controllare i miei tabulati telefonici».

«Ha usato un telefono usa e getta».

«Un che?»

«Non faccia lo gnorri con me».

«Onestamente non so di cosa stia parlando».

«Ha usato quello che pensava fosse un telefono non rintracciabile per chiamare il signor Beas».

«Cosa le fa pensare una cosa del genere?»

«La tecnologia di cui disponiamo la sorprenderebbe».

Si mosse sulla sedia. «In che senso?»

«Siamo riusciti a risalire all'attivazione di un cellulare prepagato fino a casa sua».

Aggrottò le sopracciglia prima di sorridere. «Bel tentativo, detective».

«Non è un gioco, signor Sanchez».

«Non ho mai detto che lo fosse».

«Mi ha detto che corrompere Damien Roth è stata un'idea del signor Beas».

«Esatto».

«Non secondo il signor Roth».

«Davvero? Cosa ha detto?»

«Che conosceva a malapena il signor Beas e che è stata lei a offrirgli una mazzetta per ottenere l'appalto dell'Astra Development».

«Non è vero. Era un grande ammiratore del lavoro di David, e ci siamo scontrati quando lavoravo per un'altra ditta».

«Ma lei ha detto che conosceva a malapena il signor Roth».

«Non lo conoscevo. Abbiamo lavorato insieme a un paio di progetti. Ma non ero io il responsabile di nessuno di essi».

«Scoprirò se lo era, ma è ora che lei ammetta di essere stata lei a corrompere il signor Roth».

«Non è vero».

«Ma Roth ha detto di sì».

«Probabilmente sta cercando di farmela pagare».

«Per cosa?»

«Un paio di lavori nella mia vecchia azienda non sono andati secondo i piani e lui mi ha dato la colpa dei ritardi. Due progetti non hanno rispettato le scadenze e lui non ha ricevuto i bonus che avrebbe ottenuto se fossimo rimasti nei tempi.»

«Quindi, Lei gli ha offerto duecentocinquantamila per compensare i bonus persi.»

Scosse la testa. «Con tutta la vostra tecnologia, non riuscirete mai a provarlo. E sa perché?»

Se si fosse cercata la parola *borioso* nel vocabolario, ci sarebbe stata la foto di Will Sanchez. «Mi illumini.»

«Perché non gli ho mai dato un centesimo.»

Avevamo del lavoro da fare. Mi sarebbe piaciuto dire ai fratelli Evans che Sanchez aveva comprato l'appalto, ma sebbene Damien Roth meritasse di perdere il posto, non avevo abbastanza informazioni per far licenziare un uomo.

————

Io e Gesso eravamo nell'anticamera della sala stampa ad aspettare lo sceriffo. «Senti, sergente, abbiamo qualche pista sull'identikit del tizio visto a Big Corkscrew Park?»

«Niente di concreto. I soliti svitati, ma continuano ad arrivare.»

«Tienimi aggiornato.»

Entrò Remin e ci scambiammo i saluti. Mettendosi a posto la cravatta, disse: «Siamo pronti? Ho una riunione con il consiglio comunale tra un'ora.»

Gesso disse: «Sì. Credo che ci siano tutti.»

«Bene, diamo inizio a questa cosa.»

Quattro cameraman erano allineati in fondo alla sala stampa. Rimasi di lato mentre Remin saliva sul podio. «Buon pomeriggio. Non è stato facile, ma ora che abbiamo avvisato la famiglia, siamo in grado di rivelare l'identità della vittima rinvenuta a Big Corkscrew Regional Park.»

I presenti si sporsero in avanti mentre lo sceriffo continuava. «I resti appartengono a un certo Eric White, un quattordicenne della contea di Desoto. I suoi genitori ne avevano denunciato la scomparsa nel novembre del 1988.

«Stiamo seguendo diverse piste per assicurare alla

giustizia la persona o le persone responsabili. È un giorno triste per la famiglia White, ma sono orgoglioso che questo dipartimento, ancora una volta, dimostri la sua ostinata determinazione nel risolvere un crimine, non importa quando sia stato commesso. Risponderò a qualche domanda.»

Indicò una donna in prima fila che si alzò. «Nancy Ross, *WINK News*. Pur essendo grati che Eric White sia stato identificato, il che dà un po' di conforto alla sua famiglia, i resti sono parziali. Crede che troverete la sua testa?»

«Siamo fiduciosi che gli sforzi in corso daranno i loro frutti. Non solo è in corso una ricerca, ma ci aspettiamo che l'assassino confessi le sue azioni.»

«Sa chi è stato?»

«Crediamo di sì.»

32

Seguii Remin nell'anticamera. «Mi scusi, signore, posso scambiare due parole con Lei?»

«Ho una riunione a cui non posso arrivare in ritardo».

«Sarà una cosa veloce».

Si guardò alle spalle. «Mi accompagni».

Tenendo il suo passo, abbassai la voce. «L'unica pista che abbiamo sull'omicidio di White si basa sulla decapitazione e sull'età...»

«Lei ha detto che è stato Kearney».

Non l'avevo detto. «Corrisponde alla fascia temporale e al suo stile, ma non abbiamo altro».

«Kearney è un vecchio che marcisce in cella. È stato lui».

«Non ne abbiamo la certezza».

Remin si fermò e sibilò: «È un caso di trentacinque anni fa. Date la colpa a Kearney e chiudetelo».

«Ma...»

«Niente ma, registratelo come risolto. Devo andare».

Remin sapeva qualcosa che io ignoravo? Mi trascinai fino al mio ufficio.

Derrick sbirciò da sopra il monitor. «Com'è andata?»

«Bene, ma Remin mi ha detto di dare la colpa a Kearney e di andare avanti».

«Probabilmente è stato lui».

«Non ne abbiamo la certezza».

«Dovremo mandare qualcuno a parlargli. Se confessa, è finita».

«E se non lo fa? Remin vuole che diciamo che è stato lui. In base a cosa?»

Derrick fece spallucce. «Kearney ha più di ottant'anni e sta scontando diversi ergastoli. Remin sa che se lo incriminiamo, l'accusa potrebbe non portare il caso a processo».

«E non sapremo mai chi ha ucciso White».

«Diciamo che non è stato Kearney. Chiunque sia stato, probabilmente è morto, o almeno si è ritirato dagli omicidi. Nessun danno, nessun dolo».

«Stronzate. Non è per questo che mi sono arruolato».

«Non fare pazzie. Probabilmente Remin ha ragione».

«Ma stai scherzando?»

Abbassò la voce. «Se non fossimo stati là fuori a scavare, non avremmo mai saputo di lui».

«Questo non lo rende giusto. Qualcuno deve farsi portavoce di quel povero ragazzo».

«Non sto dicendo che lo sia, ma questa è la realtà».

«Sono tutti impazziti?»

«No. Remin sta praticamente dicendo che la famiglia otterrà una qualche forma di giustizia, il pubblico non corre pericoli se l'assassino si rivela essere qualcun altro, e il dipartimento fa una bella figura chiudendo un vecchio caso».

«Quindi, una vittoria per tutti?»

«Si può dire così».

Scossi la testa e uscii a fare una passeggiata. Mi passò per la mente l'idea di chiamare Mary Ann per dirle cosa stava succedendo. Sarebbe stata d'accordo con me, ma sapere che ero stressato non faceva bene alla sua sclerosi multipla. L'ultima cosa di cui avevo bisogno era un altro incendio da spegnere.

Al mio secondo giro intorno al complesso scoppiò un acquazzone a ciel sereno. Attraversai di corsa l'area erbosa che portava al nostro edificio. Prima di entrare, mi fermai sotto il portico, giocando a un ping-pong mentale su come gestire la richiesta di Remin.

Mettendo da parte la rabbia, ricordai una cosa che mi aveva detto la dottoressa Bruno. Mi aveva detto di fare attenzione a scegliere dove opporre resistenza. Come dice il vecchio detto, era importante scegliere le battaglie giuste. Quando me lo disse, fui d'accordo, ma aggiunsi una riserva nel caso in cui fossero state violate le norme etiche o morali.

Se stavamo mentendo a una famiglia riguardo a un loro caro, era sbagliato. Ma quale sarebbe stato il risultato? Le nostre opzioni sembravano scarse, ma dovevo lasciar decantare la cosa. Forse una soluzione sarebbe affiorata dal mio subconscio.

Derrick era al telefono. Scarabocchiò su un blocco, dicendo: «Grazie per avermi richiamato. Nessun problema. Spero che il suo viaggio sia andato bene. Arrivederci».

Si alzò in piedi. «Era Phil Goodson. È il tizio che la donna che lavora alla Magnet Design ha detto di chiamare».

«Quale donna?»

«Quella che ci ha detto che Sanchez ha lanciato la pietra a Beas».

«Okay. E cosa aveva da dire questo Goodson?»

«Ha detto che un tale di nome Bill Morris era il direttore

dell'ufficio alla Magnet. Beas lo licenziò circa un anno fa, e per Morris fu un duro colpo. Cadde in depressione, non trovò più un lavoro, perse la casa e dava la colpa a Beas».

«Perché fu licenziato?»

«A quanto pare non andavano mai d'accordo. L'aveva assunto Sanchez».

«E?»

«Beh, questo tizio ha detto che Morris gli aveva confidato che si sarebbe vendicato di Beas per avergli rovinato la vita».

«Ci sono stati dei tentativi?»

«Non per quanto ne sappiamo, ma il nome di Morris l'abbiamo già sentito».

«Non so, dovremmo concentrarci su Sanchez... ma, ehm, okay, rintraccia questo Morris. Gli parleremo, vedremo dove ci porta».

«Me ne occupo io». Picchiettò sulla tastiera. «Ho una sensazione su questo caso: penso che avremo una svolta».

Cliccai sui file che la Contea di Charlotte aveva inviato. Se Kearney avesse ucciso Eric White, il problema con Remin si sarebbe affievolito. Ma non sarebbe scomparso. Avrebbe gettato un'ombra su tutto, per me.

Mi si rivoltò lo stomaco quando la foto segnaletica di Kearney riempì lo schermo. Con gli occhiali e un gran sorriso, la foto in bianco e nero faceva sembrare Kearney un vicino qualunque, invece che la personificazione del male. Perché Dio non marchiava i predatori sulla fronte?

Kearney uccise la sua prima vittima nel 1962. Prima che io nascessi. Il nodo allo stomaco si strinse mentre leggevo che faceva sesso con le vittime dopo averle uccise. Non poteva esserci niente di più perverso.

E invece sì.

Dopo averli uccisi e aver abusato sessualmente di loro, usava un seghetto per fare a pezzi i cadaveri. Kearney si era guadagnato un secondo soprannome: il Killer dei sacchi della spazzatura perché usava sacchi dell'immondizia per sbarazzarsi delle parti del corpo in luoghi isolati.

Il modus operandi di Kearney coincideva con quello dell'assassino di Eric White. Mentre mi ritrovavo a sperare che fosse lui, squillò il telefono della mia scrivania.

«Ehi, Frank. È appena arrivata una chiamata sulla linea diretta.»

«Che tipo di chiamata, Sarge?» Che stesse prendendo lezioni da Derrick?

«Riguarda il tizio visto a Big Corkscrew Park la notte in cui il cadavere è stato dissotterrato. Ha detto che sa chi è. Sei pronto per il numero?»

Mi raggelai. Volevo saperlo ma, allo stesso tempo, anche no. Avrei potuto sopportare che fossero quei viscidi del Dipartimento di Stato, ma se si fosse trattato del cartello, la vita non sarebbe più stata la stessa.

33

CHIAMAI IL NUMERO CHE MI AVEVA DATO GESSO. AL QUARTO squillo, rispose una voce maschile: «Pronto».

«Signor Curan?»

«Sì.»

«Sono il detective Luca del dipartimento dello sceriffo della contea di Collier. Lei ha chiamato il numero verde riguardo a una persona di interesse.»

«Sì. L'ho visto a casa di mia sorella. Ero lì per la festa del quindicesimo compleanno di mio nipote. Non riesco a credere che sia già così grande...»

«E dove ha visto quest'uomo? Al parco?»

«No, no. Quando ho visto l'annuncio di pubblica utilità, non ci ho fatto caso. Ma quando sono tornato a casa, nella cassetta della posta c'era il giornale di ieri. Stavo per buttarlo via, ma per qualche motivo non l'ho fatto. L'ho portato dentro e...»

«Riguardo all'uomo che stiamo cercando. Cosa può dirmi?»

«È morto, ecco cosa.»

Mi irrigidii. «Mi scusi? Come fa a saperlo?»

«C'è stato un brutto incidente sull'Alligator Alley, ed è rimasto ucciso.»

Strinsi il pugno in segno di vittoria. «È sicuro che fosse lui?»

«Sì, c'era una sua foto sul giornale. Quando l'ho vista, non riuscivo a capire chi fosse, ma poi mi è venuto in mente che la strana cicatrice che aveva corrispondeva a quella vista in TV.»

«Che giornale era?»

«Il *Miami Herald*. So che è pazzesco che me lo faccia ancora recapitare, ma vivo in centro e succedono così tante cose nuove che mi piace rimanere informato.»

Probabilmente aveva un account email AOL come me. «Capisco. Grazie, se avremo altre domande, la contatteremo.»

Riattaccato il telefono, digitai «giornale *Miami Herald*» nella barra di ricerca. Tornai all'edizione del giorno precedente e la sfogliai, fermandomi quando notai un titolo a pagina otto: «Uomo di Miami Gardens muore in un incidente d'auto».

Il mio sguardo si posò su un volto sorridente con una cicatrice a forma di numero nove. La didascalia recitava: «Emilio Chavez, 48 anni, era emigrato negli Stati Uniti dal Venezuela».

Mentre scorrevo l'articolo, il mio cuore accelerò. Chavez era un maggiore in pensione dell'esercito venezuelano. I miei pensieri rimbalzarono mentre mi rendevo conto che aveva trascorso la sua carriera nell'esercito. Ma ciò non significava che non fosse legato a un cartello.

Il Venezuela era governato da un dittatore che gli Stati

Uniti ritenevano coinvolto nel traffico di droga. Ma Cabrerra era colombiano. Qual era il nesso?

Feci una ricerca su Chavez nel sistema, rilassando le spalle quando sullo schermo non apparve nulla. Era raro che chiunque fosse coinvolto nel narcotraffico non avesse precedenti.

Ma da quanto tempo era arrivato in America? Il database nazionale riportava che a Chavez era stato concesso l'ingresso come rifugiato nel 2015. Due anni prima, Maduro aveva preso il potere, distruggendo la democrazia venezuelana.

Non era una prova certa, ma il Dipartimento di Stato aveva stabilito che la vita di Chavez sarebbe stata in pericolo se fosse rimasto in Venezuela.

Mi appoggiai allo schienale, mentre un'ondata di sollievo mi pervadeva. Il cartello non ci stava dando la caccia. Il senno di poi era un'altra cosa. Con la conferma che non si trattava degli ex soci di Cabrerra nel traffico di droga, divenne chiaro che non c'era mai stato motivo di pensarlo.

Un accento, un incontro a sorpresa e un'enorme somma di denaro mi avevano fatto credere il peggio. Le mie spalle si irrigidirono. Come aveva fatto Chavez a venire a conoscenza dei soldi di Cabrerra? Cosa ci faceva nel parco? Era stato un incontro casuale?

Non poteva essere che Chavez vivesse a Miami Gardens. Cosa ci faceva qui?

Mi squillò il cellulare. Era Mary Ann. «Dove sei?»

«Al lavoro.»

«L'uomo dell'aria condizionata è qui. Avevi detto che volevi esserci.»

Serrai i denti. «Me ne sono dimenticato. Cosa ha detto?»

«Ci serve un nuovo impianto. È...»

«Non ci si può fidare di questi tecnici dell'aria condizionata...»

«Allora saresti dovuto essere qui.»

«Ho avuto un contrattempo.»

«Cosa dovrei dirgli?»

«Sta solo cercando di venderti un nuovo impianto.»

«Adesso sei un esperto?»

«No. Ma sai come sono questi...»

«L'impianto ha undici anni. Ce ne serve uno nuovo.»

«Non c'è niente che possa fare?»

«Ha detto di non spenderci altri soldi. La garanzia è scaduta e la serpentina perde.»

«Quanto vogliono?»

«Seimilaquattrocento.»

«Cosa? È pazzo?»

«Rosie ha pagato settemila, e casa sua...»

«Dobbiamo farci fare un altro preventivo.»

«Cosa vuoi che gli dica?»

«Di farci un preventivo scritto e di dirci quando potrebbero fare il lavoro.»

Un'altra grossa spesa, proprio quello di cui avevo bisogno.

Lei disse: «Gli chiederò di farci un prezzo per quella cosa a raggi UV che uccide muffe e polline».

«Assicurati che sia una voce di spesa separata.»

«Ok, ci vediamo dopo.»

La bella sensazione di aver identificato l'uomo del parco era svanita. Si passava al problema successivo: pagare un nuovo impianto di aria condizionata. Ogni volta che cominciavamo a riprenderci dopo aver pagato le iniezioni di Mary Ann e le tasse universitarie della Ivy League di Jessie, un'altra spesa ci riportava indietro.

Derrick disse: «Frank? Ci sei?»

«Uh. Scusa, mi ero distratto.»

«Non riesco a rintracciare questo Morris. Il suo numero non è più attivo e il padrone di casa ha detto che ha traslocato nel cuore della notte.»

Mi irrigidii. «Quando ha traslocato?»

«Il padrone di casa non ne era del tutto sicuro, ma è stato più o meno all'epoca dell'omicidio di Beas.»

«La cosa non mi piace.»

«Neanche a me. Cosa vuoi fare?»

«Hai sentito qualcuno della sua famiglia?»

«Sì, sua sorella ha detto di non avere sue notizie, ma ha anche aggiunto che non si tengono molto in contatto.»

«E per quanto riguarda il suo lavoro?»

«È un grafico freelance.»

«Ha ancora la patente?»

«Sì, e ha un'auto con targa della Florida.»

Sospirai. «Forse è presto, ma dirama un avviso di ricerca.»

«A livello nazionale?»

«Se dobbiamo diramarne uno, tanto vale fare le cose in grande.»

34

MENTRE VENIVO MESSO DI NUOVO IN ATTESA, MI CHIESI
quanto costasse una telefonata del genere un tempo.
Qualche tempo prima, avevo provato a spiegare a Jessie che
quando avevo la sua età le telefonate si pagavano al minuto
e le interurbane erano costose. Non mi aveva creduto.

Non c'era neanche la musichetta d'attesa. La linea iniziò
a squillare e poi la chiamata fu connessa. Dissi: «Pronto?»

«Sì, aspetti. La chiamata mi è tornata indietro. Mi lasci
riprovare.»

Per non farmi prendere dalla frustrazione, mi chiesi se
mi sarei ricordato di quella telefonata di lì a cinque anni.

Alla fine, rispose una donna: «Detective Lambert.»

«Salve, signora, sono dell'ufficio dello sceriffo della
contea di Collier, nel sud-ovest della Florida.»

«So dov'è. Mia zia vive a Bonita.»

«Bene. Lei è l'agente di collegamento carcerario del
dipartimento, giusto?»

«Sì.»

«Senta, so che siete sommersi di lavoro, ma ci serve un piccolo aiuto su un vecchio caso.»

«Quanto vecchio?»

«Riguarda Patrick Kearney, un serial killer che sta scontando l'ergastolo nel penitenziario statale della Georgia.»

«Il Killer dei sacchi della spazzatura?»

«Sì, è lui. È stato attivo anche in Florida e abbiamo scoperto il corpo di una giovane vittima identificata come Eric White. Il ragazzo è stato decapitato e seppellito. Corrisponde al modus operandi di Kearney e lui si trovava qui in quel periodo.»

«E cosa vorrebbe che facessi?»

«Ho bisogno che qualcuno mi permetta di parlargli. Speriamo che confessi.»

«E perché dovrebbe farlo?»

«Ha avuto ventuno ergastoli. Non può scontare più tempo di quello che gli è già stato affibbiato, quindi non cambia nulla.»

«Buona fortuna.»

«Kearney ha ottantatré anni. Forse vorrà fare la cosa giusta per la famiglia.»

«È un fottuto psicopatico. Non gliene frega un accidente di nessuno tranne che di se stesso.»

«La capisco, mi creda. Ma forse possiamo dargli qualcosa in cambio per farlo parlare.»

Lei non reagì.

«Le sarei davvero grato per l'aiuto. La madre del ragazzo è ancora viva e il suo ultimo desiderio è ottenere giustizia per il suo bambino.»

Espirò pesantemente. «Lasci che veda quale margine di manovra posso ottenere dal direttore.»

«Oh, sarebbe fantastico. Grazie mille.»

«Non mi ringrazi ancora. Mi dia il suo numero.»

———

La sedia di Derrick sbatté contro il muro quando balzò in piedi. «Frank, abbiamo un riscontro! Indovina dov'è Morris?»

«A Disneyland?»

Fece una smorfia. «No, in Canada. Ha passato il confine il tre ottobre, due giorni dopo che Beas è stato strangolato.»

«È il tempo che ci vorrebbe se avesse guidato fin lassù dopo averlo ucciso.»

«La polizia lassù proverà a dargli la caccia. Si chiamano ancora Royal Canadian Mounted Police.» Sorrise. «Chissà se useranno quelli a cavallo?»

«Saranno anche tradizionalisti, ma hanno i nostri stessi strumenti.»

«Non posso credere che Morris se la sia filata. Deve essere l'assassino. Beas lo ha licenziato, lo ha minacciato e lui scappa subito dopo l'omicidio? Non sa quanto lo faccia sembrare colpevole?»

«Nessuno ha mai detto che i criminali sono furbi.»

«Su questo hai ragione.»

«Perché non prepariamo un mandato per ottenere l'estratto conto della carta di credito di Morris e le sue informazioni bancarie?»

«Avremmo dovuto farlo prima.»

«Non avevamo altro che insinuazioni. Ora sappiamo che ha lasciato il paese.»

«Non ne sono così convinto.»

«Anche se ci renderebbe il lavoro molto più facile, non possiamo semplicemente calpestare la privacy di una persona.»

«Quando si tratta di omicidio, ci dovrebbe essere un regolamento a parte.»

«Capisco, ma che mi dici delle violenze sessuali? Non dovrebbero esserci linee guida diverse anche per quelle?»

«Assolutamente.»

«Le rapine a mano ar-»

Derrick scosse la testa. «Ho capito dove vuoi arrivare: la teoria del piano inclinato.»

«Fidati, mi sento frustrato in continuazione, ma sto solo dicendo: dove si dovrebbe tracciare il limite?»

«Certe cose hanno precedenza.»

Non mi suonava come la parola giusta. Ci avrei dato un'occhiata più tardi. «Dovrebbero. Prepariamo questa bozza. Sono sicuro che la firmeranno subito.»

Il mio cellulare squillò. «È Davis del Dipartimento di Stato. Torno subito.»

Mentre uscivo, risposi: «Davis?»

«Sì. Cosa c'è di così urgente?»

Strizzando gli occhi alla luce del sole, dissi: «Non mi racconti queste frottole. Avrebbe potuto far ammazzare qualcuno l'altra sera.»

«Mi scusi, non capisco. A cosa si riferisce?»

«Il suo ragazzo venezuelano, Emilio Chavez, ecco chi.»

«Non conosco nessuno con quel nome.»

«La smetta!»

«Perché non si calma e mi spiega cosa la turba tanto?»

«Lei aveva messo un'altra persona alle calcagna a me e al mio partner. Seguendo la dritta che ci avevano dato, siamo andati al Big Regional Corkscrew Park. Mentre stavamo dissotterrando una valigia, il suo ragazzo è sbucato fuori dal bosco. Era armato e ha avuto una dannata fortuna a non farsi saltare la testa.»

«È spiacevole, ma cosa Le fa credere che io c'entri qualcosa?»

«Non è l'unico ad avere delle risorse. Chavez era un ex militare in Venezuela e faceva parte della resistenza quando Maduro ha preso il potere. Era coinvolto in un'operazione gestita dal Dipartimento di Stato per sostenere l'opposizione e rovesciare Maduro per riportare la democrazia in Venezuela. Quanto lo pagava per fregarci?»

Fece una pausa prima di dire: «Capisco perché Lei creda che ci sia un nesso, ma io non c'entro niente.»

Sbuffai. «Vuole giocare a questo gioco? Faccia pure. Lei è un politico, quindi capisco la tattica del negare, negare, negare.»

«Non posso escludere la possibilità che qualcuno nell'agenzia abbia agito per conto suo. Si tratta di un sacco di soldi...»

«A quante persone l'ha detto?»

«Ehm, non a molte, ma c'è un fascicolo. È contrassegnato come confidenziale, ma...»

«Basta con queste stronzate! Ha messo in pericolo la mia vita e quella del mio partner. Probabilmente le nostre strade non si incroceranno mai più, ma se dovesse succedere, stia pur certo che non dimenticherò mai quello che ha fatto.»

«Possiamo sistemare la cosa.»

«Lei è incredibile.»

«E i soldi? Avevate altri posti da controllare?»

A meno che non avesse letto il giornale, come poteva

sapere che eravamo rimasti a mani vuote se non fosse stato lui a mandare Chavez? «No. L'informazione diceva che il posto era Big Corkscrew. Non abbiamo trovato niente e per noi la storia finisce qui. Addio.»

«Aspetti...»

«Addio, signor Davis, e non mi chiami più.»

35

PRESI CINQUE MINUTI DI SOLE PRIMA DI RIENTRARE. CHE fosse per la dose di vitamina D o per aver messo in riga Davis, non importava. Mi sentivo rinvigorito.

Derrick stava sfogliando il fascicolo dell'omicidio. «Hai fatto il culo a Davis?»

«Sono sicuro che il messaggio è arrivato.»

Dopo avergli raccontato la sfilza di negazioni, prima che Davis implicasse un collega, Derrick disse: «È un vero verme a non ammettere le sue colpe.»

«È a Washington. Nessuno si assume le proprie responsabilità in quella città.»

«La gente deve renderne conto.»

«Torniamo a Beas. Vado a fare una visita a Grossman. Vuoi fare un salto con me?»

«Ho una pista sui soldi che Sanchez ha offerto a Damien Roth. Voglio darci un'occhiata.»

«Che tipo di pista?»

«Io e Lynn siamo andati a mangiare da Grappino; ci sei mai stato?»

«L'edificio con il tetto curvo?»

«Esatto: la loro pasta è buona. Dovresti provarla; è fatta in casa.»

Ultimamente eravamo usciti meno a cena per risparmiare. «Lo farò. Qual è il nesso?»

«Una delle amiche di Lynn ci lavora come cameriera due sere a settimana per arrotondare. Di giorno lavora per la Truist Bank.»

«Chi sono? Li vedo dappertutto.»

«È il nuovo nome dopo la fusione tra SunTrust e BBT.»

«Ah. Continua.»

«La sua amica si ferma al tavolo, si mette a chiacchierare e menziona il caso Beas, dicendo che lui veniva sempre lì, e indovina un po'?»

«Ordinava sempre lo stesso piatto?»

«No. Uno dei conti che gestisce è quello della Magnet Design. Le ho detto che stavamo lavorando al caso e che stavamo esaminando un aspetto finanziario.»

«E pensi che ti lascerà controllare le loro transazioni?»

«Non ho bisogno di vederle. Ci basta che lei dica sì o no riguardo a un grosso prelievo in contanti.»

«Vale la pena tentare. Se lo conferma, potremmo riuscire a richiedere un mandato.»

«Esatto.»

———

C'ERA una manciata di auto parcheggiate vicino al Mr. Tequila. Il loro happy hour iniziava presto, con birre alla spina a due dollari. Superai l'edificio verde e accostai davanti a casa di Grossman. Premetti il pulsante del citofono. Recintare la propria proprietà non aveva senso.

Mentre il cancello si apriva con un cigolio, sgattaiolai dentro. Un seggiolino per bambini era fissato sul sedile posteriore dell'Audi bianca di Grossman.

Indossando una salopette e una maglietta di Keith Urban, Grossman avanzò goffamente sulla lastra di cemento rialzata. «Voglio collaborare e tutto il resto, ma voi state esagerando. Il suo collega è andato a trovare mia moglie.»

Scesi i gradini. «Abbiamo un paio di domande e poi la lasceremo in pace.»

«Ho già risposto...»

«Possiamo farlo dentro?»

«Olivia sta dormendo. Non voglio svegliarla.»

«È passato molto tempo da quando avevo un neonato in casa, ma se si svegliasse, come lo saprebbe?»

Sollevò l'orlo della maglietta; aveva il telefono agganciato ai jeans. «È collegato al baby monitor nella sua stanza.»

«Rende tutto più facile.»

«Le voglio un bene dell'anima, ma non è mai facile. È un sacco di lavoro.»

«Possiamo parlare a bassa voce, in privato.»

«Non ho niente da nascondere.»

Secondo la mia esperienza, quell'affermazione aveva il cinquanta per cento di possibilità di essere vera. «Ne è sicuro?»

«Cosa vuole?»

«Ha una relazione extraconiugale?»

Scosse la testa. «Gliel'ha detto Cathy? Pensa che io vada a letto con qualcuna, ma non è così.»

Eccone un'altra che avevo sentito troppe volte. «Senta, non mi interessa cosa fa nella sua vita privata, a meno che non faccia del male a qualcuno. Voglio risolvere l'omicidio di Beas. È l'unica cosa che mi interessa. Ho bisogno che mi dica la verità, o non la lasceremo mai in pace. Né lei né sua moglie né i suoi vicini.»

Grossman abbassò lo sguardo. «Mi occupo di Olivia tutto il giorno, ormai da tipo sei mesi. Mia moglie torna a casa e vuole stare con me e con lei. Non so, credo di aver sentito il bisogno di...»

«Tenga le giustificazioni per sua moglie. È con lei che deve sistemare le cose. Chi è la donna?»

«È proprio necessario...»

«Chi è?»

«Dana Lewis.»

Presi nota dei suoi recapiti.

«Ha detto che la notte del primo ottobre stava portando in giro sua figlia vicino a Lowdermilk Park, ma invece si è incontrato con la signora Lewis?»

«Sì. Abbiamo solo fatto un giro in macchina, non abbiamo fatto niente.»

Le negazioni continuavano ad arrivare, come gente che si riversa oltre il confine.

Gli dissi che sarei stato discreto, ma che dovevamo parlare con la donna. Mettendo a tacere le sue proteste, gli dissi che l'avrei arrestato per ostruzione alla giustizia se l'avesse avvisata.

La Lewis abitava lì vicino, il che rendeva i loro incontri facili. Era importante verificare la sua nuova versione.

La compagna notturna di Grossman viveva al Leeward Cove Club, un complesso residenziale affacciato su Outer Doctors Bay. Svoltando da Harbour Drive nel loro parcheggio, intravidi l'acqua tra gli edifici.

Ero di due teste più alto della Lewis. Il seno, sul punto di esplodere dal suo top rosso, mi ricordò che il paese aveva bisogno di una lezione di finezza. Si era rifatta il seno. Se una cosa era così ovvia, non annullava i presunti benefici?

Non appena menzionai Grossman, si fece da parte. «Entri pure.»

«È sola in casa?»

«Sì.»

«Come conosce il signor Grossman?»

Lei si accigliò. «Sono amica di Cathy.»

«Sua moglie?»

«Sì.»

Devo essermi perso il funerale della lealtà. «Voi due avete una relazione?»

Lei fece spallucce. «È molto complicato. Non so come definirla.»

Stavo per dire che si chiama tradimento, ma optai per: «Mi interessa sapere se ha incontrato il signor Grossman una sera in particolare.»

«Che giorno?»

«Il primo ottobre. Era un lunedì. Quello in cui David Beas è stato assassinato a Lowdermilk Park.»

«Sì, ci siamo visti.»

«Come fa a ricordarselo?»

«Ci vediamo ogni lunedì. Mio marito fa il turno di notte il lunedì e il mercoledì.»

Suo marito era fuori a lavorare per pagare il mutuo, e lei era fuori a... «E dove vi incontravate?»

«Di solito andiamo in giro in macchina e a volte ci fermiamo...»

«Dove lo incontra?»

«Parcheggio la macchina nel parcheggio di Lowdermilk.»

«Ha visto qualcosa quella notte? Qualcosa di insolito?»

«Di solito non c'è nessuno, ma ho visto arrivare una macchina. Era una Maserati.»

«Come fa a sapere che era una Maserati?»

«Mio fratello ne ha una; sono stupende.»

«Di che colore era quella che ha visto la notte del primo ottobre?»

«Blu notte.»

«Ne è certa?»

«Sì, era blu scuro.»

36

Saltai in macchina, accesi l'aria condizionata e chiamai Derrick.

«Ehi, credo che abbiamo qualcosa: un'auto come quella di Sanchez è stata vista nel parcheggio del Lowdermilk Park la notte in cui Beas è stato ucciso».

«Come l'hai scoperto?»

«Grossman tradiva la moglie; la storia delle giostre per bambini era una copertura per incontrare una donna che ha visto la Maserati».

«Stai scherzando? Si è trascinato dietro il figlio per incontrare un'altra donna?»

«Sì, e nemmeno lei è uno stinco di santo; è amica della moglie di Grossman ed è anche sposata».

«Ma che ha la gente?»

Quella domanda era pari a chiedersi quale fosse il significato della vita. «Grossman pensava che portarsi dietro il bambino avrebbe ingannato la moglie, ma lei lo sapeva. Se tieni gli occhi aperti, ti accorgi se il tuo coniuge ti tradisce».

«È difficile, ma ti ricordi di quel tizio che aveva due famiglie?»

«C'è più di un uomo che lo ha fatto. Comunque, dobbiamo recuperare il video del cancello dell'Eleven Eleven Central».

«Sono a due minuti da lì. Vado a controllare».

«Ottimo. Tu come te la sei cavata in banca?»

«Non mi ha lasciato vedere, ma ha detto di aver fatto un rapido controllo delle transazioni, cercando prelievi superiori a diecimila dollari».

«E?»

«Zero. Non è saltato fuori niente».

«Damien ha detto di non aver mai ricevuto niente, quindi la cosa torna».

«Probabilmente Sanchez stava aspettando. Sapeva che, con Beas morto, avremmo indagato su di lui».

«Senza dubbio è astuto, ma se è lui lo incastriamo».

«Se? È lui.»

«Se lo riprendiamo sul nastro, avrà molto da spiegare. Pensa di avere una risposta per tutto. Sarà divertente vederlo arrampicarsi sugli specchi per giustificare la registrazione».

«Vedi, a volte riusciamo a goderci questo lavoro».

Aveva ragione. Adoravo quando qualcuno era completamente all'oscuro di una prova incriminante che avevamo contro di lui. «Hai ragione. Visto che sono in zona, per sicurezza farò un salto dallo spacciatore di Schwartz».

———

MOSTRAI il distintivo al cancello ed entrai all'Admiralty Point Condominium. Tirai giù l'aletta parasole per tagliare il riverbero proveniente dal Golfo del Messico. Una manciata di ombrelloni blu punteggiava la spiaggia. Era una posizione pazzesca e un promemoria dei soldi che si potevano fare spacciando droga.

Inalando l'aria salmastra, mi diressi verso lo spacciatore che Schwartz sosteneva fosse il suo fornitore. La mia esperienza di polizia in materia di droga si limitava ai casi che coinvolgevano omicidi, ma la combinazione mi aveva dato un'esposizione incredibile.

Quella cultura tossica mandò la mia mente dritta al nascondiglio di Cabrerra. Derrick e io avevamo formulato un piano che speravo avrebbe messo fine alla caccia a certi bastardi. Costeggiando il muro laterale dell'edificio, camminai verso il retro.

Qualcuno su una barca di passaggio mi salutò. Girai l'angolo e sbirciai nella veranda con le zanzariere. Era vuota; la parete di porte scorrevoli in vetro era coperta da tende arancioni. Se avessi vissuto lì, nulla avrebbe bloccato quella vista.

Andai alla porta d'ingresso, bussai e mi spostai di lato. Una voce maschile gridò: «Chi è?»

«Ufficio dello Sceriffo della Contea di Collier».

«Cosa vuole?»

Prima che potessi rispondere, si sentì tirare lo sciacquone. «Devo solo farle una domanda su una persona. Sono un detective dell'Omicidi, e non riguarda attività legate agli stupefacenti».

«Torni più tardi. Sono occupato».

Battei un pugno sulla porta. «Non me ne vado. Vuole che faccia venire qui l'antidroga?»

«Stia calmo, arrivo».

La serratura scattò. La mia mano andò alla pistola. La porta si socchiuse. Un uomo basso, con i bicipiti che stavano per strappare la maglietta, disse: «Sono molto occupato».

«Michael Paul?»

«Sì. Che c'è?»

O usava quello che spacciava, o non vedeva un dentista da quando aveva cinque anni. «Barry Schwartz».

«Chi?»

«Mi ha sentito. Lei gli fornisce steroidi».

«Non so di cosa stia parlando».

«Cosa ha gettato nel water?»

«Niente. Dovevo fare pipì».

Presi le manette. «Senta, se non intende essere sincero, dovremo portarla dentro».

«Aspetti. Cosa vuole?»

«Mi parli di Barry Schwartz».

«E cioè?»

«È lei a fornirgli gli steroidi?»

«Ehm... io?»

«Non parlerò con l'antidroga. Sto cercando di verificare dove si trovasse la notte del primo ottobre».

«È passato un po' di tempo. Io, ehm, non ricordo».

«Era la notte in cui un uomo è stato ucciso al Lowdermilk Park».

«Oh, sì, ricordo».

«Ha visto Barry Schwartz quella notte?»

«Sì, è passato, sa, a trovarmi.»

«A che ora?»

«Oh, cavolo, direi che erano, tipo, le undici o mezzanotte.»

Il mio cellulare vibrò. «È sicuro dell'orario?»

«Sì, di solito viene tardi.»

«Come le è sembrato?»

«Cosa intende?»

«Come si comportava?»

«Normale, sa, un po' nervoso e tutto, ma, sa, con tutto quello che succede, è normale.»

«Intende la compravendita di steroidi?»

Annuì mentre il mio cellulare emetteva un trillo per un messaggio. Era Derrick che mi chiedeva di chiamarlo. «Devo andare.»

Mentre mi dirigevo verso l'auto, vidi un paio di tizi che pescavano a Doctors Pass. Salii sul SUV e chiamai Derrick. «Scusa, stavo parlando con lo spacciatore di Schwartz. Che succede?»

«A meno che la macchina di Sanchez non abbia le ali, non era la sua Maserati a Lowdermilk.»

«Cosa vuoi dire?»

«Ho controllato i filmati; non c'era traccia del suo veicolo in entrata o in uscita.»

«Come hai fatto a controllare così in fretta?»

«Hanno una di quelle telecamere con sensore di movimento. È un sistema figo. Spero che ogni complesso se le procuri.»

«Non ci posso credere. Quanta gente ha una Maserati?»

«Ti dimentichi che siamo a Naples?»

Dove molti uomini si compravano le auto che avevano desiderato a vent'anni. «Dannazione! E adesso?»

«Com'è andata con quello spacciatore?»

«Schwartz non è il nostro uomo. Lo spacciatore ha confermato che Schwartz era lì. Non ci resta che sperare che sia Morris. È così maledettamente frustrante.»

«Stai calmo. Non vale la pena di prendersela.»

«Non posso permettere che qualcuno la faccia franca. Mi farà impazzire.»

«Devi rilassarti. Smettila di prenderla sul personale.»

Sbuffai. «Comunque, domani prendo un aereo per andare da Kearney. Tu continua a lavorare sul caso Beas.»

37

ALLA PERIFERIA DI VIDALIA, UN LUOGO NOTO PER LE SUE cipolle dolci, fui accolto da un enorme cartello che ne proclamava il prodotto più famoso: le pesche. A sottolineare la strana rivalità, un altro cartello indicava che il Penitenziario Statale della Georgia si trovava a quindici miglia di distanza. Era ora di concentrarsi su Patrick Kearney.

Accettò di parlare non appena glielo chiesi. Cosa lo aveva motivato?

Era difficile credere che una scorta di gelato al cioccolato per un mese potesse aiutare a risolvere un omicidio vecchio di decenni. Il Penitenziario Statale della Georgia non serviva dessert di lusso, quindi doveva essere il fatto che le persone anziane apprezzassero i dolci.

Un altro fattore era l'onnipresente teoria della relatività. Un gelato poteva motivare un bambino di cinque anni, ma normalmente non un adulto. Ma dietro le sbarre, i piaceri a disposizione erano davvero pochi.

Una considerazione interessante era se Kearney avesse

trovato la fede e stesse cercando di fare ammenda come poteva prima di morire. Era un'ipotesi azzardata; gli psicopatici erano raramente oppressi dal senso di colpa o dall'empatia. Era ciò che li rendeva così pericolosi.

Campi d'erba circondavano il complesso di edifici bianchi. Le bandiere americane e dello stato della Georgia sventolavano nella brezza. Una guardia mi fece passare attraverso la recinzione sormontata da filo spinato a lamette che circondava la prigione, indirizzandomi verso l'ingresso dei visitatori.

L'acqua gocciolava con ritmo costante in un secchio sul pavimento della sala visite. Il posto aveva quasi cento anni. La guardia se ne andò a prendere Kearney, e io mi misi a camminare avanti e indietro per la stanza dai muri di cemento grigio.

Un susseguirsi di cancelli che sbattevano mi fece sedere. La porta di metallo si aprì e Kearney, in una tuta bianca con il marchio del Dipartimento Penitenziario della Georgia, entrò strascicando i piedi.

Alzò le mani ammanettate e la guardia mi guardò. Annuii. Gliele tolse, lasciando le catene alle caviglie di Kearney. «Sarò in corridoio se ha bisogno di me».

Kearney aveva un QI di centottanta, ben al di sopra di quello che consideriamo genio. Estorcergli una confessione con l'inganno sarebbe stato difficile, se non impossibile.

«Grazie per aver accettato di vedermi, signor Kearney».

«Dovrei ringraziarla io; una cosa del genere aiuta a spezzare la noia. Le giornate tendono a non passare mai qui dentro».

«Non riceve molte visite?»

Scosse la testa. «Non più».

«Prima sì?»

«Assolutamente. Ogni giornalista voleva parlare con me». Sorrise. «Immagino che la mia popolarità sia svanita».

«La stampa va avanti».

«Cosa la porta qui? Sta scrivendo un libro?»

«No. Sto indagando su un vecchio caso e credo che lei sia stato coinvolto».

Si inumidì le labbra. «Ah, davvero? A quale caso si riferisce?»

«Eric White. I suoi resti sono stati dissotterrati a Big Corkscrew Park, a Naples, nella contea di Collier».

«Non mi suona familiare».

«Ne è sicuro?»

«Mi sto godendo questa conversazione, ma non la trarrei in inganno pur di prolungarla».

«Lo apprezzo. Ma lei si trovava in zona quando è scomparso».

«Anche se i media mi hanno dipinto come un mostro demente, non sono responsabile della morte di ogni bambino».

«Certo che no. Ma Eric è stato decapitato, e uno dei suoi tratti distintivi era lo smembramento».

«Tratto distintivo. Che modo interessante di descriverlo».

«Ha avuto qualcosa a che fare con la morte di Eric White?»

«No».

«Senta, non si caccerà in altri guai, a prescindere da ciò che le verrà attribuito. Il punto è, e so che un uomo della sua intelligenza lo sa, che lei trapasserà da questo posto, ovunque sia che andremo dopo».

«Ho accettato la realtà della mia situazione».

«Bene. L'accettazione è un fattore per vivere in pace, ma

l'altro, più importante, è assumersi la responsabilità delle proprie azioni».

«Pratica la psichiatria?»

Feci una smorfia. «No. Ma ho avuto la mia parte di problemi e ho fatto terapia. È stata incredibilmente utile».

«Mia madre avrebbe dovuto mandarmi, ma a quei tempi...»

Niente avrebbe potuto salvare Kearney; a tredici anni, praticava la bestialità con il cane di famiglia. «Deve essere stato difficile subire atti di bullismo da bambino».

Annuì. «Da bambino ero spesso malato e, magro com'ero, divenni naturalmente un bersaglio».

«I ragazzi sanno essere crudeli».

«Qui dentro non va meglio. La debolezza viene immediatamente individuata».

«Deve essere dura essere bloccato qui».

«La noia è atroce».

«Non riesco a immaginare tutto quel tempo da solo».

«Scorre a un ritmo glaciale. Oggi, almeno, mi godrò questo interludio».

«La stampa è molto interessata ai vecchi casi, specialmente agli omicidi. Le garantisco che farebbe la fila per parlare con lei».

Fece un sorriso tirato.

«Scommetto che programmi come *48 Hours* e *20/20* dedicherebbero un paio di servizi al Freeway Killer».

«La stampa ha fatto sembrare che una sola persona fosse responsabile di tutti gli omicidi commessi da colui che chiamavano il Freeway Killer. Era una totale assurdità; eravamo almeno in tre a essere etichettati con lo stesso soprannome».

«Potrebbe ristabilire la verità. La chiamavano anche il Trash Bag Killer. Era corretto?»

«Fino a un certo punto».

«C'era qualcun altro chiamato così?»

«Non che io sappia».

«Perché l'appellativo "Trash Bag Killer" non è corretto?»

«Non è stato l'unico contenitore che ho usato per disfarmi delle prove.»

«Crediamo che Lei abbia seppellito delle prove al Big Corkscrew Park verso la fine del 1988.»

«Ricordo quel parco; era isolato, un luogo ideale.»

«È stata una scelta perfetta; le prove sono rimaste nascoste per trentacinque anni. È stato un osso davvero duro da catturare. Come ha fatto a non farsi prendere?»

«Sviluppando un piano solido e perfezionandolo.»

«E parte del piano era spostarsi di continuo?»

«Assolutamente. Meno legami si hanno, meglio è.»

«Com'è arrivato a Eric White?»

Kearney scosse la testa.

«Andiamo, Patrick. Mi parli di lui.»

«Anche se la mia esistenza è ordinaria, detesto l'idea di essere trascinato nel sistema giudiziario.»

«Non Le accadrà nient'altro. Vogliamo solo chiudere un vecchio caso e permettere alla famiglia una degna sepoltura.»

«Non mi processereste?»

«No. I nostri procuratori non hanno alcun interesse a sprecare soldi portando questo caso in tribunale. Lei non ha nulla di cui preoccuparsi.»

«È una posizione interessante da assumere.»

«Siamo sommersi dai nuovi casi.»

«Ne sono certo. C'è qualcosa di interessante?»

«Non c'è nessuno come Lei. Le dico che se parla di lui, Le garantisco che sarà impegnato a parlare con la stampa.»

«Se Le rivelassi tutto, non ci sarebbe più nulla da dire alla stampa.»

«Nessun problema. Tutto ciò che deve dirmi è in cosa ha seppellito le prove.»

38

Stavo sfogliando il fascicolo dell'omicidio quando Derrick disse: «Frank, abbiamo appena ricevuto i movimenti della carta di credito di Morris». Si alzò. «Li stampo».

«Fammi vedere».

Leggendolo mentre me lo portava, disse: «Ci sono un sacco di attività in un posto chiamato Chelsea».

«È in Canada?»

Me lo porse e si diresse alla sua scrivania. «Sì».

«C'è un negozio di alimentari sulla lista quattro volte e una pizzeria due. Deve per forza vivere in quella città».

Derrick picchiettò sulla tastiera. «Chelsea è un sobborgo di Ottawa. Dista dieci chilometri, quindi circa sei miglia. È una cittadina piccola. Ci vivono meno di settemila persone».

«Non è il posto migliore per nascondersi; sarebbe dovuto andare a Ottawa: è molto più grande».

«Sì, ma a Ottawa parlano francese».

«Non è vero. Ho letto da qualche parte che a Ottawa ci sono molti più anglofoni che francofoni. Forse ti confondi con Montreal, dove circa il settanta per cento della gente parla francese».

«No, stavo pensando al Québec. Io e Lynn ci siamo andati quando stavamo insieme, ed era come essere in Francia; parlavano tutti francese».

«Chiamerò le autorità di là. Non può essere troppo difficile rintracciare un americano come Morris».

«Soprattutto se se ne va in giro con una targa della Florida».

————

SPOSTANDO da una mano all'altra un pollo arrosto di Publix, entrai in casa. «Sono a casa».

Mary Ann mi venne incontro nel corridoio, allungando una mano verso il sacchetto di alluminio. «Fa' attenzione, scotta».

«Ci penso io».

«Mi dispiace che abbiamo dovuto annullare la cena da The Crust. La riunione è durata più del previsto».

«Non fa niente. Ho apparecchiato in veranda».

Aprii il rubinetto della cucina. «Ti raggiungo lì». Afferrando uno strofinaccio, aprii un'anta e tirai fuori l'ultima bottiglia di vino da uno scaffale improvvisato. Presi due bicchieri e uscii dalla porta scorrevole.

«Bevi del vino?»

Togliendo il tappo, dissi: «Dopo la giornata che ho avuto... Ne vuoi un bicchiere?»

«No, grazie, non dovrei. Cos'è successo?»

Mi ero sbagliato. Pensavo ne volesse un goccio. Ne versai un bicchiere e inspirai. Terroso. Era un Chianti che avevo preso da Total Wine per venti dollari. «Abbiamo discusso del caso di Eric White e di cosa fare con Kearney».

«Cosa si è deciso?»

Bevvi un sorso. Era buono. Erano amarene? «Remin ha insistito per incriminarlo, ma senza procedere legalmente, dato che si tratta di un caso vecchio».

Mary Ann tagliò il pollo, dicendo: «E la famiglia?»

«Remin ha parlato con loro e ha detto che, visto che Kearney era già dietro le sbarre, volevano solo una degna sepoltura».

«Immagino che tirare di nuovo fuori tutto sarebbe stato troppo pesante a livello emotivo».

Presi una fetta di pollo con la forchetta. «Non so se un funerale, decenni dopo la scomparsa del ragazzo, sia più facile».

«Sono sicura di no, ma un processo avrebbe tenuto la cosa al centro dell'attenzione per un anno o più».

«Hai ragione. So che non ha senso procedere, ma non mi sembra giusto».

«I procuratori ne saranno stati felici».

«No. Che tu ci creda o no, non volevano che venissero presentate accuse».

«Perché no?»

«Hanno detto che sarebbe rimasto un caso aperto e che, se non fosse stato perseguito penalmente, avrebbe peggiorato le loro statistiche sulle condanne».

«Sono tutti dei politici».

«Puoi ben dirlo». Bevvi un grosso sorso di vino. «Abbiamo dovuto riesaminare ogni condanna di Kearney».

«Come mai?»

«Per essere sicuri che non sarebbe mai stata annullata in appello».

«Non succederebbe mai».

«Hai proprio ragione. Quello che ha fatto è inimmaginabile».

«Lo so, ho fatto una ricerca su di lui su internet».

«Sapevo cosa aveva fatto, ma quando sono andato a trovarlo, era solo un vecchio. Deve esserci stata una specie di scissione, ma ti dirò: rivangare la storia ha riportato a galla tutta la sua malvagità».

«Mi dispiace che tu abbia avuto a che fare con una bestia simile».

«Fa parte del mestiere, ma a essere sincero, più invecchio e più tutta questa roba mi pesa».

«Hai bisogno di staccare un po'».

Feci spallucce e presi il bicchiere. «Vedremo cosa succede dopo che avremo risolto il caso Beas».

«Potremmo andare su un'isola e sederci sulla spiaggia».

«Un'isola? Perché dovremmo spendere soldi che non abbiamo per andare ai Caraibi quando viviamo qui?»

«Non è la stessa cosa, ma che ne dici del Texas? Abbiamo sempre voluto vedere Austin e Dallas».

«Forse. Tu cos'hai fatto oggi?»

«Non molto. Sono andata in banca e ho chiuso la cassetta di sicurezza. Le carte sono nello studio».

«Grazie. Non ha senso continuare a pagarla».

«So che non vuoi sentirtelo dire, ma oggi in casa faceva davvero caldo. Come ha detto quel tizio, l'aria condizionata non ce la fa durante il giorno.»

«Il ragazzo di cui mi ha parlato Derrick non si è più fatto sentire. Fammi controllare, ho conservato il biglietto da visita che mi ha dato una donna. Ricordi quella signora che ho aiutato a cambiare la gomma sul Golden Gate?»

«Sì, che c'entra?»

«Suo marito ha un'azienda di impianti di climatizzazione. Mi farò fare un preventivo da lui.»

Tirai fuori una cartella dalla credenza e la appoggiai sulla scrivania. Accanto c'erano i documenti che Mary Ann aveva recuperato dalla cassetta di sicurezza. Presi in mano le coordinate che mi aveva dato Coburn. Avevo verificato la storia, ma il biglietto della lotteria non si era rivelato vincente. Perché?

Cabrerra si era spinto oltre ogni limite per proteggere i suoi soldi. Mandarci a Big Corkscrew faceva parte della caccia al tesoro? Una specie di indizio? O ci era sfuggito qualcosa?

Fissai le coordinate, quasi implorando un segno. Afferrai il portatile e aprii Google Earth. Inserii la coordinata di latitudine e feci scorrere la mappa verso sud fino al Golfo e poi a nord, verso l'Ohio, prima di imbattermi nel lago Erie.

Mi venne un'idea. Inserii il valore della latitudine come longitudine e feci scorrere la mappa verso est. Passava vicino ad Alligator Alley. Inserii l'altra coordinata. Il cuore mi prese a battere più forte.

Fissando l'immagine, chiamai ad alta voce: «Mary Ann, vieni qui!» Mentre i suoi passi si avvicinavano, presi il telefono per chiamare Derrick. Annullai la chiamata appena Mary Ann entrò. «Che succede?»

«Uhm, non credo che dovremmo aspettare un altro preventivo. Chiama il tizio che è venuto e digli di procedere.»

«Sei sicuro?»

«Sì, procedi pure.»

Non ero sicuro di niente. Specialmente di quello che avevo scoperto.

39

LA CONFERENZA STAMPA PER ANNUNCIARE LE ACCUSE CONTRO Kearney fu una gradita distrazione. Incapace di dormire la notte precedente, avevo pensato a come procedere. Coburn era l'unica fonte che avrebbe potuto chiarire ciò in cui mi ero imbattuto, ma allargare il cerchio aumentava i rischi.

Incerto se non potessi farlo da solo o se non volessi, avevo intenzione di parlarne con Derrick una volta tornato in ufficio. Andare a curiosare nelle Everglades non era una cosa che avrei fatto se non fossi stato costretto. Il pensiero di farlo da solo era ripugnante.

Derrick era al telefono quando entrai. Mi tolsi la giacca e sollevai la cornetta del telefono che stava squillando sulla mia scrivania. «Omicidi.»

«Detective Luca?»

L'accento francese mi fece sporgere in avanti. «Sì.»

«Mi chiamo Lucien Bard, del servizio di polizia di Ottawa. Lei si era interessato a un americano di nome William Morris.»

«Sì, lo ha localizzato?»

«Certamente. Lui e una donna, che sostiene essere la sua convivente, hanno affittato una casa sul fiume Gatineau.»

«Come si chiama lei?»

«Marie Renard. La sua famiglia viene da un piccolo villaggio a sud di Ottawa.»

«Che motivo ha dato per il suo trasferimento in Canada?»

«La signora Renard è una lobbista nel settore agricolo. Il signor Morris ha detto che lei ha accettato una nuova posizione e doveva essere vicina al Parlamento.»

«A Ottawa?»

«Sì, Ottawa è la capitale.»

«Per chi lavora la signora Renard?»

«Per l'American Seed Trade Association. Il suo superiore è una certa Karen Lager.»

I canadesi erano scrupolosi. «Grazie. Ha avuto l'impressione che il signor Morris si stesse nascondendo?»

«No, non credo. Non ha alterato il suo aspetto e mi ha dato un biglietto da visita. Ha detto di essere un designer grafico indipendente, in cerca di clienti.»

«Mi è stato di grande aiuto. Per caso, ha ottenuto il suo numero di telefono canadese?»

Dopo aver annotato il numero, riattaccai.

«Secondo la polizia canadese, Morris è in Canada perché la sua ragazza ha accettato un nuovo lavoro.»

«A fare cosa?»

«Lavora per un'associazione di sementi.»

Derrick venne alla mia scrivania. «Sementi? E perché diavolo hanno bisogno di un'associazione? Mi puzza di bruciato.»

«Lo scopriremo.»

«Non dimenticare che il padrone di casa di Morris ha detto che se n'è andato nel bel mezzo della notte.»

Gli porsi un pezzo di carta. «Marie Renard è la ragazza di Morris. Questa donna è il suo capo. Vediamo cosa dice.»

Derrick tornò alla sua scrivania e io composi il numero di Morris. Rispose al primo squillo: «Pronto?»

«Signor Morris?»

«Sì, chi parla?»

«Detective Luca, dell'ufficio dello sceriffo della contea di Collier.»

«È Lei che ha mandato la polizia?»

«Sì.»

«Perché? Non ho fatto niente.»

«Il suo padrone di casa ha detto che se n'è andato all'improvviso, nel cuore della notte.»

«È ridicolo. È un vecchio bastardo scontroso. Gli ho dato un preavviso di trenta giorni. Si è incazzato perché ho usato la caparra per l'ultimo mese.»

«Gli doveva dei soldi?»

«Neanche un centesimo. Ho persino fatto pulire l'appartamento da una donna delle pulizie dopo che ce ne siamo andati.»

«Perché è andato in Canada?»

«Marie, la mia ragazza, ha accettato un nuovo lavoro; è solo per due anni, ma la paga è buona.»

«Mi parli di David Beas.»

«Oh, Cristo, è per questo? Sta davvero raschiando il fondo del barile.»

Mi sembrava che facesse parte del mio lavoro. «L'ha licenziata, e a quanto pare questo le ha causato notevoli difficoltà finanziarie.»

«È stata la cosa migliore che mi sia mai capitata. Certo,

ero furioso quando mi ha licenziato, ma alla fin fine, mi ha costretto a mettermi in proprio. Ora posso scegliere i miei progetti e lavorare da qualsiasi parte.»

Ricordai la libertà che avevo come investigatore privato. «Lei lo ha minacciato...»

«Quello è successo anni fa. Ero incazzato e ho detto delle stupidaggini, ma niente di più.»

«Dov'era la notte del primo ottobre?»

«In viaggio verso il Canada.»

«Possiamo controllare le telecamere ai caselli autostradali.»

«Faccia pure. Sta sprecando il suo tempo. Ho del lavoro da fare, riattacco.»

Ripensai alla conversazione mentre Derrick terminava la sua chiamata. Riagganciò. «La Renard ha appena ottenuto il lavoro, che richiedeva che si trasferisse vicino a Ottawa.»

«È una lobbista?»

«Credo di sì. La signora ha detto che il Canada limita le importazioni di sementi americane e il suo lavoro è semplificare le cose.»

«Pensavo che il NAFTA, o qualunque accordo commerciale sia in vigore adesso, avesse eliminato le barriere commerciali.»

«Anch'io. Questa donna ha detto che per aggirare gli accordi commerciali, i paesi creano ostacoli normativi, nascondendosi dietro standard sanitari e di qualità.»

«La burocrazia in azione.»

«Sembra che Morris non sia il nostro uomo.»

«Già, ma voglio verificare con il suo padrone di casa; ha fatto sembrare che Morris se ne fosse andato all'improvviso.»

«Buona idea.»

Mi alzai e chiusi la porta. «Vieni qui un secondo.»

«Che succede?»

Accanto alla mappa della contea di Collier appesa al muro, sussurrai: «Ieri notte pensavo alle coordinate che mi ha dato Coburn.»

«E allora?»

«È possibile che Cabrerra, Withers o Ellis abbiano pasticciato con l'ordine; sai, che le abbiano criptate.»

«Non ti seguo.»

«Credo che il numero della latitudine fosse quello della longitudine e vice a versa.»

«Si dice viceversa. Senza "a" in mezzo.»

«Okay, Hemingway. Vuoi sentire il resto o no?»

«Certo, certo.»

«Li ho invertiti e sono andato su Google Earth. Sembra che sia il posto dove sono nascosti i soldi.»

«Mi stai prendendo per il culo?»

«No.» Indicai una zona vicino ad Alligator Alley, nei pressi dell'incrocio con la Route 29.

«Pensi che sia là fuori?»

«Non lo so, ma ha senso, non trovi?»

«Credo di sì. È in mezzo al nulla.»

«Non parlarne con nessuno. Neanche con Lynn.»

«Non ho mai detto niente da quando è iniziata tutta questa storia.»

«Bene.»

«L'hai detto a Mary Ann?»

Mentii. «No.»

«Quando vuoi che andiamo?»

«Ci devo pensare.»

«A cosa c'è da pensare?»

«Forse dovremmo fare un giro di prova; controllare la zona, assicurarci che nessuno ci stia pedinando.»

«Non ce n'è bisogno. Se qualcuno ci stava osservando, se l'è filata dopo Corkscrew.»

«Questo non puoi saperlo. Con questo genere di soldi, conviene essere pazienti. Davis se ne sta seduto nel suo ufficio d'angolo a dare ordini ai suoi sgherri.»

«Ce ne occuperemo noi, se necessario.»

Era un promemoria del fatto che dovevo custodire la lettera d'accordo che Davis mi aveva dato. «Senti, dormiamoci su. Comunque non possiamo andare prima di sabato.»

«Non dovremmo aspettare il fine settimana. Prendiamo i soldi e al diavolo il lavoro.»

«Non si deve sapere che li stavamo cercando mentre eravamo in servizio. Ci faranno causa se troviamo i soldi.»

«Ci servirà una barca. Il mio vicino...»

«No, non possiamo coinvolgere nessuno. Andremo al negozio Bass Pro e prenderemo una barca, un rimorchio e qualsiasi altra cosa ci serva.»

«Dove la mettiamo?»

«Affitteremo un magazzino.»

«Okay. Comincio a fare una lista.»

«Vedo che magazzini ci sono a Bonita.»

«Non ci posso credere, e tu? Pensavo che questa storia fosse morta e sepolta.»

Avrei preferito che non avesse usato quella parola.

40

La luce stava svanendo in fretta, ma il traffico sulla 75 South era scorrevole. Superati i caselli, Derrick accelerò per restare nel flusso del traffico. Disse: «C'è qualcuno che fa meno di ottanta all'ora?»

«L'Alligator Alley è dritta come un fuso per gran parte del tragitto. Quando vedi la strada per miglia, è naturale andare più veloce.»

«Hai presente quel punto in cui la strada fa una specie di esse?»

Mi voltai, guardando indietro dal lunotto. Nessuno ci stava pedinando. «Sì, è dopo l'incrocio con la Route 29. Perché?»

«Sai perché fa quella curva?»

Con lui era sempre un gioco a indovinare, ma stavolta ero preparato. «Illuminami.»

«Iniziarono a costruire la strada da entrambi i lati, Collier e Miami-Dade. E man mano che si avvicinavano, si resero conto di aver sbagliato e di essere fuori tracciato. Per poterle collegare, dovettero curvarle l'una verso l'altra.»

«Non è vero.»

«Sì che lo è.»

«È una leggenda metropolitana. Ho fatto delle ricerche quando ho sentito questa storia.»

«E allora perché è fatta così?»

«L'Alligator Alley ha sostituito una strada chiamata Route 84. La curva era nella Route 84 ed era il risultato di errori di rilevamento commessi dal governo federale a metà del 1800.»

«Perché non l'hanno sistemata allora?»

«Avevano ottenuto i diritti di passaggio necessari basandosi sulle misurazioni errate. Chissà quanto ci sarebbe voluto per ottenerne di nuovi, ammesso che ci riuscissero.»

«Con tutte le valutazioni di impatto ambientale che richiedono, non sarebbe ancora stata costruita.»

L'ultimo rosso del cielo si stava sciogliendo nel nero mentre ci avvicinavamo all'uscita per un'area ricreativa. Dissi: «Ancora non riesco a credere che la gente si spinga fin qui per mettere in acqua una barca o per pescare.»

«Alla gente piacciono le cose più disparate. Forse è proprio l'isolamento che la gente apprezza.»

«A me fa venire la pelle d'oca.»

«Dove l'hai sentita questa espressione?»

«Non lo so, mi è venuta così.»

Metà del parcheggio, grande quanto un Walmart, era deserto. Un tavolo da picnic coperto offriva l'unico riparo dal sole. Facemmo un giro del parcheggio e ci fermammo. «Diamo un'occhiata.»

«Lascio i fari accesi?»

«No.»

La rampa per le barche si immergeva nell'acqua a metà.

Derrick disse: «L'attrezzatura che ho adocchiato da Bass andrà bene.»

«Sai pilotare una barca?»

«Sarà facile. Stiamo parlando di una barca a remi glorificata con un fuoribordo.»

«In alcuni punti l'acqua è bassa. Non possiamo arenarci.»

«Il motore è come una caffettiera. Se l'acqua si abbassa, lo tiro su. Il commesso ha detto che la gente usa sempre queste attrezzature nelle Glades.»

Tirai fuori il telefono e aprii l'app del GPS. Prima di parlare, mi guardai alle spalle; il parcheggio era vuoto. «Quello che stiamo cercando è a un paio di campi da football di distanza.» Usando due dita, ingrandii l'immagine. Toccai lo schermo. «Questo segnaposto è a un paio di gradi dal nostro obiettivo.»

«Con l'attrezzatura che ho ordinato da Amazon, se siamo nei paraggi, lo troveremo.»

«Quando arriva?»

«L'aggeggio per la mappatura domani e la telecamera dopodomani.»

«Non posso credere a quanto poco siano costati. Spero che funzionino.»

«Tutte le recensioni dicevano di sì. Li usa la gente che pratica la pesca sul ghiaccio per trovare i pesci.»

«La pesca sul ghiaccio: c'è qualcosa di più folle?»

«E il bungee jumping?»

«Va bene, andiamo.»

«Allora, siamo d'accordo per sabato, giusto?»

«Se arriva l'attrezzatura, andremo.»

«Stavolta lo troveremo, non credi?»

«Temo che, con tutti i gadget che ci sono in giro oggi, qualcuno l'abbia già trovato.»

———

PRESI il fascicolo dell'omicidio dalla credenza. Eravamo di nuovo al punto di partenza con il caso Beas. Mentre lo sfogliavo, la mancanza di prove divenne evidente. Non erano stati recuperati dal corpo né DNA né fibre.

L'assassino era stato attento, colpendo nel cuore della notte. Lui, o lei, aveva avuto anche l'aiuto della pioggia. L'assassino aveva pianificato l'omicidio per una notte di pioggia?

Fissando la foto delle scarpe da ginnastica, sapevo che dovevamo pensare fuori dagli schemi. «Derrick, buttiamo giù qualche possibile movente per l'omicidio di Beas.»

«Avidità.»

«Certo, questo porta a Sanchez. E quella tangente da duecentocinquantamila dollari mi tormenta.»

«È una barca di soldi.»

Mi alzai. «Ci sono altri che trarrebbero vantaggio dalla sua morte?»

«Potrebbe esserci una polizza sulla vita a suo nome.»

«Non ha familiari di cui siamo a conoscenza. Qualcuno avrebbe bisogno del certificato di morte e l'Ufficio di Sanità non ha segnalato alcuna richiesta.»

«È un delitto passionale? L'amore andato a male è il migliore di tutti.»

«Schwartz è stata l'unica che è saltata fuori.»

«Magari c'è qualcuno che non conosciamo.»

«Allora riesaminiamo la vita sentimentale di Beas. E la vendetta? Qualcuno voleva vendicarsi di lui?»

«Dicono tutti che fosse un bravo ragazzo.»

«Non vuol dire niente. È pieno di gente che si offende per la minima cosa.»

«Ma, a meno di non essere uno psicopatico, dovrebbe esserci un motivo abbastanza grave per uccidere.»

«Bella scelta di parole.»

Lui sorrise. «E se Beas sapesse qualcosa, un segreto di qualche tipo, e stesse per spifferarlo?»

«Tipo cosa?»

«Non so. Magari stava per rivelare l'omosessualità di qualcuno che aveva paura di uscire allo scoperto.»

«Oggi? Mi sembra improbabile.»

«Lo so, ma se si fosse trattato di una persona in vista? Tipo un giudice, qualcuno con moglie e famiglia.»

«Non siamo nel 1950. E poi, perché Beas l'avrebbe fatto?»

«Magari aveva una relazione, o la voleva, con quest'uomo e pensava di costringerlo a essere se stesso.»

«Non so. È un'ipotesi campata in aria. La terremo a mente mentre approfondiamo le indagini su Beas.»

«Potrebbe essere semplicemente un crimine d'odio: qualcuno che ce l'ha con i gay, come Chen.»

«Potrebbe averci provato con Beas e averlo attirato in spiaggia.»

«È da un bel po' di tempo che non abbiamo denunce di crimini d'odio legati alla sessualità.»

«Lo so, ma è una remota possibilità.»

41

MENTRE DERRICK USCIVA DA ALLIGATOR ALLEY, DISSI: «Spegni i fari».

Ci fermammo nell'angolo più lontano dell'area ricreativa. Con gli occhi fissi sull'ingresso, dissi: «Restiamo qui per un paio di minuti e togli il piede dal freno».

«Riesci a immaginare di rimanere bloccato qui fuori prima che ci fossero i cellulari?»

Risi: «Probabilmente morirei di paura».

«Saresti una preda facile per un predatore».

«Non so se ci fosse qualcuno che prendesse di mira gli automobilisti in panne».

«La minaccia più grande è data dagli ubriachi al volante e dalla gente che si addormenta alla guida».

«È vero. Se mi sentissi assonnato, avrei paura di accostare su questo tratto di strada».

«Soprattutto una donna».

«Non solo di notte. Circa due anni fa, ci sono state un paio di rapine qui fuori. I ladri hanno preso i cellulari e le chiavi della macchina delle vittime».

«Ah, sì. Ricordo. Non li hanno mai presi, vero?»

«No. Sembra tutto a posto. Fai scendere il rimorchio lungo la rampa».

La poppa della nostra barca d'alluminio ondeggiava sull'acqua. «Derrick, tienila ferma mentre carico l'attrezzatura».

Dopo aver caricato tutto, dissi: «Appena salgo, sganciala dal rimorchio e parcheggia la macchina».

Spostando di lato le canne da pesca, mi sedetti su una delle due panche. Derrick sganciò la barca, che traballò, scivolando più in basso sulla rampa.

Lui allontanò la macchina dalla rampa e io fui avvolto dall'oscurità. Guardai dietro di me. Era difficile distinguere il cielo nero dalle Everglades. Un insetto mi ronzò all'orecchio. Lo scacciai con un gesto della mano e frugai nel borsone in cerca del repellente per insetti.

Derrick afferrò la prua e saltò dentro. «Cazzo, che buio pesto. Ti vedo a malapena».

«Tieni, abbiamo dimenticato di metterci il repellente».

Ritrassi le braccia dal bordo. Qualcosa era scivolato in acqua. «Derrick, fai attenzione: potrebbe esserci un alligatore qui vicino».

Presi una torcia e puntai il raggio sull'acqua. Sembrava un mare d'olio. Il cerchio esterno di un'increspatura si stava dirigendo verso di noi.

«Niente?»

«No, ma non significa che non ci sia niente là fuori».

«Andiamo».

Usando i remi, ci spingemmo via da terra e ci allontanammo dalla rampa. Mi girai verso il motore e la barca si inclinò.

«Piano».

«Mi sono appena mosso. Siediti, voglio avviare il motore».

Tirai la cordicella e il motore ronzò dolcemente. «Non mi aspettavo che partisse così facilmente».

«Quelli elettrici li accendi con un pulsante, ma costano molto di più».

«Ti sembra troppo rumoroso?»

«No. Va bene».

«Guida tu».

Accovacciandoci, ci scambiammo di posto. Dissi: «L'umidità qui fuori dev'essere al cento per cento».

«Lo so. Sembra di muoversi nell'ovatta».

«Non dovrebbe piovere, vero?»

«No, ma le Everglades hanno un clima tutto loro».

Puntando il fascio di luce, dissi: «Dobbiamo andare a sinistra, ma non vedo niente».

Mentre la barca virava, sussurrai: «Fermo, fermo».

«Che succede?»

«Guarda laggiù, a una distanza di un paio di macchine».

«Non vedo niente».

Tenni fermo il raggio di luce e due occhi brillarono. «È un dannato alligatore. Vedi i suoi occhi e le narici?»

«Porca miseria. Sembra grosso».

«Andrà tutto bene, basta che tu non tenga le braccia fuori bordo. Accelera».

Il motore gemette e gli occhi dell'alligatore si immersero sott'acqua. «È andato». Controllai il GPS. «Continua a sinistra per un altro paio di minuti».

Percorremmo la distanza di un isolato, poi dissi: «Spegni il motore. Mettiamo giù la videocamera, vediamo cosa c'è qui intorno».

Derrick srotolò il cavo della videocamera subacquea e

della luce e lo collegò a un tablet. «Immergila, fammi vedere come si presenta in quest'acqua».

Calai il dispositivo, grande quanto una palla da tennis, e l'acqua esplose. Al rumore delle fauci che si serravano, caddi all'indietro, facendo dondolare la barca.

Derrick disse: «Cazzo».

Uno spruzzo d'acqua mi colpì il viso mentre l'alligatore si dibatteva prima di calmarsi. Lo guardammo allontanarsi furtivamente.

«Cazzo, andiamocene da qui».

———

«Buongiorno, Derrick».

«Giorno, Frank».

Presi il caffè che mi aveva portato. «Più penso al caso Beas, più mi convinco che sia stata l'avidità a farlo uccidere».

«Può essere, ma io sto controllando un gruppo omofobo su Facebook».

«Esiste un gruppo del genere? Così, alla luce del sole?»

«Sì, sono rimasto sorpreso di trovarlo. Ho fatto una ricerca e ci sono un sacco di gruppi anti-gay su Facebook».

«Non posso credere che lo permettano».

«Immagino sia considerata libertà di parola. Nessuno dei gruppi è grande, comunque, niente sopra i cento membri».

«Questo rende più facile scandagliarli».

«Ci sono un paio di, diciamo, personaggi interessanti in questi gruppi».

«Cosa ti aspettavi, Madre Teresa?»

Lui rise. «Ad alcuni mancano dei cromosomi».

«Cercherei un segnale, magari in un post, prima o dopo il primo ottobre».

Diede un'occhiata da sopra il monitor prima di tornare alla tastiera.

«Scusa, volevo solo aiutare.»

«Va bene.»

«Vado a indagare un po' prima di parlare con Damien Roth. Ci deve essere dell'altro dietro la mazzetta che Sanchez gli ha pagato o che stava per pagargli.»

Roth non aveva fatto niente di illegale, per quanto ne sapevamo. Sembrava strano che avesse accettato di lasciarsi corrompere. La tangente era un sacco di soldi, ma non si comincia a vendere l'anima così, da un giorno all'altro. O era proprio così che funzionava?

Aprii Google Earth e cercai l'indirizzo di casa di Roth. Viveva in un appartamento al Botanical Place. Per gli standard di Naples, non era costoso. Dal suo registro della motorizzazione risultava una Ford F-150 del 2019. Dissi: «Non ho fatto una colonscopia finanziaria a Roth, ma conduce un'esistenza normale. A meno che non li stia accumulando in banca, non credo che accetti mazzette regolarmente.»

«Sarebbe dura non correre a spenderli.»

Era ciò che mi preoccupava, nel caso avessimo trovato i soldi di Cabrerra.

42

Damien Roth si trovava in un cantiere edile a North Naples, sulla Route 41. Ero passato diverse volte davanti a quel grosso edificio, pensando che si trattasse di appartamenti o di un hotel. Accostai nel vialetto d'accesso del progetto, ancora allo stadio dei blocchi di cemento. Era un altro complesso residenziale per anziani.

Mi avvicinai, con la ghiaia che scricchiolava sotto i miei piedi. Damien Roth stava parlando con due uomini accanto a una pila di capriate. Aspettai che una gru si fermasse. «Signor Roth!»

Roth si voltò, indicando il suo elmetto giallo. «Questa è una zona in cui è obbligatorio il caschetto.»

Dissi: «Aspetterò vicino alla mia macchina».

Roth congedò gli uomini e si avvicinò. «Mi scusi per il caschetto, ma rischiamo una multa...»

«Capisco. Vedo che sta costruendo un altro progetto per anziani. Immagino che l'accordo con la Magnet non Le abbia procurato nessun lavoro di alto profilo.»

«Questo è stato appaltato due anni fa. È un complesso di lusso.»

«Ne sono certo.»

«Sono un po' impegnato. Come posso aiutarLa?»

«La questione della tangente di Sanchez non mi dà pace.»

«Anche a me.»

«E allora perché ha accettato di prenderla?»

«In realtà, non l'ho fatto.»

«Che cosa vorrebbe dire?»

«Lei non conosce Will; è difficile dirgli di no.»

«Quante altre mazzette ha preso?»

«Io? Mai. Non ho mai preso un centesimo da nessuno.»

«Perché adesso?»

«Come ho detto, Will è, non so, un manipolatore.»

«Quindi è stata colpa sua? Avrebbe potuto dire di no.»

«Me l'avrebbe fatta pagare. Dovrebbe vedere cosa ha fatto a Franco e lui non è uno che si lascia mettere i piedi in testa.»

«Cosa ha fatto Sanchez?»

«L'azienda che usavamo per le intelaiature era in ritardo con i lavori. Abbiamo iniziato a cercare un nuovo carpentiere e Sanchez mi ha parlato di un suo amico. Non era una mia decisione, quindi gli ho detto di farlo sapere a Vince; è lui il direttore generale. E lui, che fa? Ha convinto Franco a parlare ai fratelli Evans del suo amico...»

«Che posizione aveva Franco?»

«La mia stessa, ma su altri progetti.»

«E cosa è successo?»

«L'amico di Sanchez si è preso un grosso anticipo e non ha mai mandato una squadra finché non abbiamo minacciato di fargli causa. A quel punto sono venuti solo due giorni a settimana, e siamo rimasti così indietro che i costruttori hanno invocato le clausole penali. È stato un vero casino.»

«Quindi in che modo Sanchez ha fregato Franco?»

«Quando è scoppiato il putiferio, Sanchez ha detto ai proprietari di aver avvertito Franco di non rivolgersi a loro.»

«Perché non ha detto niente?»

«Non volevo essere coinvolto in una situazione di parola contro parola. Specialmente non con Sanchez. Alla fine è venuto fuori che aveva registrato qualcosa sul telefono mentre parlava con Franco, che sosteneva la sua versione. Deve averlo registrato dopo che era scoppiato il casino.»

«Franco ha perso il lavoro?»

«Sì, non è riuscito a trovarne un altro da queste parti ed è finito nel Panhandle.»

«Posso capire perché possa aver esitato a farsi coinvolgere nella questione delle intelaiature, ma davvero, perché non dire niente della tangente offerta da Sanchez?»

«Sapevo che l'avrebbe rigirata contro di me, come ha fatto con Franco e Novak.»

«Novak?»

«Era un nuovo assunto, veniva dalla Serbia o qualcosa del genere, sa, un ragazzo dell'Est Europa. Cercava solo di integrarsi, il tipo che vuole compiacere tutti. Comunque, stavamo costruendo una clubhouse a Lely con un enorme camino. Sanchez voleva una mensola in ferro battuto e voleva vedere che effetto facesse. Invece di aspettare, ha convinto Novak ad aiutarlo. Era impossibile che un uomo solo potesse reggere un pezzo così ingombrante, ha iniziato a cadere e Sanchez si è fatto avanti per aiutarlo... e *boom*.»

«È caduta?»

«Sì. Ha rovinato il pezzo da diecimila dollari ed è atterrata sul piede di Sanchez. È dovuto andare in ospedale. Sanchez ha rigirato l'intera faccenda, dicendo che Novak l'aveva fatto da solo, contro le sue istruzioni, e che lui aveva cercato di aiutarlo quando Novak si era trovato in difficoltà. Il capo ci ha creduto e ha licenziato Novak.»

———

DERRICK ERA al telefono quando tornai in ufficio. Gettando la giacca sullo schienale della sedia, notai una rivista sulla scrivania del mio partner.

Non avevo mai sentito parlare del *Robb Report*. La copertina mostrava un uomo in pantaloni bianchi in piedi sul ponte di una barca a vela. Non aveva nulla a che fare con le forze dell'ordine. Sfogliai le pagine patinate piene di auto, yacht, orologi e case lussuose.

La gettai sulla credenza mentre Derrick finiva la telefonata. «Ehi, Frank, non indovinerai mai cosa ho trovato.»

«Una banconota da sette dollari?»

«Questa è buona.»

«Cosa hai?»

«Un altro aggressore di gay di nome Oleg Glinka. È membro di un gruppo anti-gay su Facebook.»

«Russo?»

«Già. Non mette filtri ai suoi post.»

«Cosa lo rende interessante per quanto riguarda Beas?»

«Il trenta settembre ha detto: 'Domani è il gran giorno' e 'È un giorno importante per Oleg'. Poi, il primo ottobre, ha pubblicato un post con scritto 'Missione compiuta'.»

«Potrebbe essere qualsiasi cosa.»

«Ha precedenti per aggressione e lesioni e, senti questa, è praticamente sparito dal gruppo. Gli ho mandato una richiesta di amicizia, vediamo se abbocca. Tu, com'è andata con Roth?»

«È come se Sanchez non fosse mai uscito dal cortile della scuola. È un bullo manipolatore.» Gli raccontai i due episodi che Roth mi aveva riferito.

«Sanchez è l'Uomo di Teflon.»

Chiusi la porta. «Se ha ucciso Beas, giuro su Dio, farò in modo che gli resti addosso.»

«Che succede?»

«Senti, non ti sto dicendo come devi vivere. Se troviamo i soldi, puoi farci quello che vuoi.»

«Di cosa stai parlando? Della rivista?»

«Quello è il sintomo, amico, non il problema.»

«E così adesso trovare dei soldi è un problema?»

«No. I soldi sono un problema solo quando ti cambiano.»

«Se ho i soldi per comprarmi cose belle, non significa che sia cambiato. Sono sempre io.»

«Voglio solo essere sicuro che tu rimanga così. Ho incontrato un sacco di gente che pensa di avere troppi soldi per essere gentile con gli altri.»

«Non devi preoccuparti per me; i miei valori sono solidi come la roccia.»

«Bene. Ti va di andare a trovare questo tizio, Oleg?»

«Non posso. Ti sei dimenticato che mi sono preso il pomeriggio libero per andare a vedere l'asilo con Lynn?»

«Ah, già, è vero. Quanto chiedono di questi tempi?»

«Tra i quattromila e i settemila.»

«Impossibile con uno stipendio da poliziotto.»

«Lo è, ma dopo sabato...»

Non volevo sentire parlare di nuovo dei soldi nascosti. «Dammi i dati del russo, lo controllo io.»

Mi porse un documento. «Ecco a te. Buona fortuna. Se salta fuori qualcosa, chiamami.»

IL TRAFFICO SU PINE RIDGE DIMINUÌ DOPO CHE SUPERAI Livingston Road. C'erano quattro auto nel parcheggio del Waffle House. L'ora di punta del mattino era finita da un pezzo.

Quando aprii la porta, il mio stomaco brontolò al profumo di hash brown.

Una cameriera stava parlando con un cliente seduto su uno sgabello. Mi avviai per chiederle dove fosse Oleg Glinka, ma la porta della cucina si aprì. Vestito con una tuta che non aveva mai visto una palestra, Glinka uscì con aria spavalda.

«Signor Glinka?»

«Sì?»

«Posso scambiare due parole con Lei?»

«Certo, amico mio.»

Gli mostrai il distintivo e indicai una fila di separé. «Vuole un caffè?»

«No, grazie.»

Oleg Glinka scivolò su una panca di plastica la cui unica

comodità era data dal cuscino rosso sullo schienale. «Signor agente, come posso aiutarLa?»

«Cosa fa qui?»

«Io sono manager per gruppo con cinque ristoranti.»

«Si occupa Lei delle assunzioni?»

«Suo figlio ha bisogno di lavoro? Gli dica di vedere Oleg, lui dà lavoro.»

«Assumete omosessuali?»

«Sì, nessun problema. Se uno vuole lavorare, noi assumiamo.»

«A Lei non piacciono i gay, vero?»

«A Oleg piacciono tutti.»

«Lei appartiene a un gruppo anti-gay su Facebook.»

Il suo pomo d'Adamo sobbalzò. «Era scherzo. Oleg vuole solo vedere cosa fa la gente.»

«Come conosce David Beas?»

«Beas? Oleg non conosce. Chi è questo uomo?»

«Lei ha scritto che sarebbe successo qualcosa di grosso il trenta settembre.»

«La polizia americana mi controlla?»

«Poi, il giorno dopo, ha scritto 'Missione compiuta'. Qual era il significato di quei post?»

Glinka sorrise. «Io e Natasha ci siamo fidanzati. Ci sposiamo in primavera.» Si allungò all'indietro e io misi una mano sulla pistola. Tirò fuori un telefono. «Ecco, vede la foto?»

Il suo salvaschermo era un selfie con una donna sorridente.

«Congratulazioni. Ma perché postarlo in un gruppo anti-gay?»

«Sbaglio, sbaglio. Oleg ha dimenticato che era nel gruppo.»

Sembrava una scusa campata in aria, ma non sapevo abbastanza di Facebook. «Dovrà inventarsi qualcosa di meglio.»

«È vero. Oleg pensava di essere sulla sua pagina, ma era ancora nel gruppo.»

«Vi siete fidanzati di lunedì? Perché?»

«Sì, Oleg e Natasha, entrambi liberi di lunedì.»

«Ha detto di essersi iscritto al gruppo per vedere cosa fa la gente. Cosa ha imparato?»

«La gente è matta. In Russia dicono che i gay hanno diritti, ma lo Stato è contro di loro. In America è storia diversa, ci si deve solo preoccupare della gente matta su Facebook.»

Avevamo bisogno di maggiori informazioni su Glinka. «C'è qualche persona matta di cui dovremmo essere a conoscenza?»

«Non capisco.»

«Un uomo di nome David Beas è stato assassinato a Lowdermilk Park. Il signor Beas era gay e crediamo che un aggressore di omosessuali possa essere responsabile della sua morte.»

Gli occhi di Glinka si spalancarono. «Come in Russia?»

«Qualcuno nel gruppo Le ha inviato un messaggio privato per fare una cosa del genere?»

«Forse. Penso che sia matto e non gli ho risposto.»

«Chi? Mi dica chi era e cosa ha detto.»

Chiamai Derrick dal parcheggio del Waffle House. «Oleg Glinka sostiene di aver postato nel gruppo anti-gay per sbaglio. Dice che pensava di essere sulla sua pagina perso-nale. Può succedere?»

«Oh sì, mi ricordo che Lynn si lamentava che la sua famiglia non commentava mai le foto della bambina. Alla fine si è scoperto che le aveva postate per sbaglio in un gruppo di tennis.»

«Ecco perché non uso i social media.»

«Non li usi perché sei un dinosauro, amico.»

Lo fulminai con lo sguardo. «Immagino che non postare foto del mio cibo mi renda vecchio.»

Lui rise. «Ci sono dei vantaggi...»

«Glinka ha detto che uno degli aggressori di gay del gruppo gli ha mandato un messaggio privato per incontrarsi e dare la caccia ai gay.»

«Dare la caccia?»

«Già, il suo nome utente è DIYNOW.»

«Fai da te ora?»

«Credo di sì. Ha senso. Puoi fare qualche ricerca per vedere cosa tiri fuori su di lui?»

«Ci penso io.»

«Grazie, ho un appuntamento dal medico.»

«Stai bene?»

«Sì, solo una visita di routine.»

———

SUBITO DOPO L'ENORME numero di aziende di climatizzazione, di ditte di piscine e di giardinieri che esercitavano la loro professione a Naples, c'erano gli urologi.

Da quando avevo perso la vescica a causa di un cancro, andavo da un urologo per assicurarmi che le mie "tubature" fossero in buono stato. Svoltai su Medical Boulevard, parcheggiai, entrai e presi l'ultima sedia libera nella sala d'attesa.

Non fu una sorpresa che anche il resto dei pazienti fosse composto da uomini. Osservando la stanza, il mio umore si incupì. Dopo quindici anni che venivo qui, non ero più il paziente più giovane. Quanti di noi in attesa avevano problemi alla prostata?

Una volta superati i cinquant'anni, gli uomini avevano una probabilità dieci volte maggiore di avere un cancro alla prostata. Non ero abbastanza preoccupato da perderci il sonno, ma Mary Ann era allarmata dal fatto che mi alzassi troppo spesso durante la notte. Diceva che poteva essere un problema alla prostata.

Avevo controllato sul Dottor Google e la mia mente aveva iniziato a galoppare. Con la mia storia clinica, un altro cancro era l'ultima cosa di cui avevo bisogno.

Il mio cellulare suonò. Era un messaggio di Derrick che mi diceva di chiamarlo quando avessi finito.

La porta si aprì di scatto. Un'infermiera in camice blu disse: «Signor Luca?»

Mi alzai e mi diressi verso di lei. «Sono io.»

«Come stiamo oggi?»

Feci spallucce invece di dirle che passare un pomeriggio a farmi esaminare era quanto di più sgradevole potesse capitarmi.

Mi controllai la cerniera prima di uscire dall'ambulatorio. Aveva iniziato a piovigginare, ma per quanto mi riguardava c'era il sole.

Derrick rispose al primo squillo. «Ehi, Frank. Com'è andata dal dottore?»

«Tutto bene. Gli esami sono tutti negativi. Pensa che io abbia una nicturia indotta da stress.»

«Che cos'è?»

«Mi alzo almeno tre volte a notte per andare in bagno. Temevo fosse un problema alla vescica che mi hanno ricostruita o alla prostata.»

«Lo stress è un killer. Dopo che avremo preso il sai-tu-cosa, non avrai più a che fare con lo stress.»

Ne sapeva meno di quanto pensasse sul fatto di avere soldi. «Staremo a vedere. Cosa volevi? Hai rintracciato il tizio con il nickname DIYNOW?»

«Sì, ma è una donna.»

«Davvero?»

«Sì. Ho fatto qualche ricerca e l'unità di crimini informatici l'ha identificata come Lillian Olsen.»

Un'assassina di nome Lillian? «Ha precedenti?»

«Sì, un mucchio di reati minori, come disturbo della quiete pubblica e violazione di proprietà privata.»

«C'è scritto nei fascicoli a cosa erano legati?»

«Non ho i dettagli, ma ha ottenuto una riduzione della pena patteggiando.»

«Va bene, dove vive e lavora?»

«Per quanto ne so, non ha un impiego. La Olsen vive a Island Walk, sulla Vanderbilt Beach Road.»

«Sono a cinque minuti da lì. Mandami l'indirizzo via messaggio.»

Non appena riattaccai, suonò di nuovo. Era Bilotti. «Ehi, dottore, che succede?»

«Stamattina Coburn è stato trovato morto.»

Mi bloccai di colpo. «Cos'è successo?»

«Sembra un arresto cardiaco.»

«Ne è sicuro?»

«Dovremmo fare un'autopsia per confermarlo, ma con la sua storia clinica e l'età, non abbiamo intenzione di...»

«Chi l'ha trovato?»

«La sua infermiera.»

«Nessun segno di effrazione?»

«No. Lei sembra pensare che non sia stata una morte naturale.»

«Uh, immagino sia deformazione professionale.»

«Pensa sempre al peggio, non è vero?»

Sforzando una risata, dissi che dovevo andare. Mi sedetti in macchina. Se Coburn fosse stato soffocato, nessuno l'avrebbe saputo senza un'autopsia. Che il cartello o il Dipartimento di Stato fossero arrivati a lui?

44

LILLIAN OLSEN, INSIEME A UN ALTRO PAIO DI MIGLIAIA DI persone, viveva a Island Walk. Ripetendo le indicazioni della guardia, mi feci strada serpeggiando attraverso l'enorme complesso residenziale. Mezzo sorpreso di esser-mene ricordato, svoltai in Valentia Way.

Costruita più di vent'anni prima, la casa della Olsen, dalle tinte arancioni, si affacciava su un lago. Rane di cemento su ninfee costeggiavano il vialetto che portava alla porta.

La Olsen indossava jeans sbiaditi e un sorriso. «Salve. Lei è della Sunshine Roofers?»

Sembrava una persona normale, ma lo stesso valeva per Patrick Kearney. Le mostrai il mio distintivo.

«L'ufficio dello sceriffo?»

«Sì, signora. Avrei un paio di domande da farLe.»

«È strano, ma prego, entri pure.»

La seguii lungo un corridoio pieno di foto fino alla cucina. Il frigorifero era coperto di disegni a pastello. «Chi è l'artista?»

Sorrise. «Mia nipote, Becky.»

«Molto belli.»

Mi indicò una sedia. «Posso offrirLe qualcosa da bere?»

«No, grazie.» Mi sedetti e lei fece lo stesso.

«Immagino che la cosa riguardi il dottor Bradley?»

«No. Riguarda il Suo nome utente DIYNOW.»

«Non capisco.»

«Lei è membro di un gruppo anti-gay su Facebook.»

«Anti-gay? È una follia totale. Mia sorella è lesbica.»

«Lei è stata attiva nel gruppo e ha inviato messaggi diretti ad altri riguardo a...»

«Mi dispiace interromperLa, agente, ma qualcuno su Facebook mi ha hackerato l'account. L'ho segnalato a Facebook, non di persona; bisogna farlo tramite la propria pagina, ma non hanno fatto nulla e ho smesso di usarlo. Ora uso Twitter; non è la stessa cosa, ma mi ci sto abituando.»

Sostenere di essere stati hackerati era una buona tattica, ma lei aveva dei precedenti. «Lei ha accumulato diversi reati minori. Come li spiega?»

Si accigliò. «Non faccio un passo indietro quando si tratta dei miei valori. Qualcuno deve pur difendere i nascituri.»

«Lei è un'attivista per l'aborto?»

«Dio mio, no. Sono un'attivista pro-vita e sono felice di manifestare davanti a una clinica per aborti. Queste donne devono sapere che c'è un'altra via per i loro figli.»

Se diceva la verità, ciò avrebbe spiegato le accuse di disturbo della quiete pubblica e violazione di proprietà privata. «È libera di esprimersi, signora, ma il mio consiglio è di seguire le regole sulla distanza di sicurezza e di ottenere i permessi necessari.»

«Rendono la cosa impossibile...»

«Grazie per il Suo tempo, signora.»

Mentre percorrevo il vialetto, chiamai Derrick. «La Olsen sostiene che il suo account Facebook sia stato hackerato. Perché i ragazzi dell'unità informatica non lo sapevano?»

«Davvero? Ma ha dei precedenti.»

«Ha detto di essere un'attivista, una pro-vita. Hai preso i suoi fascicoli?»

«Non ancora. Ma lo farò.»

«Prima le cose importanti: contatta l'unità informatica; c'è qualcuno là fuori con cui dobbiamo parlare.»

———

Lessi due dei fascicoli su Lillian Olsen. Le accuse di disturbo della quiete pubblica derivavano dal suo rifiuto di smettere di bloccare l'ingresso di alcune donne in uno studio medico. Il medico era noto per praticare aborti. La condanna per violazione di proprietà privata era dovuta alla sua ripetuta violazione della proprietà di Planned Parenthood, da cui avevano dovuto portarla via di peso mentre era seduta per terra.

La Olsen poteva essere una seccatura, ma non era un'assassina. Infilai di nuovo i fascicoli in una busta e chiusi gli occhi. Dov'era la pista che ci serviva?

Entrò Derrick. «Stai facendo un sonnellino, vecchio?»

«No, spiritosone. Sto cercando di escludere tutto, per vedere se nella mia mente affiora la pista che ci serve.»

«La meditazione funziona, sai?»

«Non è meditazione, sto cercando di concentrarmi.»

«È una forma di meditazione.»

«Come ti pare. Che ha detto l'unità informatica?»

«Faranno una telefonata. Hanno un contatto non ufficiale presso Facebook.»

Mossi il mouse, riattivando il mio desktop. «Ci serve qualcosa in fretta. Se si tratta di un omofobo violento, dobbiamo fermarlo prima che colpisca di nuovo.»

«Pensi che l'abbia fatto più di una volta?»

Navigai fino alla mia casella di posta in arrivo. «Se questa è la cosiddetta motivazione, è probabile.»

«Non mancano certo i malati di mente.»

«Sto iniziando a stancarmi di dar loro la caccia.»

«Non dovrai più farlo dopo domani.»

Mi portai un dito alle labbra. Invece di parlargli di Coburn, dissi: «Hai visto l'email sulla guida e l'inseguimento? Vogliono che facciamo un altro corso. È obbligatorio.»

«Non è un grosso problema.»

«Abbiamo ricevuto i tabulati telefonici da Verizon.»

«Sul prepagato?»

«Già.» Aprii l'allegato. «Ci sono solo due chiamate.»

«Immaginavo.»

«Una a Beas e quest'altra, 239-444-2999.» Me lo annotai.

«Ripeti. Vedo se riesco a rintracciarlo.»

«Aspetta un secondo. Lo chiamo io.»

«Non usare la linea dell'ufficio, nel caso abbiano l'identificativo del chiamante.»

«Pensi che io sia non solo vecchio, ma anche sbadato?»

«Ma dai. Volevo solo essere sicuro, tutto qui.»

Ho composto il numero sul cellulare. Ha squillato cinque volte ed è scattata la segreteria telefonica. Una voce roca ha detto: «Ehi, qui è Ken, lasciate un messaggio e vi richiamerò appena possibile.»

«Ehm, salve, Ken. Sono Frank dell'ufficio tributi della contea. Abbiamo una questione da risolvere, altrimenti lunedì procederemo con il pignoramento fiscale.» Gli ho lasciato il mio numero e ho riattaccato.

«Ufficio tributi?»

«Mi è venuto in mente sul momento. Ti è sembrato credibile?»

«Non è male. La parte del pignoramento lo farà riflettere.»

«Nel frattempo, prepara un mandato. Sono sicuro che lo approveranno subito.»

«Lo faranno. Hanno approvato la richiesta per il cellulare usa e getta da cui abbiamo preso il numero.»

Ho controllato il numero per assicurarmi che non fosse simile a quello di Beas. Non lo era e la chiamata era durata tre minuti. Non era una chiamata partita per errore. «Potrebbe essere la volta buona.»

«Sento che è la svolta che stavamo aspettando.»

Il telefono della mia scrivania ha squillato. «Detective Luca.»

«Frank, sono Gene dell'unità informatica.»

«Ehi, Gino, hai scoperto chi c'è dietro DIYNOW?»

«Certo che sì.»

Mi ha detto il nome e io ho chiesto: «Cosa? Ne sei sicuro?»

«Assolutamente.»

Dopo aver riattaccato, mi sono alzato. «Dobbiamo andare.»

45

Lasciai cadere il telefono sulla scrivania. «Non posso crederci.»

«Che c'è? Che succede?» chiese Derrick.

«È quel maledetto di Chen».

«Che ha fatto Chen?»

«Gene ha detto che il tizio dietro DIYNOW è Richard Chen».

Derrick sbatté un pugno sulla scrivania. «Quel bastardo! Si crede furbo. Aspetta e vedrai quando lo affronteremo».

«Dobbiamo giocarcela bene. Non sono sicuro che dovremmo rivelare ciò che sappiamo».

«Perché no?»

«Ci serve qualcosa di concreto per collegarlo all'omicidio».

«Era a un isolato da dove Beas è stato ucciso e all'ora giusta. E sappiamo che l'odio è un ottimo movente».

«Senza dubbio, ma sono prove circostanziali».

«Portiamolo dentro. Se lo torchiamo per bene, confesserà».

«Chen non è uno stupido. Il suo avvocato gli farà tenere la bocca chiusa e non ricaveremo niente».

«Se sappiamo che è Chen, perché non perlustriamo la zona con la sua foto?»

«Dai tabulati telefonici sappiamo che era lì e lui lo ha ammesso, mascherando il tutto con una scappatella».

«È un maledetto serpente».

Allungando la mano verso il fascicolo dell'omicidio, dissi: «Forse dovremmo rimettere sotto sorveglianza Chen».

«Non avremmo dovuto toglierla».

«Non ci avrebbe dato nulla per l'omicidio di Beas».

«Allora perché farlo?»

«Se capisce che gli stiamo addosso, potrebbe scappare. Non dimenticare che quell'appartamento non è suo».

«Stai davvero diventando paranoico. Come farebbe a scoprirlo?»

«Non lo so. Sto cercando di elaborare tutta questa storia».

«Chiamo il CVS e vedo se sta lavorando».

«Usa un alias».

Alzò gli occhi al cielo e prese il telefono.

Sfogliai il fascicolo fino alla sezione su Chen. Mentre leggevo il primo interrogatorio, Derrick disse: «Chen si è preso libero oggi e lunedì. Hanno detto che è andato a trovare sua sorella. Il bastardo si è fatto un bel weekend lungo».

«È la seconda volta che va lì. Forse sta facendo piani per trasferirsi».

«Cosa te lo fa pensare?»

Sorrisi. «Un bravo detective dell'Omicidi è un campione olimpico di speculazione».

Lui abbassò la voce. «A proposito di ori, dovremmo andare prima domani. Le tre sono troppo tardi».

«Sarà per forza più affollato se andiamo prima. Nessuno si fa tutta quella strada per scendere in acqua nel tardo pomeriggio».

«Non importa: più tardi, nel corso della giornata, devi preoccuparti della gente che torna».

«Da quel che ne so, la maggior parte dei diportisti esce la mattina presto, soprattutto quando ci vuole così tanto per arrivare là».

«Quando suona la campana, dobbiamo essere pronti a tutto».

«Come?»

«Sai, nella boxe suona la campana e i pugili escono per un altro round, che siano pronti o no».

«Io sono nato pronto».

«Esisteva già la parola "pronto" a quei tempi?»

«Ehi, mi è venuta un'idea. Fai un controllo con la polizia del posto dove vive la sorella di Chen. Potrebbe aver ucciso anche lassù».

«Questo se ha davvero una sorella».

«Mi ha mostrato un suo messaggio».

«Come facevi a sapere che era sua sorella?»

Era stato un errore da principiante. «Non lo sapevo. Ha detto che era partito per andare da lei per un'emergenza e quelli del CVS hanno detto la stessa cosa: la storia quadrava. Dovrebbe essere un maestro della manipolazione per inviarsi un messaggio da solo—»

«Calma, amico, sto solo pensando ad alta voce. Non ti sto accusando di niente».

«Non ho detto che l'hai fatto».

Derrick avvicinò la sedia. «Tutto bene?»

«Sì, perché?»

«Non so, mi sembri un po' irascibile».

Repressi l'impulso di chiedergli perché usasse paroloni ogni volta che poteva. «Sono solo frustrato perché non abbiamo ancora incastrato l'assassino di Beas».

«Non preoccuparti, amico. Dopodomani, dovrà occuparsene qualcun altro».

Sfogliai una manciata di pagine del fascicolo dell'omicidio. «È successo durante il nostro turno: abbiamo la responsabilità di risolverlo».

«Prendi questo lavoro troppo sul serio. Devi goderti la vita».

«Senti, noi viviamo qui. Non so tu, ma io già faccio una fatica boia a rilassarmi, e sapere che c'è un assassino là fuori...»

«Hai ragione, fino a un certo punto. Ma ci sarà sempre un altro caso—»

Fissai le foto delle scarpe da ginnastica che avevamo recuperato a Lowdermilk Park. «Dovremmo vedere se riusciamo a collegare le scarpe a Chen».

Derrick tornò con la sedia alla sua scrivania. «Questo proverebbe che era sulla spiaggia».

«Esatto. Vedi dove vendono queste Allbirds».

«Ho controllato quando le abbiamo trovate, ma Allbirds non ha negozi in Florida. Il più vicino è ad Atlanta».

«Forse online».

«Faccio qualche ricerca, ma sarà dura. Che ne dici di ottenere un mandato per le sue carte di credito? Potrebbe averle comprate direttamente da Allbirds».

«Forse è meglio aspettare: vediamo cos'altro potremmo voler includere nel mandato».

«Va bene, finisco di controllare se Chen ha una sorella, poi mi butto sulla faccenda delle sneakers».

«Vado a fare pipì».

Seduto sul trono, pensai all'omicidio insensato di Beas. Era stato preso di mira da Chen, ma la cosa era comunque casuale fino a un certo punto; se Chen non avesse preso in affitto un appartamento nello stesso palazzo, Beas starebbe ancora progettando immobili.

Fare pipì era impossibile, uscì solo una goccia o due. Facevo pipì in codice Morse. Sorrisi, ma non c'era niente da ridere.

Avrei dovuto mettermi il catetere come il mio vicino? L'operazione e la chemio erano peggio, ma la paura restava. Chiusi gli occhi e visualizzai il Golfo del Messico. Mary Ann aveva ragione: avevo bisogno di una vacanza. Lo stress mi stava mandando in tilt l'organismo.

Qualcuno entrò in bagno e aprì il rubinetto. Il rumore dell'acqua mi ricordò quello che faceva mia madre per convincermi ad andare prima di dormire. Funzionava ancora.

Sperando che Derrick non mi chiedesse perché ci avessi messo tanto e che non facesse un'altra battuta sulla mia età, entrai in ufficio.

«Non trovo nessuna prova che Chen abbia avuto una sorella o un fratello. I genitori sono morti entrambi sulla trentina e non hanno avuto altri figli.»

«Le bugie gli escono di bocca che è un piacere. Speriamo solo che non sia in fuga.»

46

Mentre Derrick entrava nell'area ricreativa delle Everglades, dissi: «Abbiamo bisogno della luce, ma non mi piace stare qui fuori in pieno giorno.»

«Sono quasi le quattro. Ormai sono rimasti fuori solo i più tenaci.»

La morte di Coburn era stata classificata come naturale, ma continuava a tornarmi in mente. «Basta un tizio qualunque per mandare a monte i nostri piani.»

«Beh, non so tu, ma io non verrò mai su quest'acqua di notte.»

«Vedi cosa intendo? Avremmo dovuto sapere che gli alligatori sono animali notturni e cacciano di notte.»

«Andrà tutto bene. Stai tranquillo.»

Le spalle mi si afflosciarono; il parcheggio era vuoto.

I rami delle mangrovie scricchiolavano al soffiare di una brezza tropicale. Di giorno la visibilità era migliore, ma il senso di inquietudine restava comunque alto.

La barca fece un tonfo in acqua quando la facemmo scivolare giù dal rimorchio. «Stai attento nell'acqua vicino alla rampa. Ai mocassini acquatici piace aspettare lì le prede.»

«Il mio vicino, quello che abita due porte più in là, ci ha perso il suo Shih Tzu circa un mese fa, proprio per colpa di uno di quelli.»

«Uno dei lati negativi di vivere sul lago.»

Derrick manovrò la barca attorno a un'isola di mangrovie. Indicai un punto. «Che diavolo è quella nuvola nera?»

«Non è una nuvola, è uno sciame di insetti dell'amore.»

«Accoppiarsi in volo, che innovazione.»

Derrick rise. «È pazzesco, vero? Il loro ciclo vitale dura solo tre o quattro giorni.»

«Ecco perché si riproducono in continuazione.»

Mentre ci avvicinavamo, la massa di insetti si spostò verso ovest. Il canale che stavamo percorrendo si restrinse. Indicai un punto. «Perché quell'acqua è così stagnante?»

Esaminando una pozza d'acqua ricoperta di alghe che riempiva un'insenatura, mi irrigidii. «Che diavolo è quello?»

«Dove?»

Indicai il punto. «A circa un metro e mezzo da quell'airone. C'è una tubatura che passa di qui?»

Sbuffò. «È un pitone.»

Ritrassi di scatto le braccia. «Stai scherzando?»

«No. Ma sono fighi. Ho fatto un po' di ricerche dopo l'episodio dell'alligatore. Non sono velenosi, la gente ci gioca sempre.»

«Buon per loro. Io non lascerei mai che una cosa del genere mi si avvolga addosso.»

«C'è gente che li tiene come animali domestici.»

«Quello non è un animale domestico. Come li nutri? Devi comprare ratti o...»

Sentii un rumore simile a quello di una moto misto a un ventilatore. «Cos'è?»

«Un airboat. Ci sei mai salito?»

«Sì. Sembra che provenga da là.» Indicai in diagonale dietro di noi.

Derrick spense il motore. «Credo si stia allontanando.»

«Aspettiamo qui qualche minuto.»

Mentre il motore dell'altra barca si affievoliva, i suoni tubanti e ronzanti delle Everglades si intensificarono. Al rumore di spruzzi ritrassi le braccia lungo i fianchi. «Che diavolo era?»

«Potrebbe essere un uccello o un'anatra che sta mangiando. O forse una di quelle testuggini alligatore.»

«Sono un amante della natura, ma non da così vicino.»

«L'ecosistema qui fuori è incredibile. È lo stesso di mille anni fa.»

«È più incredibile guardarlo dalla mia poltrona. Muoviamoci.»

Aggirammo un ammasso di mangrovie. La breve ombra fu un sollievo.

Una leggera vibrazione e un colpo sordo mi fecero voltare. «L'hai sentito?»

«Cosa?»

«Un rumore, come un tonfo.»

«Non ho sentito niente, ma il motore copriva tutto.»

«Spegni.»

Andammo alla deriva per un minuto. «Forse abbiamo urtato un ramo sommerso.»

«Probabile. Okay, andiamo.»

«Quanto manca ancora?»

«Circa la lunghezza di un campo da football.»

Un'increspatura creata da un insetto che pattinava

davanti a noi mi fece allungare la mano verso la bomboletta di repellente. Mentre stavo togliendo il tappo, Derrick urlò: «Ahia! Che cazzo!»

Lasciai cadere la bomboletta. «Che succede?»

Si afferrò una caviglia. L'altra gamba era sollevata. «Un maledetto serpente mi ha morso.»

Mi alzai. La barca ondeggiò. «Dov'è?»

Diede un calcio al frigo portatile. Un serpente si contorse, uscendo. «Eccolo, il bastardo.»

«Sta' attento. È un mocassino acquatico. Sono velenosi.»

Non c'era via di scampo. Derrick afferrò un remo, lo raccolse e scagliò il serpente in acqua.

Mi aggrappai ai lati della barca che ondeggiava. «Porca puttana»

Si tirò su l'orlo dei pantaloni. «Si sta già gonfiando.»

«Dobbiamo tornare indietro.»

«Starò bene.»

«No. Se hai una reazione qui fuori, nessuno potrà salvarti.»

«Dai, amico. Siamo così vicini.»

«Scordatelo. Hai bisogno di un'iniezione di antidoto. Muoviamoci.»

Iniziò a girare la barca. «Da dove diavolo è venuto fuori?»

«Dev'essere scivolato giù da un ramo.»

«Era quello il tonfo che hai sentito?»

«Forse. Avremmo dovuto controllare.»

«Subdolo bastardo.»

C'era un motivo se chiamavamo le persone inaffidabili «serpenti». «Come va la gamba?»

«Sta diventando molto rosso. E si sta allargando.»

«Sbrigati.» Tirai fuori il telefono e cercai "morsi di

serpente" su Google. «Abbiamo al massimo quattro ore. Chiamo la clinica NCH sulla Collier Boulevard per assicurarmi che abbiano l'antiveleno.»

«Ho la nausea. È per il morso?»

Digitai la domanda nella barra di ricerca. «Sì. È un sintomo. Lascia che guidi io.»

«Sto per vomitare.»

Ci scambiammo di posto in ginocchio. Afferrai la maniglia del motore. Derrick sporse la testa fuori bordo e io mi spostai per controbilanciare il suo peso. Stava avendo una reazione? Diedi gas e la prua della barca si alzò. Era abbastanza veloce?

Derrick era seduto dietro la sua scrivania quando entrai in ufficio. Gli chiesi: «Ti senti ancora bene?»

«Come se non fosse successo niente. Ieri me la sono presa comoda, ma non ce n'era bisogno.»

Si tirò su l'orlo dei pantaloni.

Due puntini rossi segnavano il punto. Mi chinai. «È un po' scolorito.»

«Ha un bell'aspetto, vero?»

«Sì, quell'antidoto agisce in fretta. In meno di un'ora, la tua gamba stava molto meglio.»

«Grazie per essere rimasto al pronto soccorso tutto quel tempo.»

«Non è stato niente. Mi dispiaceva che fossi stato morso.»

«Hai preso la decisione giusta; non mi ero reso conto che mi avrebbe fatto stare così male.»

«Ha effetti diversi sulle persone.»

«Adesso dobbiamo aspettare una settimana intera per tornare.»

«Non importa. Useremo questo tempo per incastrare Chen.»

«Ho appena ricevuto i fascicoli di due casi di crimini d'odio da Jacksonville. Entrambi riguardano pestaggi brutali di uomini gay.»

«Quando sono successi?»

«Uno durante una delle prime sparizioni di Chen, e l'altro sabato.»

«Le tempistiche coincidono con il periodo in cui Chen era a Jacksonville.»

«Certo che coincidono.»

«Ma hai detto che erano pestaggi.»

«Già.»

«Non quadra con lo strangolare qualcuno fino a ucciderlo.»

«Chen conosceva Beas; forse aveva una dose extra d'odio in corpo per lui.»

«Immagino sia possibile.»

«Quel tipo che hai chiamato dal numero del telefono usa e getta? Ti ha poi richiamato?»

«No. L'ho chiamato sabato e due volte ieri. Forse usare l'ufficio delle imposte non è stata una buona idea; probabilmente pensa che stia cercando di truffarlo.»

«Non importerà. Ho inviato il mandato a Verizon non appena sono entrato.»

«Spero non ci mettano molto.»

«Non ci vorrà molto. L'ho mandato a quella donna che ci ha aiutato con il killer della riserva.»

«Sarebbe bello avere un contatto che ci aiuti, in futuro.»

«Non ne avremo bisogno dopo che avremo trovato sai-tu-cosa.»

«Se uno di noi non viene ucciso nel tentativo.»

«Non andrà storto niente. Smettila di preoccuparti, ce la faremo.»

Feci spallucce. «Jacksonville è a ben cinque ore di distanza. Speriamo che Chen sia partito presto per evitare il traffico. Non voglio stare qui ad aspettare tutto il giorno.»

«Se si è messo in viaggio per le sette, Chen sarà qui verso l'ora di pranzo.»

«Remin vuole un aggiornamento. Direi che questo è un buon momento come un altro.»

———

GLI OCCHI di Derrick erano incollati al suo monitor. «Com'è andata con lo sceriffo?»

«Non male, in realtà. Deve aver passato un buon fine settimana.»

«Ho sentito che lui e sua moglie erano a Marco, al Marriott, per il loro anniversario.»

«Bel posto per festeggiare. Vuoi un caffè?»

Allungando la mano verso il telefono fisso che squillava, disse: «No, grazie.»

Mi diressi alla caffetteria.

Sorseggiando la mia tazza di caffè, rientrai in ufficio. Derrick si alzò. «Ha appena chiamato il mio contatto alla Verizon.»

«E?»

Prese un blocco note. «Il numero appartiene a un certo Kenneth Freeland. L'indirizzo associato all'account è 1009 Heron Point Court. È a Pelican Colony, a Bonita. Ecco la sua foto della motorizzazione.»

Era un uomo di sessantacinque anni con capelli bianchi e denti di porcellana ancora più bianchi.

«Pelican Colony è una specie di fronte al ristorante Angelina's?»

«Esatto.»

«Vado a fare un giro. Vuoi venire?»

«No. Ho quel corso sull'interazione con il pubblico alle undici.»

«Un altro?»

«Ho saltato l'ultimo. Siamo dovuti andare a controllare i genitori di Lynn.»

«Come stanno?»

«Invecchiano più in fretta di quanto dovrebbero. Non sarebbero mai dovuti andare in pensione. Sono peggiorati velocemente. Nessuno dei due ha alcun hobby.»

«È un peccato.»

Guidando verso nord sulla Route 41, pensai al mio vicino Tom. Lui era rifiorito dopo la pensione. Aveva sessantatré anni ma ne dimostrava una quarantina. A un semaforo, abbassai l'aletta parasole e controllai lo specchietto.

Stanco fu la parola che mi venne in mente. La tirai su e promisi a me stesso di iniziare a usare l'abbonamento in palestra che Mary Ann mi aveva regalato per il mio compleanno. Non era un regalo, era un suggerimento. E non era per niente sottile.

Rimettersi in forma era facile da immaginare. Riempire una giornata da pensionato, no. Stare in spiaggia era una cosa che mi piaceva. Ma non era un hobby o una passione. Farlo tutti i giorni era fuori discussione.

Imparare a giocare a golf non mi interessava. Pescavo da ragazzo, ma più di una volta al mese era troppo. Il tizio che mi aveva formato nel New Jersey era appassionato di falegnameria. Era incredibile quello che riusciva a creare. Con due mani sinistre come le mie, scacciai l'idea dalla testa e svoltai in Pelican Colony.

Chiunque fosse questo Ken, aveva i soldi. La sua villa tentacolare era stata appena verniciata, con un giardino che doveva essere stato curato con le forbici. Doveva valere più di due milioni. Ne aveva pagata una parte con le mazzette di Sanchez?

Il battente a forma di testa di leone mi ricordò qualcosa di uscito da *Downton Abbey*. Ken Freeland aveva perso un po' di capelli e la sua abbronzatura era più intensa. «Posso aiutarLa?»

«Signor Freeland?»

«Sì.»

Ritrasse il mento quando gli mostrai il distintivo. «C'è stata un'effrazione da qualche parte?»

«No, signore. Sono qui per una telefonata che ha ricevuto.»

«Una telefonata? Mi scusi, non La seguo.»

Non mi aveva offerto di entrare.

«La notte del primo ottobre, ha ricevuto una chiamata verso le undici di sera.»

«Per noi è tardi. E poi Ginny era appena uscita dall'ospedale. È stata operata alla cuffia dei rotatori il trenta settembre.»

«Ginny è Sua moglie?»

«Sì. Seconde nozze per entrambi.»

«Qual era il cognome di lei da signorina?»

«Sanchez.»

«E Suo figlio è Will Sanchez?»

«Sì. Ora che ci penso, quella notte ha chiamato per sapere come stava. È un bravo figlio per Ginny, la chiama sempre per sapere come sta.»

«Mi fa piacere sentirlo.»

«Infatti. I miei figli, invece, chiamano solo quando hanno bisogno di qualcosa.»

«Ha notato il numero da cui ha chiamato Will quella notte?»

«Sa che l'ho notato? È apparso come "riservato", e di solito non risponderei, ma ho pensato che potesse essere il suo chirurgo o l'NCH. Sono stati entrambi eccellenti con il follow-up. Se mai dovesse aver bisogno di un chirurgo ortopedico...»

«Suo figlio è venuto a trovare sua madre il primo ottobre?»

«No, è venuto il giorno in cui è stata dimessa dall'ospedale. Loro due sono molto uniti, ma ancora non capisco perché Le interessi la chiamata.»

«Beh, stiamo lavorando a un caso e abbiamo chiesto alla compagnia telefonica alcuni tabulati, ma i dati che ci hanno fornito erano corrotti e questo ne è solo un altro esempio. Mi scusi per il disturbo e spero che Sua moglie si rimetta presto.»

48

Salii sul SUV e chiamai Derrick.

«Ehi, Frank, com'è andata?»

«Sanchez ha fatto la chiamata.»

«Quale chiamata?»

«La chiamata dal telefono usa e getta. Sua madre è stata operata e lui ha chiamato Ken Freeland, il suo patrigno, per sapere come stava.»

«Questo prova che era lui ad avere il telefono usa e getta e che ha anche chiamato Beas la notte dell'omicidio.»

Sentii un telefono squillare in sottofondo. «A quanto pare.»

Derrick disse: «Aspetta un secondo.»

Ebbe una breve conversazione e poi tornò in linea. «Era Mulligan; Chen è appena arrivato al suo appartamento.»

«Vai lo stesso a quel corso?»

«Devo.»

«D'accordo, vado io da Chen.»

Invece di accendere i lampeggianti, me la presi comoda per arrivare a Mediterra, usando il tempo per pensare.

Quali erano le probabilità che Chen e Sanchez fossero d'accordo? Non avevamo scoperto alcun collegamento, ma la possibilità che Sanchez avesse pagato Chen per sbarazzarsi di Beas chiudeva il cerchio.

Per Sanchez era avidità, mentre Chen era motivato dall'odio. Un incentivo in denaro aveva trasformato Chen da uno che aggrediva i gay in un assassino? Il denaro era potente. Spingeva la gente a fare cose che normalmente non avrebbe fatto.

Il pensiero di me e di Derrick che girovagavamo per le Everglades mi balenò in testa mentre mi accostavo al cancello di Mediterra.

Chen aprì la porta. Aveva in mano una scatola di cereali Life. Scosse la testa. «Non ho tempo, detective. Sono appena tornato e devo essere al lavoro per le tre.»

Diedi un'occhiata ai suoi piedi. «Come Le piacciono quelle scarpe da ginnastica?»

«Sono belle e leggere come una piuma.»

«Sono delle Allbirds, giusto?»

«Esatto.»

«Devo provarle.»

«Dovrebbe.»

«Quanto conosce bene Will Sanchez?»

«Will Sanchez? Uhm, non sono sicuro di conoscerlo. Dove dovrei averlo conosciuto?»

«Possiede uno studio di design, è a Naples da molto tempo.»

«Non credo.»

«Ne è sicuro?»

«Sì. Senta, come ho detto, sono appena tornato, e...»

«Dov'è andato?»

«A trovare mia sorella.»

«Davvero?»

«Lei non crederà a nulla di ciò che dico, vero?»

«Questo perché finora non ha mai detto la verità.»

«Bene, non mi creda. Non mi interessa.»

«Dov'era?»

«A Jacksonville, a trovare mia sorella.»

«Lei non ha una sorella.»

Scosse la testa. «È di questo che si tratta? Non ci posso credere.»

«Lei non ha fratelli o sorelle.»

«Non di sangue, ma Trish è quanto di più vicino a una sorella si possa avere.»

«E chi è Trish?»

«La mia sorella adottiva. Avevo nove anni quando mi mandarono in un'altra famiglia. Grazie a Dio c'era Trish. Aveva solo un anno in più, ma cercava di proteggermi da quel mostro.»

«Quale mostro?»

Chen chinò la testa. «Il padre affidatario, Tim Gregg. Si divertiva a massacrarci di botte.»

Mi ricordai che Chen era un bugiardo magistrale. «È per questo che, secondo Lei, aggredisce i gay?»

«Questa è una stronzata.»

«Ha un soprannome?»

«No.»

«Come Le è venuto in mente DIYNOW come nome utente?»

Spalancò gli occhi. «Di che cosa sta parlando?»

«Lei è membro di un gruppo anti-gay su Facebook e usa DIYNOW come copertura per il Suo vero nome.»

«E allora? Non sono attivo lì; ci faccio un salto solo ogni tanto.»

«Penso che alla CVS importerebbe se sapesse che uno dei suoi farmacisti è un membro attivo.»

«Oh, andiamo. Mi licenzieranno. Il che è una stronzata perché non è contro la legge. Sono protetto dalla libertà di parola.»

«Sono un grande sostenitore del Primo Emendamento, anche se di tanto in tanto crea problemi.»

«Anch'io. Dovremmo essere liberi di dire ciò che vogliamo.»

«Questo sì. Ma organizzare una squadra per dare la caccia e picchiare qualcuno non è un diritto protetto. È un atto criminale.»

«Che cosa dovrebbe significare?»

«Senta, la maggior parte della gente pensa che le forze dell'ordine siano rimaste ferme agli anni '60, ma abbiamo interi dipartimenti dedicati a Internet e al dark web. Lei ha lasciato delle impronte digitali e noi le seguiremo una per una.»

«Non ho fatto niente.»

«Avrà una sola possibilità di collaborare. Se confessa, possiamo farLe uno sconto di pena. Se aspetta, Le daremo il massimo.»

«Ma io non ho fatto...»

Alzai una mano. «Non insulti la mia intelligenza e le prove che abbiamo raccolto. Le sto dicendo di pensare molto attentamente a collaborare prima che sia troppo tardi.»

«Se vuole parlarmi, passi per il mio avvocato.»

———

Percorrendo Livingston Road verso Golden Gate, ci misi venti minuti per arrivare alla Magnet Design. La Maserati blu di Sanchez era parcheggiata a cavallo di due posti.

Avevano stipato altre due scrivanie nell'open space. L'addetta alla reception rispose a tre chiamate prima che riuscissi a chiederle di chiamare Sanchez.

«Ha detto che può andare direttamente nel suo ufficio. Conosce la strada.»

«Grazie.»

Sanchez stava facendo uno schizzo su un foglio di carta da lucido. Posò la matita e mi strinse la mano. «Sono super impegnato. Un cliente ha silurato un concorrente nel bel mezzo di un progetto, e devo presentare alcune idee domattina.»

Il mio sguardo si concentrò su una piccola busta bianca all'angolo della sua scrivania. Era una ricetta medica di qualche tipo. Sporgendomi in avanti, indicai il disegno. «Cosa sta disegnando?»

«Uno spazio di lavoro condiviso. Hanno bisogno di diversi uffici privati e di una sala conferenze.»

L'adesivo rosso sulla busta diceva CVS. Il negozio indicato era quello in cui lavorava Chen. «È molto creativo. Deve essere un dono.»

«Grazie. Ma non è un dono: ho dovuto lavorarci sodo.»

«Molte persone nel mondo dell'arte indossano le scarpe da ginnastica Allbirds. Lei le porta?»

«Quando sono uscite, ne ho comprato un paio, ma non erano comode e le ho buttate via.»

«Lei è figlio unico, non è vero?»

«Sì. Perché me lo chiede?»

«Ed è molto legato a sua madre.»

«È la mia eroina; tutte le madri lo sono.»

Su una cosa eravamo d'accordo. «È stata operata di recente.»

I suoi occhi si strinsero. «Sta ficcanasando riguardo a mia madre?»

«No. Il mio unico interesse è una telefonata che ha ricevuto.»

«Da parte di chi?»

«Sua.»

«Chiamo mia madre tutti i giorni. Non ho tempo per questi giochetti, detective.»

«Ha chiamato sua madre la sera in cui è stata dimessa dall'ospedale.»

«Probabilmente sì. Perché ne fa una questione così importante?»

«Perché quella chiamata è stata fatta da un telefono usa e getta. Lo stesso telefono che si è agganciato alla cella del suo condominio e che abbiamo identificato vicino a Lowder-milk Park la notte in cui il signor Beas è stato assassinato.»

«Non so nulla di quel tipo di telefoni e non ne ho mai usato uno.»

«Con tutto il dovuto rispetto, signor Sanchez, non le credo e glielo dimostrerò.»

49

T<small>ORNANDO ALLA MIA AUTO, EBBI LA SENSAZIONE</small> CHE LE scarpe da ginnastica sarebbero state la chiave del caso. Ma come, visto che non era stato recuperato alcun DNA?

Mi sedetti nel vialetto e chiamai Bilotti. «Ehi, dottore. Come sta?»

«Salve, Frank. Per fortuna, qui è tranquillo.»

«Speriamo che continui così.»

«Davvero. A cosa sta pensando?»

«All'omicidio Beas. Abbiamo buone prove circostanziali ma niente di concreto.»

«Non è una situazione ideale.»

«A chi lo dice. Ma le due persone, uh... a questo punto sono proprio dei sospettati... erano entrambe nella zona, avevano il movente e ci hanno mentito ripetutamente.»

«Sembra che siano entrambi sospettati credibili.»

«E c'è una buona possibilità che possano essere stati complici.»

«Interessante. Come posso aiutarla?»

«Se riesce a trovare qualcosa, le offro una buona bottiglia di vino.»

«Non è assolutamente necessario. Accetterò solo se lo berremo insieme.»

«Affare fatto.»

Bilotti rise. Io dissi: «Ricorderà che abbiamo recuperato un paio di scarpe da ginnastica da Lowdermilk. Anche se non abbiamo prove di quando siano state lasciate lì, crediamo che siano state indossate dall'assassino.»

«Sembra probabile. Visto che nessuno le ha reclamate e sono rimaste lì per circa due giorni.»

«Esatto. Il problema è che, avendo piovuto per due notti di fila, la scientifica non ha potuto prelevare alcun DNA.»

«Questo è un problema.»

«A chi lo dice.»

«Immagino che entrambi i sospettati portino lo stesso numero di quelle scarpe da ginnastica abbandonate.»

«Sì, e non sono un paio di scarpe qualunque. Si chiamano Allbirds.»

«Ne ho sentito parlare. Credo sia un'azienda canadese e che i suoi prodotti siano realizzati con materiali riciclati.»

«Sì, cavalcano l'onda della sostenibilità. C'è qualcosa di non convenzionale che possiamo fare per collegare le calzature a un sospettato?»

«Forse c'è qualcosa. Ho letto un articolo interessante su una procedura analitica con delle somiglianze. Mi dia il tempo di approfondire.»

———

QUANDO ARRIVAI IN UFFICIO, Derrick era ancora a un corso di formazione. Ci era sfuggito un collegamento tra Chen e

Sanchez? Durante il tragitto, avevo cercato di schiarirmi le idee, sperando che mi venisse in mente qualcosa.

Non affiorò nulla.

I due uomini sembravano troppo diversi per essere amici, ma un interesse comune poteva aver dato vita a una cospirazione omicida. Era ora di passare in rassegna le infinite attività e luoghi in cui una relazione avrebbe potuto formarsi.

Golf, tennis e ora il pickleball erano popolari tra gli abitanti della Florida. Se praticava uno sport, Sanchez mi dava l'idea di essere un appassionato di tennis. Come farmacista, Chen entrava in contatto con molti medici, e loro adoravano il golf.

Era un'ipotesi, ma probabilmente Chen non era socio del golf club di Mediterra. Era semplicemente troppo costoso da giustificare, specialmente lavorando a tempo pieno. Ma Sanchez era uno che si dava delle arie; si sarebbe svenato per entrare in un club pur di frequentare la gente facoltosa.

Stavo allargando le possibilità invece di restringerle. Ripassando le immagini mentali dell'ufficio di Sanchez, non riuscivo a ricordare una sola foto o un oggetto legato allo sport.

Derrick entrò in ufficio con slancio. «Amico, meno male che è finita. Pensano davvero che abbiamo bisogno di sentire assurdità così elementari?» Alzò il tono della voce, imitandone uno più acuto. «Bisogna rivolgersi al pubblico con «signora» e «signore».»

«Cosa? Niente nuovi pronomi?»

«Non farmici pensare. Com'è andata?»

«Sto cominciando a pensare che Chen e Sanchez abbiano ucciso Beas insieme.»

«Letteralmente?»

«No. Probabilmente Sanchez ha ingaggiato Chen per farlo.»

«Cosa te lo fa pensare?»

«Chen ha tergiversato quando ho tirato fuori Sanchez. Ha detto di non riconoscere il nome, ma credo che mentisse. E quando sono andato a trovare Sanchez, indovina cosa c'era sulla sua scrivania?»

Derrick sorrise. Mi pentii di aver usato la sua forma di interrogatorio preferita e aggiunsi rapidamente: «Una ricetta del CVS, quello in cui lavora Chen.»

«Interessante.»

«Mi sto spremendo le meningi, cercando di trovare un collegamento tra loro.»

«Chen non è il tipo da assumere uno studio di design.»

«E se si fossero conosciuti giocando a golf o qualcosa del genere?»

«È possibile. Ma potrebbe essere qualsiasi cosa; magari gli piace giocare d'azzardo.»

«Giocare d'azzardo? Da dove ti esce? Non abbiamo prove.»

«E tu come sei arrivato al golf?»

Era un paragone valido. «Sto solo lanciando idee a caso. E se anche Sanchez odiasse segretamente i gay?»

«E si sarebbero conosciuti così?»

«Chen contattava la gente tramite messaggi diretti. E se uno dei nickname in quel gruppo appartenesse a Sanchez?»

«Porca merda! Non è un'idea così campata in aria come sembra.»

«Quanti membri c'erano in quel gruppo Facebook?»

Derrick digitò sulla tastiera. «Centosessantaquattro.»

«Se escludiamo tutti quelli che usano il loro vero nome, cosa rimane?»

«Non potremmo sapere se è un nome vero o no. Potresti usare John Smith.»

«Okay, okay. Quanto tempo ci vorrebbe all'unità informatica per identificare le persone nel gruppo?»

«È un bel lavoro. Se non sono impegnati, forse una settimana o giù di lì.»

«Direi di chiedere loro di mettersi subito al lavoro.»

«Ehi, potrebbe non essere niente, ma c'è qualcuno che usa ByDesign come nome utente.»

«Pensi che userebbe una cosa del genere? Sembra troppo semplice.»

«Dimentichi che anche le persone più intelligenti usano ABCDEF come password?»

«Vero, ma...»

«Oh, ecco un altro nome utente che potrebbe essere di Sanchez: CREO.»

Aggirai la scrivania. «Creo? Perché?»

«È la parola latina per creare.»

«Per mettersi in mostra?»

«Ricordo solo qualche parola di latino del liceo.»

«Io faccio ancora fatica con l'inglese. C'è qualche post che faccia suonare un campanello d'allarme?»

Indicò lo schermo. «Questo qui di questo tizio, CREO: *Uno a uno, eliminiamo e rigeneriamo.*»

«Andiamo dalla squadra informatica. Devono mettersi subito al lavoro, ma dobbiamo spiegare la situazione in modo che possano dare la priorità.»

50

Infilandomi in bocca l'ultimo boccone di una ciambella alla crema, entrai nel mio ufficio. La luce rossa del telefono sulla mia scrivania lampeggiava. Riascoltai il messaggio. Era Bilotti. «Salve, Frank, spero stia bene. Ho qualcosa che potrebbe aiutarLa nel caso Beas, per quanto riguarda le scarpe da ginnastica. Mi chiami quando può. Sono in ufficio tutto il giorno.»

Sul punto di comporre il suo numero, mi pulii le dita sui pantaloni e afferrai la giacca. Avrei fatto un salto all'ufficio di Bilotti. Sulla via del ritorno, mi sarei fermato al ristorante mediterraneo Simit. Mary Ann adorava l'hummus di quel locale turco, e le avrei fatto una sorpresa portandogliene una vaschetta.

Il traffico su Airport Pulling Road era lento. Svoltai su Domestic Avenue e parcheggiai nel piazzale dell'istituto di medicina legale. La Lincoln di Bilotti era parcheggiata vicino all'ingresso del basso edificio giallo.

Mi abbottonai il primo bottone della camicia e aprii la

porta spingendola. Nell'edificio c'erano dei cadaveri, ma erano conservati in un'area refrigerata. Mi ficcai le mani in tasca, chiedendomi perché tenessero l'aria condizionata così fredda.

Dall'ufficio del dottor Bilotti proveniva un sottofondo di musica classica. Stava leggendo un voluminoso rapporto. Bussai alla porta aperta. «Frank, non La aspettavo.»

«Ero in zona e ho pensato di fare un salto.»

«Si accomodi. Vuole un caffè?»

Scivolai su una sedia. «No, grazie. Ha detto che forse aveva qualcosa sul caso Beas.»

«Sì. Spero che lo trovi utile.»

«Sono tutto orecchi.»

Allungò la mano all'indietro, prese un raccoglitore dalla credenza e lo posò sulla scrivania. «Mi sono ricordato di aver letto di un caso un paio di anni fa e ne ho trovato il rapporto.»

«La sua memoria è molto migliore della mia dopo la chemio.»

«Lei è un'eccezione. La maggior parte dei pazienti recupera la memoria entro diciotto mesi. Solo il dieci o quindici per cento circa ha problemi a lungo termine.»

«Non un club di cui sono felice di far parte.»

Bilotti abbassò il mento. «Sta benissimo. Non ho notato alcuna differenza nella sua capacità di memorizzazione.»

Mi ero abituato a mascherare le mie perdite di memoria. «Grazie, ma cosa ha trovato?»

«C'è stato un caso in Georgia. Hanno trovato un paio di scarpe in un lago, vicino al corpo di una vittima. Si trattava di un accoltellamento, e si riteneva che le scarpe macchiate di sangue appartenessero all'assassino. Non è stato recuperato alcun DNA, ma sono riusciti a collegare le scarpe a un sospettato, usando il sudore e le impronte sulla soletta interna.»

«Sta dicendo che hanno collegato le scarpe a qualcuno grazie al sudore e alle impronte dei piedi?»

«I piedi sono unici, perfino i suoi sono diversi l'uno dall'altro.»

«Okay, ma mi parli del sudore. Ha detto che non hanno ricavato DNA dalle scarpe.»

«Esatto, ma ognuno dei suoi piedi ha duecentocinquantamila ghiandole sudoripare.»

«Andiamo, dottore. Un quarto di milione di ghiandole?»

«È un dato biologico. Non sorprende che molte persone si lamentino di avere i piedi sudati; ogni piede secerne circa mezzo litro di liquido al giorno.»

«È pazzesco.»

«Ma è vero, e quel sudore, anche per chi indossa i calzini, filtra e lascia delle macchie.»

«E quella macchia può essere ricondotta a chi indossava le scarpe?»

«Non è una scienza esatta, poiché i fluidi si espandono, ma ci sono degli schemi e i dati, insieme alle impronte sulla soletta, possono essere sufficienti.»

«Di cosa avremmo bisogno? Per vedere se è uno dei due che pensiamo?»

«Idealmente, e non sono un esperto, servirebbero le impronte di entrambi i piedi. Ci sono scanner per determinare le misure esatte e le particolarità di ogni piede; immagini gli strumenti che usano per realizzare i plantari ortopedici.»

«Non credo che nessuno dei due si offrirà volontario per farlo.»

«Se sapessero che le scarpe da ginnastica non sono le loro, lo farebbero.»

«La loro riluttanza manderebbe un messaggio.»

«Esattamente. L'altro modo sarebbe esaminare le loro calzature attuali.»

«Anche in questo caso, non ci consegneranno nulla. Potrebbe non essere facile, ma potremmo ottenere un mandato.»

«Se costruisce un'argomentazione abbastanza solida, un giudice lo firmerà.»

«Speriamo. Ma se i due sospetti fossero d'accordo, l'esame indicherebbe solo uno di loro.»

«Su questo non posso offrirLe alcuna assistenza.»

«Lo so. È stato di grande aiuto. Farò analizzare le scarpe da ginnastica.»

«Invierò al laboratorio i dettagli descritti nel caso di cui ho letto.»

Uscendo alla luce del sole, sapevo che avevamo qualcosa, ma sarebbe sfociato in un'accusa di omicidio? Mentre mi scongelavo, la realtà era che se Chen e Sanchez avessero cospirato per uccidere Beas, uno dei due avrebbe dovuto tradire l'altro.

L'ultima cosa che volevo era dover contare sull'offerta di un accordo per far parlare qualcuno, ma se fosse stato necessario, l'avrei fatto. Come ricompensa per ammorbidire la concessione, avrei preso una baklava al pistacchio al ristorante Simit, insieme all'hummus.

———

DERRICK ERA dietro la sua scrivania quando entrai. Sollevai il contenitore di polistirolo. «Ne vuoi un po' di baklava?»

«No, mi sono appena lavato i denti.»

«E allora?»

«Dopo essermi lavato i denti, non mangio più niente fino al pasto successivo. Mi impedisce di ingrassare.»

Tirai in dentro la pancia. «Un pezzo non ti ucciderà.»

«No, grazie.»

Misi l'hummus nel frigo e tagliai una fetta del dolce turco. «Te ne lascio un pezzo da portare a casa.»

Con il miele che mi si appiccicava ai denti, dissi: «Bilotti pensa che possiamo identificare le scarpe da ginnastica tramite l'usura e le macchie di sudore.»

«Davvero? Allora potremmo dimostrare che uno di loro era lì.»

«Lo so, ma se stessero lavorando insieme?»

Lui fece spallucce. «Hai detto che volevi risolvere il caso prima di andarcene: tutta quella storia del cavalcare verso il tramonto, e l'avresti ottenuto.»

Abbassai la voce. «Senti, non mollarmi proprio adesso. Dobbiamo fare le cose per bene.»

«Non lasciare che il bene sia nemico del meglio.»

«Che diavolo significa? La contea ci paga per catturare assassini. Incassi il loro assegno: devi fare la tua parte.»

«La mia parte? Ho già fatto più del dovuto.»

«Cosa sarebbe più del dovuto?»

Si scostò la maglietta dalla spalla, rivelando una grossa cicatrice rossa. «Beccarsi una pallottola non è abbastanza?»

«Stai calmo. Sto solo dicendo che voglio andarmene pulito, se troviamo i soldi.»

«E io sto dicendo che non devo niente a nessuno. E nemmeno tu.»

Feci spallucce. «Vado al reparto prove a prendere le scarpe da ginnastica per portarle al laboratorio.»

Era una questione generazionale? Derrick era una persona responsabile, ma c'era una differenza tra noi. Io ero forse appesantito da valori della vecchia scuola, e lui invece aveva la mente lucida e metteva se stesso al primo posto? La vita non era perfetta e non era lunga, ma ciò non significava che dovessimo arrenderci all'egoismo.

51

Feci capolino dalla portafinestra. «Che serata. Umidità zero.»

Mary Ann stava apparecchiando la tavola. «È stata una giornata splendida.»

Perché mi sentivo così male? «Vado a prendere del vino. Ne vuoi un bicchiere?»

«Nah.»

«Oh, andiamo. Prendine un bicchierino.»

«E va bene.»

Presi un Chianti dalla dispensa. Non importava se fosse pronto o no. Avevo bisogno di anestetizzarmi un po'.

Facemmo cin cin. «Salute.»

«Cos'è questo? È buono.»

«Un Chianti. Mi piacciono molto. Sono ottimi per accompagnare il cibo e costano solo sui venticinque dollari.»

«Devi mettere le zucchine sulla griglia.»

«Prima metto gli hamburger.»

Fece per alzarsi.

«Resta seduta. Ci penso io.»

«Okay. Spero che quello che ha detto il dottor Bilotti sulle scarpe da ginnastica funzioni per te.»

«Anch'io. Lascia che ti chieda una cosa.»

«Cosa?»

«Pensi che io sia all'antica? Sai, per i miei valori.»

«No. Siamo uguali.»

«Esatto. Sto pensando che con Derrick sia una cosa generazionale.»

«Di cosa stai parlando?»

«Derrick si sta comportando in modo un po'... non so... diciamo egoista.»

«Non si sta comportando in modo corretto con te?»

«No, niente del genere. È solo che... è difficile da spiegare.»

«Smettila di menare il can per l'aia e sputa il rospo, Frank.»

Beccato. «Aspetta che metta su questa roba.»

Misi le zucchine sulla griglia e presi un sorso di vino. Abbassando la voce, dissi: «C'è una possibilità che sappiamo dove siano i soldi.»

«Oh mio Dio! Davvero?»

Annuii. «Non volevo dirtelo perché, sai, non volevo illuderti.»

«Non ho quattordici anni, Frank.»

«Lo so, ma non volevo neanche farti preoccupare, perché pensiamo che siano nelle Everglades.»

«Le Everglades? Oh, aspetta, quindi è così che Derrick è stato morso, giusto?»

Era ancora una detective. «Sì, vedi? Non volevo farti preoccupare.»

«Beh, non puoi nascondermi cose del genere.»

«Lo so. La cosa mi dava fastidio. Ecco perché te lo sto dicendo ora.»

«Quando andrete a prenderli?»

«Derrick vuole che ci prendiamo un giorno di ferie per andare, ma io dico sabato.»

«Perché? Hai un sacco di ferie arretrate.»

«Voglio chiudere il caso Beas.»

«E siccome Derrick non vuole, pensi che sia egoista?»

«Lascia perdere.»

«No, sta mettendo se stesso davanti al lavoro, una cosa che tu non fai mai.»

«Voglio adempiere al mio obbligo verso il...»

«Obbligo? Hai servito con onore. Ci sarà sempre un altro caso.»

Mary Ann e io eravamo d'accordo su tutto, tranne che sulla mia ossessione. «Noi viviamo qui. Non voglio che un assassino se ne vada in giro.»

Lei alzò gli occhi al cielo. «Pensi di essere l'unico in grado di prenderlo, vero?»

Girai gli hamburger. «Certo che no.»

«Hai il diritto di goderti la vita.»

«Lo so, e se troviamo i soldi, me ne vado. Lo giuro.»

Si sporse in avanti. «Pensi che li troverete?»

Le spiegai la situazione. «Ma non dirlo a nessuno. Neanche Derrick ha detto niente a Lynn.»

«Non lo farò. Hai scoperto qualcos'altro su quanti ce ne sono?»

«No, ma saranno più di quanti ce ne servono.»

«Quanti pensi? Cioè, saremmo davvero ricchi?»

«Non lo so, ma abbastanza per fare i viaggi che volevi e goderci un po' la vita, tanto per cambiare.»

«Non vedo l'ora! Potremo comprare una casa sull'acqua.»

«Una casa nuova?»

«Perché no?»

«Ci piace qui. Non voglio trasferirmi.»

«Dovremo ristrutturare. Ci serve una cucina nuova.»

«Certo.»

«E dobbiamo rifare anche i bagni. Magari togliamo tutte le piastrelle e mettiamo il legno. È quello che va di moda adesso.»

Tutto ciò che volevo era sicurezza e indipendenza, non una casa, una barca o altro. «Non cominciare con tutta questa storia; prima dobbiamo trovare i soldi.»

«Posso dare una mano?»

«Sì, ma non farti prendere la mano con questi discorsi sui soldi.»

«Ma non sei emozionato? Voglio dire, invece di stare a contare i centesimi, potremo fare tutto quello che vogliamo.»

«Oh, andiamo. Spendere duemila dollari per le tue iniezioni e pagare la retta di Princeton non fa di noi degli spilorci.»

«Quindi è colpa mia se la cura per la sclerosi multipla era così costosa?»

«Non è quello che ho detto. Sto solo dicendo...»

Mary Ann si alzò e corse in casa. Non avevamo ancora trovato un centesimo, eppure avevamo avuto la nostra prima lite per i soldi. Come potevano Derrick e Mary Ann avere un rapporto così diverso con il denaro? Ero io?

Il mio telefono vibrò. Era un messaggio di Derrick. «Vuoi darti malato domani e andare?»

«No. Aspettiamo.»

«Perché?»

Bella domanda. Risposi con un altro messaggio. «Atteniamoci al piano.»

«Perché?»

Non avevo una risposta. «Non sono pronto.»

«Qualcuno li troverà.»

«Non li troveranno. Dobbiamo aspettare.»

Lui non rispose. Sparecchiai la tavola e andai in cucina. Mentre caricavo la lavastoviglie, arrivò un messaggio da Derrick. «Domani non ci sarò.»

Stava andando da solo nelle Everglades? Derrick aveva affittato il magazzino dove tenevamo il carrello della barca e l'attrezzatura. Aveva entrambe le chiavi.

Tornai fuori e mi misi a camminare avanti e indietro sulla veranda. Io e il mio socio ci guardavamo le spalle a vicenda. Ma la lista di chi metteva da parte la lealtà per soldi sarebbe arrivata fino in Cina.

Derrick sapeva meglio di me quanto fossero rischiose le Everglades. Andarci da solo aumentava il pericolo. Avrebbe portato qualcuno con sé? Non era logico, ma l'avidità offusca la mente.

Andai in garage e rovistai in un armadietto. La catena era arrugginita ma spessa. A un'estremità c'era il lucchetto. Afferrai la chiave che vi pendeva e la inserii. Funzionò.

Misi la testa dentro casa. «Mary Ann! Torno tra poco.»

52

CAMMINANDO PER IL CORRIDOIO VERSO IL MIO UFFICIO, TESI le orecchie. Niente. Entrando nell'ufficio, il mio sguardo cadde sulla scrivania di Derrick. Le mie orecchie non mi avevano ingannato; non c'era.

Mi voltai e mi diressi alla caffetteria per un caffè. Era difficile non immaginare il mio partner mentre guidava sull'Alligator Alley. Presa una tazza di caffè, tornai nel mio ufficio.

Entrò il sergente Gesso. «Giorno, Frank. Non sembra un omicidio, ma un uomo di cinquantun anni di nome Oliver Riboff è stato trovato morto nel suo letto.»

«Chi l'ha trovato?»

«Sua figlia. Lui badava a suo figlio e, quando non si è presentato, lei l'ha chiamato e poi è andata da lui.»

Mi porse un foglio di carta. «Ecco l'indirizzo. Abbiamo già avvisato il dottor Bilotti.»

UNA VOLANTE ERA PARCHEGGIATA di fronte al 1919 di Guava Drive. Accostai dietro e salutai l'agente in piedi davanti alla casa gialla di Riboff. Era una semplice abitazione in blocchi di cemento con un tetto di metallo blu.

Una donna che si tamponava gli occhi mi venne incontro sulla soglia. «Mary Riboff. Sono sua figlia.»

«Detective Luca.» Le porsi un biglietto da visita.

«Omicidi?»

«È la procedura standard quando una persona giovane muore, signora.»

«Non posso credere che se ne sia andato.»

«Mi dica come l'ha trovato.»

Dopo che ebbe spiegato, le chiesi: «Ha una chiave?»

«Sì.»

«Suo padre faceva uso di qualche sostanza?»

«No, ma circa due settimane fa aveva accennato a dei dolori al petto. Gli dissi di andare dal medico, ma era testardo. Pensa che sia stato un infarto?»

Infilai i guanti. «Lo scopriremo. Mi mostri dov'è.»

Riboff giaceva sulla schiena, gli occhi fissi su un ventilatore a soffitto che si muoveva lentamente. Il rigor mortis era già sopraggiunto. Gli tolsi le coperte dal suo stomaco considerevole ed esaminai il corpo. Niente di evidente.

«È stato un infarto, vero?»

«Può essere, ma il medico legale sta arrivando e sarà lui a stabilirlo.»

«Salve, Frank.»

«Oh, dottore, questa è Mary Riboff. È la figlia.»

Si strinsero la mano e le dissi di aspettare in cucina. Bilotti disse: «Qualcosa di insolito?»

«No. Potrebbe essere un infarto.»

«Dovrò fare un'autopsia per confermare l'arresto cardiaco.»

Il mio telefono squillò. Era Derrick. «Un attimo, dottore.» Uscii. «Scusa, sono su una scena, un uomo di cinquantun anni è deceduto...»

«Un omicidio?»

«No, sembra che il cuore abbia ceduto.»

«Oh. Ehi, hai messo una catena al magazzino?»

«Sì.»

«Perché?»

«Volevo essere sicuro che nessuno entrasse.»

«Stronzate! Non ti fidi di me. Non posso crederci dopo tutto quello che abbiamo passato.»

Era un modo per sviare il discorso? «E comunque, che ci fai lì?»

«Volevo controllare che avessimo tutto il necessario per sabato.»

«Perché mai avresti dovuto farlo?»

«Dopo essere stato morso, ce ne siamo andati di fretta e non riuscivo a ricordare che diavolo fosse successo.»

«Ci siamo girati e siamo andati all'ospedale.»

«Stavo armeggiando con la telecamera e non ricordavo se l'avessi fatta cadere o che fine avesse fatto.»

«Non è caduto niente in acqua.»

«Non pensavo, ma poi ho pensato che magari ci fosse stato rubato qualcosa quando abbiamo parcheggiato all'ospedale.»

«Avevi intenzione di cercarla oggi?»

«Non posso credere che tu me lo stia anche chiedendo. Sono tutte stronzate.»

La linea cadde. La nostra relazione era appesa a un filo.

Ma di chi era la colpa? Avevo reagito in modo esagerato, o lui aveva cercato di raggirarmi?

———

MENO MALE CHE Derrick si era preso il giorno libero, altrimenti mi sarei inventato un malanno come scusa per tornare a casa. Appesi la giacca, chiedendomi che tipo di rapporto avessimo, se potesse essere mandato a rotoli per dei soldi.

Mentre sedevo, la risposta era chiara: lo stesso rapporto che aveva il 99 per cento del mondo.

L'aver accettato di andare a caccia dei soldi di Cabrerra mi aveva messo nei guai con mia moglie e il mio partner. L'idea di avere abbastanza per finanziare comodamente la pensione era senza dubbio importante. Ma lo stress scatenava le riacutizzazioni della sclerosi multipla di Mary Ann, e nessuna somma di denaro poteva risolvere la cosa.

Ma come per ogni altra cosa, c'erano dei compromessi. Se avessimo trovato il malloppo, avremmo dovuto stabilire delle regole, o la vita sarebbe cambiata troppo.

Il telefono della mia scrivania squillò. «Omicidi, detective Luca.»

«Detective, sono Sergio. Ho una buona notizia.»

«Frank, sono Sergio.»

Era il secondo in comando al laboratorio. «Ehi, Serge, che succede?»

«Non sono buone notizie.»

«Non mi sorprende. Di che si tratta stavolta?»

«Non riusciamo a rilevare le tracce di sudore nelle calzature che ha indossato.»

«Cos'è andato storto?»

«Semplicemente non sono abbastanza nitide.»

«Sta scherzando?»

«Magari. Le calzature erano nuove e quel poco che c'era è stato diluito dalla pioggia a cui sono state esposte.»

«Maledizione. Quindi non può darmi niente?»

«Non possiamo basarci sul sudore, ma stiamo cercando di ricostruire un'impronta valida di chi le indossava.»

«Potete farlo?»

«Speriamo. Le scarpe da ginnastica erano nuove e non c'è nulla di evidente per quanto riguarda i segni di usura. Il laboratorio statale ci ha fornito un software per eseguire scansioni e misurare le compressioni nella suola interna. Speriamo che i dati possano fornire un modello per il confronto.»

«Quanto sono accurati?»

«Uno dei tecnici ha detto che alcuni tratti sono facili, come i piedi piatti. Ha detto che l'hanno usato di recente per identificare una persona che zoppicava.»

«Quanto tempo ci vorrà?»

«Un paio d'ore, al massimo.»

Controllai l'ora. «L'avrete per le quattro?»

«Senza dubbio.»

«Mi chiami il prima possibile.»

Chiamai il numero di Derrick. Squillò sei volte prima di passare alla segreteria. Scrissi un messaggio. «Ho bisogno di te domattina. Il laboratorio avrà qualcosa. Dobbiamo coinvolgere Chen e Sanchez.»

53

LE MIE SPALLE SI IRRIGIDIRONO MENTRE ENTRAVO DAL parcheggio. Il mio proposito di arrivare presto era stato vanificato dalla mancanza di sonno. Non riuscivo a smettere di passare in rassegna i vari scenari nella mia mente. Volevo evitare di trovarmi sulla difensiva se Derrick fosse già arrivato.

Nel vedere l'ufficio vuoto, mi rilassai per un momento. Erano le otto e un quarto. Chen e Sanchez erano attesi per le dieci.

La sera prima, dopo aver saputo che avevano assunto degli avvocati, ero rimasto fino a tardi per redigere un mandato per esaminare i loro piedi. Le incognite erano se sarebbe stato concesso e, in caso affermativo, quando.

Accesi il computer e lasciai un messaggio alla segretaria dello sceriffo riguardo alle richieste di mandato. Mentre passavo in rassegna le email, entrò Derrick.

Non aveva con sé il caffè che mi portava di solito, ma disse: «Buongiorno».

«Giorno. Chen e Sanchez saranno qui tra un'ora».

«Sarà interessante».

«Certo, dovrebbe esserlo. Il tuo aiuto mi avrebbe fatto comodo per redigere le richieste di mandato».

«Non ho diritto a un giorno di ferie?»

L'atmosfera si gelò. «Certo che ne hai diritto. Sto solo dicendo che sei diventato molto bravo a esporre le motivazioni a un giudice».

«Me li hai fatti scrivere tutti tu negli ultimi cinque anni».

«Non ti ho costretto a fare niente. Te l'ho chiesto. Se non volevi farne uno, bastava che lo dicessi».

«Sì, certo».

Mi alzai. «Senti, ci aspetta una giornata importante. Mettiamo da parte qualunque cosa ci sia tra noi, okay?»

«Quello che c'è tra noi è che tu non ti fidi di me».

«Non è quello».

Scosse la testa. «Certo che lo è. Tutto ciò che cercavo di fare era assicurarmi che avessimo il necessario per andare a caccia di, uhm, quella cosa. Okay?»

«Va bene».

«Ammetti solo che pensavi che ci sarei andato senza di te. Okay?»

«Se mi è passato per la testa dopo che hai insistito per non aspettare sabato e ti sei rifiutato di rispondere ai miei messaggi o alle mie chiamate? Sì, mi è passato per la testa».

«Visto? Questo dimostra la mia tesi».

«Siamo addestrati a considerare ogni possibilità. È autom-».

«Puoi dire quello che vuoi, ma devo dirtelo: mi ha ferito sapere che una persona per cui metterei a rischio la vita non prova lo stesso per me».

«Non è vero. Farei qualsiasi cosa per te. Lo sai». Sussurrai. «I soldi fanno fare cose folli alla gente. Immagino di aver lasciato che la mente andasse dove non doveva. Mi dispiace».

«So cosa vuoi dire. Non riesco a smettere di pensare di avere più soldi di quanti potrei mai immaginare».

E, proprio così, confermò il mio timore che avrebbe agito da solo. «Sshh. Dobbiamo mettere da parte questa storia per ora. Stanno per arrivare».

«Avrai la tabula rasa che volevi, e giusto in tempo». Sorrise.

«Faccio un salto di sopra per vedere a che punto siamo con il mandato».

———

Mi avvicinai a un uomo seduto in una nicchia vicino alle sale interrogatori. «Dottor Scotto?»

Lui si alzò. «Sì. Detective Luca?»

Ci stringemmo la mano. «Voglio ringraziarla per essere venuto così in fretta».

«Ogni volta che il dipartimento chiama, mollo tutto quello che sto facendo».

«Grazie». Indicai una scatola su un carrello. «È quello lo scanner?»

«Sì. Abbiamo le scansioni che ci ha inviato il laboratorio e siamo pronti a confrontarle».

«Perfetto. Prenda un caffè o qualcos'altro alla caffetteria. La chiamiamo noi quando sarà il momento».

Will Sanchez, in un abito blu reale, sorrideva. Mentre si picchiettava la tempia con un dito, il suo avvocato, Phil

Delco, scoppiò a ridere. Sembravano in procinto di partire per una vacanza.

Derrick disse: «Gli faremo vedere noi quanto c'è da ridere».

«Non sembrano preoccupati».

«Sta fingendo».

Mi allontanai dal monitor. «Sanchez è furbo come una volpe».

Dall'altra parte del corridoio, il video mostrava Chen che parlava con il suo avvocato, Brian Bartz. Le gambe divaricate e la postura curva di Chen mi fecero dire: «Non riesco a decifrare Chen».

«O non ha nulla di cui preoccuparsi o si è arreso».

«Lo so. È questo che mi confonde».

«Se stanno lavorando insieme, scommetto che Sanchez e Chen hanno concordato le loro versioni».

«Probabile, ma in ogni caso, i loro avvocati devono averli riempiti di fiducia. Pronto?»

Lui annuì e io bussai alla porta. Chen scattò sull'attenti e Bartz, un avvocato costoso con cui avevo già lavorato, si alzò. Tese una mano. «Detective». Chen accennò un sorriso, ma mantenne lo sguardo fisso sulle proprie mani.

Derrick accese il registratore e recitò le formalità. Io dissi: «Avvocato, spero non le dispiaccia, ma andrò dritto al punto».

«Siamo ansiosi quanto voi di riabilitare il nome del signor Chen».

«Bene. Avvocato, non so cosa le abbia detto il suo cliente, ma il signor Chen aveva il movente, i mezzi e l'opportunità di commettere l'omicidio di David Beas la notte del primo ottobre.»

Bartz sbuffò. «Volete anche condannarlo?»

«Abbiamo le prove che il signor Chen si trovava vicino alla scena del crimine e, dopo aver negato, lo ha ammesso. Il suo cliente ha dei precedenti per crimini d'odio contro gli omosessuali, come la vittima. Per quanto riguarda i mezzi, il signor Chen è schedato per percosse e lesioni, oltre che per omissione di soccorso. In entrambi i casi le vittime erano omosessuali.»

«Il mio cliente si trovava in zona non per commettere un omicidio, come voi fantasticate, ma per incontrarsi con un amante. Per quanto riguarda le trasgressioni, si è trattato di sfortunati incidenti per i quali il signor Chen ha ammesso la propria colpa. Ha frequentato i corsi per la gestione della rabbia come richiesto.»

«I corsi gli hanno evitato il carcere, ma non sono stati efficaci nel frenare le sue attività omofobe.»

«Il mio cliente respinge le vostre accuse.»

«Il signor Chen ha intenzione di parlare oggi?»

«Se avete una domanda alla quale credete possa rispondere meglio lui, lo farà.»

«Signor Chen, vorremmo farle una scansione dei piedi.»

Si voltò verso il suo avvocato. «Una scansione?»

Bartz diede una pacca sull'avambraccio del suo cliente. «Nessuno la toccherà, a meno che non abbiate un mandato.»

Dissi: «È una semplice scansione, non è invasiva.»

«Senza un'ordinanza del tribunale, non acconsentiremo che il mio cliente si spogli.»

«Non faccia il melodrammatico, avvocato. Dovrebbe solo togliersi scarpe e calzini e mettersi in piedi su uno scanner podiatrico. È lo stesso procedimento per farsi fare un plantare.»

«La risposta è no. Avete altre domande?»

«Vorremmo sospendere questo interrogatorio. È d'accordo?»

Con il tassametro che correva a una tariffa oraria di oltre cinquecento dollari, sapevo che Bartz avrebbe accettato. «Vi concediamo una pausa, ma vorremmo dell'acqua in bottiglia.»

54

Uscimmo nel corridoio, e Derrick disse: «Sapevo che non l'avrebbero fatto volontariamente.»

«Dovevamo provare.»

«Sai, non ha mai chiesto perché vogliamo fare la scansione.»

«Bartz sa che le scarpe da ginnastica sono tra le prove.»

«Ma se non è stato Chen, perché si oppongono?»

«Gli avvocati sono lì per proteggere. Bartz non vuole aprire una porta se non sa cosa c'è dietro.»

Derrick si girò verso il video. «Sta sussurrando all'orecchio di Chen.»

«Vuole scoprire se c'è una bomba a orologeria.»

«Chen è un bugiardo; non dirà la verità a Bartz.»

«La maggior parte dei criminali non lo fa.»

«Forse con Sanchez avremo più fortuna.»

«Vediamo.» Bussai e entrammo.

I sorrisi di Sanchez e Delco svanirono. Si alzarono entrambi e ci stringemmo la mano. Delco si era trasferito a

Naples da Fort Lauderdale un anno prima. Dal suo arrivo, si era tenuto occupato a rappresentare spacciatori di medio livello.

Ci sedemmo e, dopo che le formalità furono messe a verbale, Delco disse: «Vorrei ricordare a tutti che il signor Sanchez è venuto volontariamente e ha collaborato pienamente con il dipartimento dello sceriffo. È ansioso quanto voi di scoprire chi ha ucciso il suo amato amico e socio in affari.»

«Apprezziamo la sua collaborazione e siamo sicuri che continuerà a farlo finché il caso non sarà risolto.»

«Il signor Sanchez ha un'attività di successo e le sue esigenze di tempo sono influenzate dalla perdita del signor Beas. Ma nonostante i suoi numerosi impegni, il mio cliente collaborerà per quanto possibile.»

«Dato che il signor Sanchez è impegnato, faremo in modo che questo interrogatorio sia breve.»

«Va bene.»

«Bene. Abbiamo un podologo che ci attende e vorremmo che facesse una scansione dei piedi del signor Sanchez.»

Delco aggrottò le sopracciglia prima di dire: «Una scansione?»

«Sì, ci vorrà solo un minuto. Si metterebbe in piedi su un sensore e, uno, due, tre, sarebbe finita.»

«Immagino che Lei sia in possesso di un'ordinanza del tribunale?»

«L'avremo da un momento all'altro.»

Scosse la testa. «Per quanto ci piacerebbe accontentarvi, non posso permettere che il mio cliente sia sottoposto a test inutili.»

«Non è inutile. È una parte importante della nostra indagine.»

Delco diede un colpetto a Sanchez. «Mi dispiace. La risposta è no. Abbiamo finito.»

Si diressero verso la porta. Dissi: «Sta solo perdendo tempo. Otterremo un'ordinanza del tribunale e tornerete qui.»

«Arrivederci, detective.»

Li seguimmo fuori. «Derrick, fammi un favore e di' a Bartz che lui e Chen possono andare. Vado di sopra a controllare il mandato.»

Presi le scale, facendo due gradini alla volta. Svoltai sul pianerottolo e urtai una donna. «Oh, mi dispiace, Shirley. Stavo giusto venendo da te.»

«Non fa niente.» Mi porse una busta. «Il giudice Wilkerson ha firmato il mandato.»

«Mi salvi la vita. A dopo.»

Tornai di corsa al piano di sotto e irruppi dalla porta. «Derrick!»

«Che succede?»

«Dove sono?»

«Chi?»

«Chen e Sanchez!»

«Se ne sono andati...»

«Vieni con me!» Corsi verso l'ingresso principale. Irruppi dalle porte anteriori. Il sergente di servizio gridò: «Cosa sta succedendo qui?»

Vidi un paio di luci dei freni ai margini del parcheggio. Era la Maserati blu di Sanchez. Stava uscendo in retromarcia da un posto. «Fermalo, Derrick.»

Derrick scattò via mentre io scrutavo il parcheggio.

Chen e Bartz si stavano stringendo la mano tra due auto. «Ehi! Avvocato!»

Guardarono nella mia direzione. Chen allungò la mano verso la portiera della sua auto.

«Stop!»

Si immobilizzarono. Presi fiato mentre correvo verso di loro. Con le gambe che mi bruciavano, annunciai: «Torniamo dentro, signori.» Sventolai la busta. «Ecco il mandato che voleva.»

Bartz protestò. «Ma...»

«Niente ma, muovetevi.»

«Calmiamoci, detective. Sono molto impegnato. Se volesse fissare un appuntamento...»

«Possiamo farlo con la forza, oppure potete collaborare.»

«Questa procedura è altamente irregolare. Acconsentiremo, ma a verbale dovrà risultare che...»

Indicai l'ingresso. «Muovetevi.»

Derrick era in piedi con Delco e Sanchez appena fuori dalle porte. Mentre salivamo le scale, Delco disse: «Qual è il significato di tutta questa inutile agitazione?»

Porgendogli la busta, dissi: «Il suo cliente dovrà collaborare, che gli piaccia o no.»

Li scortammo di nuovo nelle stanze da cui eravamo partiti. Mi precipitai alla fotocopiatrice, facendo copie del mandato per ogni avvocato.

«Derrick, dagliene una copia. Vado a chiamare il dottor Scotto.»

Il podologo stava leggendo sul suo telefono. «Grazie per aver aspettato, dottore. Siamo pronti a procedere, se lo è anche Lei.»

Si alzò. «Facciamolo.»

«Mi lasci chiederLe una cosa.»

«Certo.»

«C'è un modo in cui potrebbe dire, dopo aver fatto la scansione, se c'è una corrispondenza?»

«Se c'è una deformità o una condizione podologica, potremmo essere in grado di confrontarla con la scansione effettuata dal laboratorio.»

55

TENNI APERTA LA PORTA AL DOTTOR SCOTTO. LUI ENTRÒ spingendo il suo macchinario. «Signori, vi presento il dottor Scotto. Scannerizzerà i piedi del signor Chen.»

Chen si dimenò sulla sedia. Bartz disse: «Abbiamo diritto a una copia di qualsiasi cosa venga acquisita e, se necessario, faremo eseguire una scansione dai nostri periti qualificati.»

«Vi consegneremo tutte le prove in nostro possesso. Ed è vostro diritto condurre i vostri test.»

«Voglio che questa pagliacciata sia registrata.»

«Sarà tutto documentato.»

Accesi i dispositivi di registrazione e dichiarai l'ora, la data e i presenti. «Dottor Scotto, è pronto?»

«Sì.»

«Signor Chen, il dottore le scannerizzerà i piedi. La prego di seguire le sue istruzioni.»

«Si tolga le scarpe e i calzini, signore, e salga sul macchinario.»

A piedi nudi, Chen appoggiò il piede destro sullo schermo di vetro del macchinario.

Scotto disse: «Mantenga il peso bilanciato, signore. Ci vorrà solo un minuto.»

Lo scanner ronzò. Un raggio di luce rossa si mosse lentamente sotto il piede di Chen. Scotto teneva gli occhi incollati al display del macchinario.

«Bene. Ora può cambiare piede.»

In meno di cinque minuti, Chen si rimise i calzini.

Chiesi a Scotto: «Ha quello che le serve?»

«Credo di sì. Quando avremo finito, trasferirò i file al laboratorio ed eseguiremo un'analisi.»

«Signor Bartz, il suo cliente è libero di andare, ma deve rimanere nella contea di Collier fino a nuovo avviso.»

«Bene. Ora, non si dimentichi di inviarmi questa scansione, così come quelle con cui la confronterete.»

Scotto spinse lo scanner nella stanza in cui aspettavano Sanchez e il suo avvocato. Ripeté la procedura.

Ora non ci restava che aspettare pazientemente l'arrivo dei risultati.

Derrick e io ci ritirammo nel nostro ufficio. Crollai su una sedia. «Spero che non ci voglia troppo tempo.»

«Non ci vorrà. Scotto ha detto che ci si sarebbe messo subito.»

«Sai, vorrei poter riavere indietro tutte le ore che ho passato ad aspettare in questo lavoro.»

«La tecnologia ha fatto passi da gigante, ma il rovescio della medaglia sembra essere che siamo sempre ad aspettare il laboratorio.»

«Sfruttiamo il tempo. Forse dovremmo dare un'occhiata a quel caso irrisolto di cui ha parlato Gesso. Sarebbe bello chiuderne uno vecchio.»

Derrick sbuffò e si avvicinò facendo rotolare la sedia. «Dovremmo andare a prendere i soldi.»

«Ma ha detto che quel caso...»

«Sai qual è il tuo problema?»

Ne avevo solo uno? «Andiamo...»

«Sono serio, amico. Non mollerai mai il colpo per goderti la vita perché continui a ripeterti che c'è un altro caso che ha bisogno di te.»

«Non è vero.»

«Allora andiamo.»

«Dove?»

«Nelle Everglades.»

«Non possiamo. Stiamo aspettando...»

«Visto? Dimostra quello che dico. Metti il lavoro davanti a te e alla tua famiglia.»

«Andarsene sarebbe da irresponsabili. Se non la pensi così, c'è qualcosa che non va nel tuo modo di ragionare.»

Si diede una spinta dalla scrivania e rotolò verso la sua. «Ho dato gli ultimi sette anni a questo posto e ho quasi perso la vita nel frattempo. Quindi non farmi la ramanzina su queste stronzate sulla responsabilità.»

La testa prese a pulsare. Pizzicandomi la radice del naso, mi chiesi se si fosse reso conto che la sparatoria era stata colpa mia. Il nodo allo stomaco si strinse. «Non intendevo dire questo. Hai avuto sfortuna; capisco cosa stai dicendo ora. Non mi ero reso conto di quanto ti avesse segnato. Dici sempre che stai bene.»

«Io sto bene e voglio che resti così. Non ho più intenzione di rischiare la pelle.»

«Andrà tutto bene, con o senza i soldi.»

Derrick sollevò il telefono fisso che stava squillando. «Omicidi, detective Dickson.»

Mia madre aveva forse tirato qualche filo dal cielo? Era una gradita distrazione. Mi alzai per prendere un caffè mentre Derrick riattaccava.

«Era il laboratorio. Sono sicuri di avere una corrispondenza.»

56

Io e Derrick eravamo davanti alla sala interrogatori numero uno. Dissi: «Ci è voluto più di quanto pensassi, ma l'abbiamo preso.»

«Proprio così.»

«Pronto?»

Lui alzò il pugno; glielo battei e aprii la porta.

«Signori.» Mentre prendevamo posto, Delco disse: «Non gradisco dover venire di corsa qui due giorni di fila.»

Sistemai il fascicolo che avevo portato. «Faremo in modo che ne valga la pena. Detective Dickson, la prego di avviare la registrazione.»

Sbrigate le formalità, dissi: «Avvocato, abbiamo inviato le scansioni al suo ufficio ieri a tarda notte.»

«Le abbiamo ricevute, ma non ho avuto l'opportunità di farle esaminare dai nostri periti.»

Aprii il fascicolo e feci scivolare due immagini sul tavolo. Toccando quella a sinistra, dissi: «Questa è stata presa dal plantare della scarpa da ginnastica sinistra trovata sulla spiaggia.»

Mentre Delco l'esaminava, aggiunsi: «E questa è la scansione che il dottor Scotto ha fatto ieri al piede sinistro del signor Sanchez.»

Sanchez si sporse in avanti. «Le ho detto che le scarpe non erano mie; questo non prova nulla.»

Derrick disse: «Al contrario.»

Rimasi interdetto mentre lui puntava il dito su entrambi i mignoli. «Corrispondono perfettamente, compreso il suo mignolo.»

Delco disse: «Non siamo in grado di commentare o interpretare queste immagini.»

Dissi: «È molto semplice, avvocato. Le aree rosse sono quelle a contatto con il plantare e con lo scanner. Le immagini si sovrappongono esattamente, cosa che mi è stato detto essere insolita.»

«Le faremo esaminare dai nostri periti, ma se saranno d'accordo con la vostra ipotesi, che importanza ha?»

«Che il signor Sanchez non solo era a Lowdermilk Park, ma era sulla spiaggia, a pochi passi da dove David Beas è stato strangolato.»

«Le scarpe da ginnastica potrebbero essere state lasciate lì prima dell'omicidio e da chiunque. Il mio cliente crede di averle smarrite a un certo punto a luglio.»

«Un telefono usa e getta, attivato dal suo cliente, era lì il primo ottobre.»

Sanchez scosse la testa. «Questa è una follia. Io e David eravamo amici e soci in affari. Dire che ho avuto a che fare con la sua morte è assurdo.»

Derrick disse: «Ciò che è assurdo è la sua convinzione di poterla fare franca.»

Delco disse: «Detective, tutto ciò che avete presentato è di natura circostanziale.»

«Il suo cliente aveva il movente; con il signor Beas fuori dai piedi, non solo diventava l'unico proprietario, ma non doveva neanche pagare per la quota del suo socio. Era sulla scena del crimine, il che soddisfa il requisito dell'opportunità. E il signor Sanchez ha un passato di minacce fisiche e verbali nei confronti del signor Beas.»

«Circostanziale.»

«La chiami come vuole, ma i procuratori concordano che le prove sono schiaccianti.»

«Non sono d'accordo.»

«Ritengono che abbiamo abbastanza elementi.»

«Stanno considerando di presentare un'incriminazione?»

Mi voltai verso Derrick. «Quanto ci voleva per emettere il mandato d'arresto?»

Lui si guardò l'orologio. «Dovrebbe essere pronto ormai.»

Delco disse: «Se arriverà, ce ne occuperemo.»

«Arriverà, avvocato. Non stiamo bluffando. Ma sono stato autorizzato a presentare un'offerta.»

«Che tipo di offerta?»

«Se il signor Sanchez non confesserà, lo incrimineremo per omicidio premeditato, che comporta una pena minima dell'ergastolo, se non la morte.»

«Premeditato?»

«È stato premeditato, avvocato.»

«Non ho ucciso David. Lo giuro. Non sono stato io.»

«Pensiamo che una giuria non crederà alla sua negazione. Collabori, e ridurremo le accuse a omicidio volontario. Le linee guida per la sentenza prevedono una pena da diciassette anni all'ergastolo, ma pensiamo che si possa raggiungere un accordo per vent'anni.»

Sanchez mimò con le labbra: «Vent'anni.»

«Avvocato, stiamo andando a prendere il mandato d'arresto. Userei questo tempo per discutere l'offerta con il signor Sanchez.»

«Non ho ucciso David. Non accetterò mai nulla.»

57

Attraversammo il casello del SunPass e il traffico rallentò mentre ci immettevamo sull'Alligator Alley.

«Dopo che te ne sei andato ieri sera, Wilkerson ha approvato il mandato per i registri finanziari di Sanchez.»

«Inclusa l'attività?»

«No. Ha detto che non avevamo motivo di credere che l'attività c'entrasse qualcosa.»

«È una follia. Sanchez e Beas erano soci.»

«Lo so, ma prendiamo quello che possiamo. Se necessario, vedremo cos'altro possiamo tirare fuori per far cambiare idea al giudice.»

Derrick disse: «Cos'è tutto questo traffico?»

«C'è un incendio vicino al confine di Miami-Dade.»

«Grave?»

«Al momento no.»

«Ci mancava solo questa.»

Eravamo sul punto di trovare milioni di dollari e lui si lamentava della nostra fortuna? «Tutto sommato, non è niente.»

«Non abbiamo superato i quaranta da quando abbiamo passato il casello.»

Ci mettemmo il doppio del tempo ad arrivare. Derrick rallentò ed entrò nel parcheggio.

Io dissi: «Parcheggia nell'angolo più lontano e, no... aspetta... c'è un veicolo laggiù.»

«È una bella giornata per uscire in barca.»

«Forse in mare aperto, non in questa palude.»

Derrick si arrestò lentamente. «Perché non la mettiamo in acqua adesso? Sappiamo dove stiamo andando.»

Con gli occhi fissi sul veicolo nell'angolo, afferrai la maniglia della portiera. «Okay, falla scendere per la rampa in retromarcia.»

Agitando le mani, guidai Derrick mentre scendeva lentamente lungo la pendenza di cemento. La poppa della barca si immerse nell'acqua. Aspettai dieci secondi prima di dare un colpo sulla fiancata del SUV. «Così va bene.»

Rilasciai il cavo del rimorchio e la barca scivolò nell'acqua scura. Salii a bordo e il fondo strisciò sulla rampa. «Vai a parcheggiare.»

Tenevo gli occhi sul parcheggio e, oltre, sulla superstrada. Il rumore della strada era notevolmente più basso con il traffico che si muoveva a meno di trenta miglia all'ora.

Derrick accese il motore e ci allontanammo. A una distanza pari a un paio di scuolabus dalla terraferma, dissi: «Senti odore di sigaretta?»

Lui annusò. «Non sento nient'altro che l'odore di umido che proviene da questo posto.»

«Tieni la sinistra, attorno a quel gruppo di mangrovie.»

Mentre giravamo l'angolo, dissi: «Amico, guarda che ragnatela. Ci sarà voluta tutta la notte per farla.»

«Una di quelle dimensioni può catturare abbastanza da sfamare una famiglia di quattro persone.»

«I ragni hanno una vista terribile. Usano le vibrazioni per trovare ciò che rimane intrappolato nella loro tela.»

«Cosa sei, un entomologo?»

Risi. «Non so cosa significhi, ma Jessie fece una ricerca al riguardo quando era piccola.»

«È strano come certi fatti rimangano impressi, vero?»

Controllai il GPS. «Prendi quel canale più avanti.»

Attraversammo un lungo passaggio, fino a una pozza scura d'acqua aperta. Dissi: «Rimani a destra, dove si restringe.»

Derrick manovrò la barca. «Quanto manca ancora?»

«Un paio di vetrine.»

«Non ci posso credere.»

Abbassando la voce, allungai la mano verso il blocco della telecamera. «Rallenta.»

Srotolai la prolunga, porsi il display a Derrick e controllai le coordinate. «Okay, spegni il motore.»

Un'increspatura si allargò mentre calavo la telecamera in acqua. Prendendo il lettore topografico, dissi: «Tieni gli occhi sullo schermo.»

Derrick spostò il peso e il dispositivo di scansione del fondale oscillò. «Cerca di non muoverti, potremmo ottenere una lettura errata.»

«Non vedo niente. Tu?»

«Sembra che ci sia qualcosa a destra, a una lunghezza di barca più avanti.»

«Questa cosa non è facile da muovere. Continuo a girarla, ma...»

Indicai un punto. «Pagaia fin là. Devi trovarti proprio sopra un punto per avere una buona visuale.»

Derrick diede un colpo di remo e qualcosa scivolò in acqua. «Era un alligatore?»

Misi la mano sulla pistola. «Non lo so, ma non possiamo correre rischi.»

«Non dovrebbero attaccare gli umani a meno che non vengano provocati.»

«Non ho intenzione di verificare questa teoria.» Un puntino sfrecciò sul lettore. «È appena scappato via.»

«Gli alligatori nuotano più veloci dei delfini.»

«Proprio quello che volevo sentire.»

«Non vedo niente. Ha sollevato un fottio di limo.»

«Basta pagaiare. Ci siamo quasi sopra.»

«Non vedo.»

«C'è qualcosa qui. Dobbiamo aspettare che il limo si depositi.»

Derrick prese un arnese a pinza. «Pensi che sia quello?»

«È troppo squadrato per essere naturale. Deve essere per forza.»

«Porca puttana! Diventeremo ricchi.»

«Sshh. Tieni bassa la voce.»

«Stai tranquillo, siamo in mezzo al nulla.»

«Puoi finire nei guai ovunque.»

Derrick si alzò e la barca ondeggiò. «Credo di vedere qualcosa.»

«Fa' vedere.»

«Sono valigie.»

«Quante?»

«Difficile dirlo: sono coperte di fango e alghe.»

Derrick guardò lo schermo e prese l'attrezzo per afferrare.

«Aspetta. Non voglio agitare le acque. Dobbiamo essere proprio sopra.»

«Okay, okay.»

I rami delle mangrovie strisciarono contro la barca mentre andavamo alla deriva verso la riva. «Ci siamo.»

«Dammi il display.»

Condivisi il dispositivo. «Prova a mettere le pinze intorno alla maniglia.»

Lui calò l'attrezzo in acqua. «Guidami.»

«Vai a sinistra, okay, verso la riva. Fermo. Così. Scendi. Ancora.»

«L'ho colpita.»

«Sei a un paio di centimetri dalla maniglia. Spostati un po' a destra.»

Allargò la pinza. «Vado bene?»

«Sì, chiudila piano.»

«Mi sa che l'ho presa.»

«L'hai presa. Tirala su, ma vacci piano.»

Il cuore mi batteva forte.

«Merda. Dev'essersi sganciata.»

Il limo si sollevò, intorbidendo l'acqua.

«Non fa niente. Aspetta solo un attimo.»

«Siamo così vicini che mi sembra di toccarla con mano.»

«Si sta depositando tutto. Abbassala.»

«Ci sono. Quanto sono vicino?»

«Un pelo a destra. Sì, così, la pinza è vicina alla maniglia. Sollevala di un paio di centimetri e aprila. Bene, bene. Provaci.»

La pinza si strinse attorno alla maniglia. «L'ho presa?»

«Sì. Tirala su piano.»

Il limo scivolò via dalla valigia mentre saliva. Le mani di Derrick si arrampicarono lungo l'asta. «È più pesante di quanto pensassi.»

Era piena d'acqua?

«Hai bisogno di una mano?»

«Ce la faccio.»

«Piano e con calma.» La barca si inclinò. «Non ti sporgere. Tirala su come se stessi pescando.»

«Quanto manca ancora?»

«Circa sessanta centimetri.»

Misi giù lo schermo e mi avvicinai carponi. Sbirciai oltre il bordo e la vidi. Mi guardai intorno e immersi la mano nell'acqua. Le dita si strinsero attorno alla maniglia. «Lascia andare la pinza. La tengo io.»

Il metallo mi pizzicò la pelle quando Derrick lasciò l'attrezzo. Feci forza per non essere tirato dentro. «Pesa un casino.»

Lanciò l'attrezzo per afferrare nella barca. «Tienila, amico!» Si inginocchiò al mio fianco.

Dissi: «Prendila da sotto. Ho bisogno di una mano.»

Derrick immerse le braccia sotto di essa. «L'ho presa.»

«Okay, tiriamola a bordo.»

L'acqua scivolò via dalla valigia mentre la sollevavamo sopra la superficie e dentro la barca. L'acqua luccicava sulla pellicola trasparente che la ricopriva. Di colore argenteo, la valigia aveva le dimensioni di un bagaglio a mano.

La fissammo. Derrick si fece il segno della croce. «Oh, grazie, Dio.»

Aprii il mio coltello a serramanico e cominciai a tagliare. «Ci saranno una dozzina di strati di plastica.»

Derrick tagliava con il suo coltello dal lato opposto. Tirammo via la pellicola.

«È asciutta da far paura.»

C'erano due fermagli. Dissi: «Pronto?»

«Facciamolo.»

Due scatti dopo, la aprii come un libro. File e file di banconote da cento dollari riempivano entrambi i lati.

«Porca troia! Ce l'abbiamo fatta. Ce l'abbiamo fatta!»

Ci abbracciammo e la barca ondeggiò. Disse: «Secondo te quanti sono?»

In una normale valigetta ci sta un milione. Questa ne conteneva molti di più. Presi una mazzetta e contai. «Diecimila l'una.»

Derrick fece i conti. «Sono impilate su tre file. Ogni lato ha ottantaquattro mazzette, impilate su tre file.» Tirò fuori il telefono. «Fa duecentocinquantadue, per due. Cinque milioni e quarantamila.»

Fissai i contanti.

Derrick mi scosse per una spalla. «Andiamo. Tiriamo su il resto.»

58

Tirammo a bordo una quinta cassa e l'imbarcazione si abbassò ancora di più. Dissi: «Torniamo indietro, mettiamo queste in macchina e poi torniamo».

«Prendiamone un'altra».

«Siamo troppo bassi sull'acqua. Se una barca ci passa accanto, la sua scia ci farà affondare».

«Ce ne sta un'altra—»

«È inutile forzare la mano. Torniamo indietro, scarichiamo e ripartiamo».

Derrick tirò fuori il telefono.

«Stai facendo una foto?»

«Nel caso non ritrovassimo questo punto».

«Abbiamo le coordinate».

«Solo per essere più che sicuro».

«Andiamo. Vai piano».

Derrick avviò il motore e fece retromarcia. Riprendemmo la via del ritorno. Dissi: «Quell'ultima cassa è piena di muffa, da far schifo. Spero che le altre stiano bene».

«Possiamo portare le banconote e farci dare soldi nuovi».

«A patto che più di metà della banconota sia visibile».

«No, ho controllato, e può essere meno della metà se hai il resto della banconota. Ce la caveremo».

«Basta che non si disintegrino».

«Quante altre casse pensi che ci siano?»

«Dieci, quindici».

«Sono solo dai cinquanta ai settanta milioni».

«Solo?»

«Non è quello che aveva detto Coburn».

«Lo scopriremo abbastanza presto».

Ci mettemmo il doppio del tempo a tornare indietro. Appena la rampa apparve in vista, Derrick disse: «La tiro su un po' per la rampa e vado a prendere la macchina».

«Mi sembra un'ottima idea».

La barca grattò il fondo. Derrick saltò giù, sollevando uno spruzzo d'acqua. «Torno subito».

Aprì il portellone e caricammo le casse all'interno. Derrick lo chiuse con un colpo secco. «Parcheggio proprio lì». Indicò un posto accanto alla rampa.

«Bene».

Mi stirai la schiena mentre lui parcheggiava. Il traffico era rallentato fino a procedere a passo d'uomo. Guardai a est. La scura nuvola di fumo oscurava gran parte del cielo orientale. Risalimmo sulla barca e ci dirigemmo a prendere altre cinque casse.

Svoltando fino a perdere di vista la rampa, sentii un fracasso. «Hai sentito?»

«Cos'è stato?»

«Sembrava il rumore di un vetro in frantumi».

«Sì, è vero. Probabilmente un incidente, qualcuno al telefono—»

«Fai inversione, fai inversione!»

«Cosa?»

«Qualcuno deve averci visto».

«Impossibile».

«Torna indietro! Svelto!»

La poppa della barca sbandò e tornammo indietro a tutta velocità. Ci fermammo con un rumore stridente. Saltando giù, dissi: «Merda!»

L'asfalto vicino al retro del nostro SUV era cosparso di vetri.

Derrick disse: «Dobbiamo inseguirli».

«Con questo traffico non possono andare lontano».

«Ci hanno rubato i soldi».

Derrick sganciò il rimorchio. «Andiamo».

Saltammo sul veicolo e Derrick schiacciò l'acceleratore, sgommando verso l'uscita.

Misi la mano nel portaoggetti, tirando fuori la luce stroboscopica. «Prendi la corsia d'emergenza». Attaccando la luce sul tetto, dissi: «Sono su una berlina grigia. Americana, forse una Ford o una Chevy».

Lui rallentò e si immise sulla corsia d'emergenza, dicendo: «Non avremmo dovuto lasciare i soldi incustoditi; saremmo dovuti tornare a casa».

«A casa? Tu volevi prenderne ancora».

«No, io volevo caricarne un'altra sulla barca—»

Indicai davanti a noi. «Credo che siano loro».

Derrick mise una mano sulla pistola e il piede sull'acceleratore. «Figli di puttana».

«Stai calmo. Se la situazione ci sfugge di mano, mandiamo tutto a rotoli».

Mentre ci avvicinavamo a loro, borbottò: «Li prendo io, quei bastardi. Credono di poterci derubare? Gli faccio vedere io—»

«Li prenderemo». Gli misi una mano sul braccio. «Ci riprenderemo solo i soldi».

Lui si scrollò di dosso la mia mano e iniziò a suonare il clacson. La berlina grigia accelerò. Sbattei contro la portiera quando Derrick sterzò sull'erba. Il SUV scattò in avanti e Derrick estrasse la pistola.

«Ehi!»

La puntò verso la berlina grigia e si attaccò al clacson. C'era solo un uomo in macchina. Rallentò. Derrick gli tagliò la strada, rallentando fino a fermarsi.

Pistola in pugno, Derrick spalancò la portiera. Dissi: «Aspetta. Non possiamo permetterci che la cosa ci sfugga di mano».

«Lo so, lo so».

Impugnai la mia Glock. «Dobbiamo stare attenti. Questo tizio potrebbe essere armato». Aprii la portiera. «Uno, due, tre».

Puntammo le armi contro l'autista con la coda di cavallo. Lui alzò le mani. Ci avvicinammo. «Tieni le mani dove possiamo vederle».

Derrick andò dal lato del guidatore e io aprii la portiera del passeggero. «Spostati!»

Il mio socio fece il giro. «In ginocchio».

L'autista mi guardò. «Non volevo—»

«Zitto».

Derrick tirò fuori due valigie dal sedile posteriore e le portò al SUV. Dissi: «Sei fortunato che siamo in servizio».

«Cosa c'è nel—»

«Zitto. Siamo agenti della DEA e hai mandato a monte la nostra operazione».

«Mi dispiace, amico».

«Sei fortunato che non abbiamo tempo di sbatterti dentro, altrimenti ti beccheresti dieci anni per intralcio ad agenti federali.»

«Non lo sapevo. Non lo—»

«Taci e dammi la patente.»

Sam Whitehouse dimostrava più dei suoi trentuno anni. Lanciai la patente sull'erba. «Non apra bocca su questa storia, o verrò a cercarla. Ha capito, Sam?»

«Sì, sì. Lo prometto.»

Derrick afferrò altre due valigie e io presi l'ultima. «Sam, salga in macchina e sparisca.»

Mentre lui raccoglieva la patente, dissi: «Si sbrighi.»

Mettemmo le valigie nella nostra auto e chiudemmo il portellone. Sam aveva messo la freccia e si stava immettendo sull'Alligator Alley. Dissi: «Abbiamo compagnia.»

A luci spiegate, un agente della Stradale si stava precipitando verso di noi. «Merda! E adesso cosa diciamo?»

Non lo sapevo. «Siediti in macchina. Penserò io a qualcosa.»

59

Mɪ ᴀʟʟᴏɴᴛᴀɴᴀɪ ᴅɪ ᴜɴ ᴘᴀɪᴏ ᴅɪ ʟᴜɴɢʜᴇᴢᴢᴇ ᴅ'ᴀᴜᴛᴏ ᴅᴀʟ nostro veicolo. L'auto bicolore, nera e marrone chiaro, si fermò. Tenendo il distintivo bene in alto, aspettai che l'agente si avvicinasse. Era alto e fasciato nella sua divisa. «Cosa succede qui?»

«Detective Luca, Ufficio dello Sceriffo di Collier, signore.»

Prese i miei documenti, li esaminò e me li restituì. Sbirciò oltre le mie spalle. «Tutto a posto?»

«Sì, abbiamo notato un'auto che sbandava, sembrava guidare in stato di ebbrezza. L'abbiamo fermata e le abbiamo fatto fare il test del cammina e girati e quello su una gamba sola, che ha superato. Ha detto che le era caduto il telefono.»

«Probabilmente stava scrivendo messaggi, come metà della gente per strada.»

Sfoggiando il mio sorriso più grande, dissi: «Forse sta sottovalutando il numero.»

Lui annuì. «Cos'è successo al vostro finestrino?»

«Oh, abbiamo avuto un piccolo incidente mentre facevamo benzina. Un tizio ci è venuto addosso in retromarcia con un carico di legname che sporgeva dal suo pick-up.»

«Dove siete diretti?»

«Andiamo da un amico. Ha una barca e viene sempre da queste parti.»

«State attenti.»

«Lo faremo. Buona giornata.»

Mi voltai verso il nostro SUV e lui disse: «È meglio che assicuriate quel gancio.»

La presa del rimorchio della barca pendeva sulla strada. «Grazie, deve essersi sganciata in qualche modo.»

Assicurai il gancio e salii sul sedile del passeggero. «Credo che ci sia cascato.»

«Cosa gli hai detto?»

Lo ripetei a Derrick, che disse: «Se fosse arrivato cinque minuti prima, avremmo avuto un problema.»

«A dir poco. Muoviamoci.»

Derrick si immise nel traffico. Salutai con la mano l'agente che sfrecciava sulla corsia di emergenza. «Speriamo che non fermi quel bastardo.»

«Dobbiamo fare un'inversione a U.»

«Aspetta che sia sparito dalla vista.»

Derrick si spostò sulla corsia di sinistra. «Dobbiamo levarci di qui il più in fretta possibile.»

«Dagli un altro minuto.»

Rallentò e si fermò sull'erba. «Non ci vedrà mai.»

«Abbiamo avuto abbastanza emozioni per oggi.»

«Dobbiamo mettere questi soldi in un posto sicuro.»

«È troppo tardi per le banche. Metà sono chiuse di sabato.»

«Te l'avevo detto che avremmo dovuto prenderci un giorno di pausa.»

«Va bene, va bene. Rallenta un po'. Ci stiamo avvicinando a dove abbiamo lasciato il rimorchio.»

«Al diavolo. Ne compreremo un altro.»

«È ridicolo. Non possiamo lasciarlo così. Attirerebbe l'attenzione.»

Sbuffò. «Nessuno viene da queste parti.»

«Ah sì? E il tizio che ha cercato di rapinarci? Potrebbe essere del Dipartimento di Stato o del cartello.»

«Impossibile. Torniamo a prendere un altro carico dalla barca.»

«E lasciare i soldi incustoditi?»

«Restaci tu. Io vado.»

«No. È un lavoro da due. Non riuscirai ad arrivare fin lì e, se anche ci riuscissi, non potresti tirarlo fuori da solo.»

«Ce la posso fare.»

Dissi: «Neanche per sogno.»

«Allora torniamo domani.»

«Dobbiamo far riparare il finestrino.»

«No, non è necessario.»

«E se ci sono più di cinque casse, che facciamo?»

«Facciamo due viaggi.»

«Forse potrei chiedere a Mary Ann di venire con noi. Potrebbe fare la guardia a quello che tiriamo su.»

Derrick disse: «Buona idea.»

«No, lascia perdere.»

«Perché?»

Indicai il sedile posteriore con il pollice. «Chi sorveglierà quelli?»

«Portali a casa mia.»

«No. Lynn non ha un'arma da fuoco.»

«Le lascio una delle mie. Sa come sparare.»

«Non lo so.»

«Possiamo chiamare Mahoney. Fa sempre dei secondi lavori.»

«E cosa gli diremo?»

«La verità.»

«Non voglio che nessuno si faccia i fatti nostri, e non mi fido di nessuno con una somma del genere.»

«Di cosa ti preoccupi? Non dobbiamo rendere conto a nessuno. Possiamo dire quello che vogliamo-»

«Non fare lo sbruffone.»

«Non lo faccio, sei solo tu che neghi l'evidenza, amico.»

I miei occhi lo fulminarono. «Smettila con queste stronzate e concentrati.»

«Possiamo portare i soldi con noi.»

«No. Se succede qualcosa, potremmo perdere tutto.»

«Potrebbe succedere qualcosa anche lasciandoli là.»

Aveva ragione. «Con questo traffico, se proviamo a tornare oggi, si farà buio.»

«Se hanno spento l'incendio vicino a Miami-Dade, dovremmo cavarcela.»

Guardai nello specchietto laterale. «Si sta allargando. Dai un'occhiata.»

Derrick si voltò. «Merda.»

«Potrà suonare folle, ma se prendessimo la barca e rimanessimo semplicemente lì? Terremmo d'occhio tutto per un paio d'ore.»

«Mmm. Sembra un piano. Ma cosa faremo domani?»

«Abbiamo un paio d'ore per elaborare una strategia.»

60

MENTRE GUIDAVO LUNGO LA VIA DI DERRICK, DISSI: «FAI retromarcia e parcheggia nel tuo vialetto».

Lui manovrò il rimorchio agganciato al mio SUV di fianco al suo garage. Scendemmo e lo sganciammo.

Dissi: «Va bene. Tu tieni un paio di valigie per stanotte».

«Quante ne devo prendere? Due o tre?»

«Quante ne vuoi. Ma non lasciarle in garage».

Aprendo la portiera posteriore, disse: «Ne tengo tre».

Feci un cenno d'assenso controvoglia. «Non c'è bisogno che te lo dica io: questa storia deve restare segreta».

«Le metto in camera mia; dovrò dirlo a Lynn».

«Va bene, ma non deve dirlo a nessuno».

«Lo so. Le ficco nello studio e aspetto che sia ora di andare a letto».

«Chi ci dormirà stanotte?»

Lui sorrise. «Ci vediamo alle cinque e mezza».

Risalendo in macchina, dissi: «Ci vediamo».

«Aspetta».

«Cosa?»

«Non lo dirai a Davis, vero?»

«No. Aspettiamo di avere tutto e di depositare la nostra parte in banca».

————

MARY ANN STAVA GUARDANDO la TV nella veranda. Trasportando le valigie, sgattaiolai nella camera da letto padronale e le misi nel mio armadio. Sulla mensola in alto c'era una scatola da scarpe con una Beretta 92 che avevo ricevuto dopo il diploma all'accademia. La presi e portai in salotto quella e la Smith & Wesson che tenevo nel comodino.

Quella notte non solo rimasi armato, ma infilai la pistola italiana sotto il cuscino del divano e nascosi l'altra pistola in dispensa.

Uscii sulla veranda. Mary Ann mise giù una rivista. «Hai ancora la fondina».

«Entra».

«Che succede?»

«Niente. Voglio mostrarti una cosa».

«Cosa sta succedendo, Frank?»

Sorrisi. «Non ci crederai».

Rimase a bocca aperta. «L'hai trovato?»

Mi portai un dito alle labbra ed entrai, mentre Mary Ann balzava giù dalla sedia a sdraio. Andò in cucina e chiuse la porta scorrevole. Inserii il codice dell'allarme, che iniziò il conto alla rovescia con un bip.

«Perché inserisci l'allarme?»

Mi diressi in camera da letto. «Vieni».

«Hai trovato i soldi?»

Posai una valigia sul pavimento del mio armadio e aprii il fermo. «Pronta?»

La aprii di scatto.

«Oh mio Dio!»

«Pazzesco, vero?»

Si inginocchiò e prese una mazzetta. «Quanti ce ne sono qui?»

«Cinque milioni».

Annusò la mazzetta. «Non posso crederci».

«Credici».

Si mise le mani alla testa. «È un sogno?»

«È tutto vero».

Mi abbracciò. Il suo corpo era scosso dai sussulti.

«Perché piangi?»

«Non lo so».

———

ALLE CINQUE E quindici del mattino, svegliai Mary Ann. «Dobbiamo andare».

Lei fece scivolare le gambe giù dal letto.

«Prendi la tua Glock».

Caricai le valigie nel SUV e Mary Ann disse: «Che è successo alla macchina?»

I dettagli glieli avrei raccontati un'altra volta. «Siamo finiti contro un albero in retromarcia».

Andammo in macchina fino a casa di Derrick. Agganciai il rimorchio mentre Derrick caricava le sue valigie nel nostro SUV. Lui saltò sulla sua Jeep e partimmo per le Everglades.

———

Cinque ore dopo, mi fermai nel mio vialetto. Derrick era dietro di me. Io e Mary Ann scendemmo di scatto. Ispezionai la zona. «Portiamole dentro».

Mary Ann fece la guardia mentre io e Derrick trasportavamo le valigie in casa. Premetti il telecomando e la porta del garage si abbassò.

Derrick alzò la mano per darmi il cinque. «Ce l'abbiamo fatta!»

«È incredibile».

Mary Ann cinse entrambi con un braccio. «Voi due siete i migliori».

Dissi: «Ehi, io sono al di sopra di lui, no?»

Lei mi diede un bacio sulla guancia. «Certo che lo sei. Aspetta che lo scopra Jessica».

«Non dire niente finché non te lo dico io. Voglio che siano in banca prima di dirlo a chiunque. Ok?»

Lei annuì. «Ho una fame da lupi».

«L'abbiamo tutti».

«Scongelo un po' di sugo e metto su la pentola».

«Perfetto». Mary Ann andò in cucina. Dissi: «Derrick, chiama Lynn e dille di venire qui».

«Susie non sta bene. L'ho chiamata mentre venivo per dirle che mi sarei fermato per la notte».

«Domani mattina, come prima cosa, portiamo la nostra parte in banca».

Lui abbassò la voce. «Dovremmo tenere più di quanto avevamo detto».

«No, un patto è un patto».

«Davis non lo saprà mai. Non ha la minima idea di cosa abbiamo trovato».

«Lo saprei io, e a me basta».

«Ha cercato di fregarci in ogni modo, e tu vuoi essere corretto con lui?»

Aveva ragione. «Non è giusto».

«Cosa non è giusto? Noi abbiamo fatto tutto il lavoro e abbiamo rischiato la pelle. Davis non ha fatto un cazzo e quel bastardo del Dipartimento di Stato si becca cento milioni?»

«Dodici milioni a testa non sono niente di cui lamentarsi».

«Non è giusto. E non ne daremo via neanche un po'».

«Abbiamo fatto una promessa».

«Coburn è morto».

Aveva ragione, ma un detective della Omicidi parla per i morti. «Non importa».

«Questa è una follia. Non mi piace. È sbagliato, amico mio».

«Devi essere in pace con te stesso».

«Non ho nessun problema a prenderne di più. Non è giusto farsi fregare da uno come Davis».

«Lo so, ma...»

«Pensaci, okay? È tutto quello che ti chiedo».

«Certo. Documentiamo il ritrovamento e diamoci una ripulita per mangiare».

Scattammo un bel po' di foto ai soldi. Afferrai una corda che pendeva dal soffitto dell'armadio e aprii la scala per la soffitta. «Teniamoli lassù».

Derrick afferrò la ringhiera. «Inizia a passarmeli».

Tirai su la corda lentamente. Derrick mi diede una pacca sulla spalla. «Ce l'abbiamo fatta, amico. Siamo ricchi».

«Difficile da credere, vero?»

«Parole sante».

«Ho due bottiglie che mi ha dato Bilotti e che tenevo da

parte per un'occasione speciale, e non potrebbe essercene una più speciale di questa».

Stappai il Palazzo Brunello del 2015 e ne bevvi un sorso. «Nettare degli dei».

Dopo aver versato tre bicchieri, Derrick alzò il suo. «Alla pensione».

Fecemmo tintinnare i bicchieri e lui disse: «Non vedo l'ora di chiamare domani in ufficio. Dovremmo farlo insieme».

«Io non vado in pensione, almeno non ancora».

«Cosa? Sei matto? Mary Ann, parlagli tu e fallo ragionare».

Lei sorrise. «Sono più di dieci anni che ci provo. Fa di testa sua».

Dissi: «Me ne andrò dopo il caso Beas».

«Perché mai dovresti farlo?»

«Qualcuno deve difendere i morti».

«Difendere i morti? Non hanno bisogno di essere difesi... sono morti».

«Qualcuno deve parlare per loro, ottenere giustizia».

Derrick scolò il bicchiere. «Sei pazzo, amico. Se vuoi farti il mazzo, fai pure. Io sarò spaparanzato in spiaggia».

61

GESSO BUSSÒ ALLA PORTA DEL MIO UFFICIO. «COSA CI FA qui?»

Il suono dei suoi colpi mi rimbombò nella testa. «Si dimentica che lavoro qui, sergente?»

«Pensavo che voi due aveste mollato.»

«Forse Derrick sì, ma io ho un lavoro da fare.»

«Sono contento che sia qui, ma se fossi stato in lei, mi sarei preso più di un giorno libero.»

«Mi creda, non ero nelle condizioni di venire.»

«A festeggiare?»

Annuii. «Glielo dico: è passato un giorno e ho ancora i postumi della sbornia.»

Lui ridacchiò. «Dica, quanto avete trovato?»

«Un paio di milioni.»

«Ho sentito dire che era molto, molto di più.»

«Non potevamo tenerli tutti.»

«Sarebbe stato carino se aveste fatto partecipi anche i ragazzi della centrale.»

«Non sapevamo con cosa avessimo a che fare. Faremo qualcosa non appena avremo definito le cifre.»

«Accidenti, con tre figli all'università, mi farebbero comodo.»

Il telefono della scrivania squillò. «Vedremo. La chiamo più tardi.»

«Omicidi, detective Luca.»

«Frank, sono Benny. Come sta?»

«Uh, bene. Lei com'è stato?»

«Sa, così così, si tira avanti.»

«Cosa succede?»

«Niente. Ho chiamato solo per sapere come stavano Lei e la famiglia.»

Era un civile che aveva lavorato in un ufficio del dipartimento cinque anni prima. Non ci parlavamo da due anni. «Stiamo tutti bene. Senta, posso richiamarla? Ho una riunione con lo sceriffo.»

«Certo. Probabilmente vuole sapere quando presenterà le sue carte.»

«Devo scappare, Benny. La chiamo più tardi.»

Arrivarono due messaggi. Entrambi da persone con cui non parlavo da mesi. Sostenevano di «farsi sentire». Sembrava più che si stessero mettendo in fila per l'elemosina. Avevamo messo le mani su più soldi di quanti avessi mai immaginato di avere, ma non erano abbastanza per soddisfare le necessità di tutti.

Mi appoggiai allo schienale. Ero avido? Erano passati solo due giorni. Avevamo bisogno di tempo per abituarci. Perché la gente non poteva lasciarmi i miei spazi? Non stavo cambiando. O almeno non così tanto o così in fretta.

Mi squillò il cellulare. Era Derrick. Prima che potessi

dire pronto, disse: «Hai visto cos'ha fatto quel bastardo di Davis?»

«Di che cosa stai parlando?»

«Hanno appena tenuto una conferenza stampa e lui ha detto che hanno trovato solo ottanta milioni. Il bastardo si è intascato venti milioni.»

Scossi la testa. «Cosa?»

«Davis ha dichiarato che abbiamo trovato cento milioni in tutto. Il bastardo ne ha rubati venti. Te l'avevo detto che dovevamo prenderne di più.»

«Non è altro che un ladro.»

«Quei soldi dovrebbero essere nostri. La sta facendo franca e non possiamo fare niente.»

Il cuore iniziò a battermi all'impazzata. Feci un respiro profondo come aveva detto il dottor Bruno, per calmarmi.

«Frank? Stai bene?»

«Mi scoppia la testa.»

«Vattene da lì prima che il lavoro ti ammazzi.»

«Tienimi una sedia a sdraio, amico. Appena risolvo il caso Beas, metterò i piedi nella sabbia.»

«Lo crederò quando lo vedrò.»

«Vedrai. Siamo ancora d'accordo per cena stasera?»

«Puoi scommetterci.»

«Non reggo molto altro vino stasera.»

Lui rise. «Passeremo allo champagne.»

«Non ne sono così sicuro.»

«Ci vediamo stasera.»

Mi appoggiai allo schienale, cercando di elaborare ciò che aveva fatto Davis. Tamburellando sulla tastiera, cercai su Google Davis e soldi della droga e ottenni una sfilza di risultati. C'era Davis che sorrideva dietro un tavolo pieno di mazzette di banconote. Lessi che il ritrovamento era di ottanta milioni e chiusi la scheda. Fissai lo schermo, rimuginando su ciò che Davis aveva combinato.

Il mio sguardo si posò sulla terza email nella mia casella di posta. Era di JP Morgan Chase. Erano stati i primi a rispondere. Chiedendomi quando American Express si sarebbe decisa, ci cliccai sopra e scaricai gli estratti conto bancari e la cronologia della carta di credito di Sanchez.

Il nostro mandato era limitato a un anno di transazioni. Gli estratti conto di Sanchez erano lunghi dieci pagine. Tirai fuori gli appunti che avevo preso quando Jessie mi aveva mostrato come ordinare un foglio di calcolo.

Se c'erano soldi legati all'omicidio, la cifra era probabilmente di diecimila o più. Ordinai i dati dal più alto al più basso e li stampai.

La prima transazione era un bonifico di venticinquemila. Era stato inviato a un certo Robert White. Ci passai sopra con il mio evidenziatore giallo. Non avevamo mai sentito quel nome prima. Scorsi l'elenco e c'era un secondo bonifico al signor White, di diciottomila, e un terzo di novemila. Aveva pagato a White quarantaduemila dollari. Era per l'omicidio?

Dopo aver evidenziato gli altri due, li cerchiai e andai avanti. Un altro elemento attirò la mia attenzione: un versamento di duecentocinquantamila dollari. Era una somma considerevole da ricevere, ma ciò che spiccava era la data: tre ottobre, due giorni dopo l'omicidio di Beas.

Un altro campanello d'allarme era il mittente: The Cayman Group. Si trattava di una società offshore con sede nelle Isole Cayman? Date le leggi sulla privacy di quella nazione, non sarebbe stato facile scoprire chi ci fosse dietro quella società o a cosa servissero i fondi.

Uno sciame di farfalle cominciò a turbinare nel mio

stomaco mentre evidenziavo il versamento. Mi stavo avvicinando. Mi squillò il cellulare. Era Derrick.

«Frank, ho appena parlato con mia nipote. È alla Morgan Stanley. Sa il fatto suo e ci serve un consiglio su come investire i soldi.»

Era vero. «Dobbiamo sentire un paio di consulenti.»

«È una pianificatrice finanziaria certificata, non una semplice consulente. Dovremmo incontrarla.»

«Va bene, organizza tu.»

Dopo aver riattaccato, cliccai sul documento che elencava le attività sulla carta di credito Chase di Sanchez, e le mie spalle si afflosciarono.

La lunghezza del foglio di calcolo era una testimonianza del declino dell'uso del contante. Controllai le note e lo ordinai per valore. Le prime sei righe riportavano acquisti per meno di venti dollari. L'avevo organizzato in ordine crescente.

Scorrendo fino in fondo, trovai che la transazione più grande ammontava a poco più di tremilatrecento dollari pagati al Marco Island Marriott. Sul punto di passare alla riga successiva, mi fermai. Era una fuga romantica o un modo per pagare qualcuno in sordina per un servizio? La sottolineai e andai avanti.

Sanchez spendeva più in vestiti ogni mese di quanto pagassi io per il mutuo. Quanto guadagnava all'anno?

Dopo aver scorto un paio di soggiorni in hotel a Orlando, Tampa e Sarasota nei primi sei mesi dell'anno, mi irrigidii davanti a una riga che mostrava una spesa di centotto dollari.

62

Sorridendo, guardai il video della sala interrogatori. Giornate come questa valevano più di tutti i soldi del mondo.

Lavorare alla Omicidi era duro e deprimente, ma momenti come questi erano divertenti. Dare la caccia a un assassino era il mio sport preferito. E Sanchez era un degno avversario.

Entrai nella stanza, e Delco e il suo cliente si alzarono. C'era un'altra gara in corso: quella a chi era vestito meglio. Sanchez indossava una camicia bianca inamidata e pantaloni grigi stirati sotto una giacca sportiva azzurra. Ma nonostante l'aspetto, completato da mocassini scamosciati, Sanchez iniziava ad avere le borse sotto gli occhi.

Il suo avvocato indossava un abito di seta che valeva più dei quattro completi che possedevo. Ora potevo permettermi di comprare i vestiti da Waterside Shops. Mary Ann avrebbe insistito, ma avrei fatto del mio meglio per resistere.

Scivolai su una sedia e posai una cartella sul tavolo. «Signori, grazie per essere venuti.»

Delco disse: «Francamente, mi sorprende che non sia ancora andato in pensione, detective.»

«Vedremo.»

«Non potevo crederci quando ho saputo la notizia. È una storia pazzesca.»

«Creda solo alla metà di ciò che sente, avvocato.»

«Beh, sono contento per lei.»

Intervenne Sanchez. «Anch'io. Sono contento per lei.»

«Grazie. Ora, sono emerse diverse domande dall'esame dei registri finanziari del signor Sanchez. Mi piacerebbe sentire cosa ha da dire in merito.»

«Faremo del nostro meglio per cooperare, a patto che non vengano lesi i diritti del mio cliente.»

Soffocando una risatina, aprii la cartella. «Signor Sanchez, lei ha inviato una serie di bonifici per un totale di quarantaduemila dollari.»

«C'è una domanda in questa affermazione?»

«Sono stati inviati sia prima che dopo la morte del signor Beas a un certo signor Robert White. Chi è e a che scopo sono stati fatti i pagamenti?»

«È un appaltatore che sta facendo una ristrutturazione per me.»

«Perché ha pagato dal suo conto personale?»

Fece un sorrisetto. «Ho comprato una casa sulla spiaggia a Bonita per me.»

«Questo spiega tutto.»

Sanchez sorrise. «Ora può comprarne una anche lei. Le consiglio vivamente Bob; fa un ottimo lavoro.»

«Quindi non si trattava di un omicidio su commissione?» sogghignai.

«Non so quante volte devo ripeterlo; non ho avuto nulla a che fare con quello che è successo a David.»

Delco disse: «È tutto?»

«Ho ancora qualche domanda. Il tre ottobre, lei ha ricevuto un versamento del valore di duecentocinquantamila dollari. Il denaro è arrivato appena due giorni dopo l'omicidio del signor Beas. Il mittente era una società fuori dagli Stati Uniti chiamata Cayman Group.»

Sanchez si appoggiò allo schienale. «E lei vuole sapere perché.»

«Esatto.»

«Era un acconto per un progetto alberghiero che stanno costruendo a Miami.»

«Perché hanno pagato lei invece della sua azienda, la Magnet Design?»

«Sono stato io a dirglielo. Non sapevo cosa fare dopo la morte di David, e temevo che i conti bancari potessero essere congelati per la successione o per qualche altra regola.»

«Perché non aspettare che la situazione si chiarisse?»

«Perché non avremmo trattenuto l'intero importo. La maggior parte era destinata agli appaltatori.»

«E lei li ha pagati?»

«Certo.»

«Non vedo alcuna traccia di questo.»

Disse a bassa voce: «Sono stati pagati dalla Magnet. Con tutto quello che stava succedendo, non ho avuto modo di rimborsarla.»

«Non si preoccupi. Non la denuncerò al fisco.»

«Non c'è nulla da denunciare. È stata una semplice svista, e siamo ancora nello stesso anno fiscale.»

«Nessun problema, avvocato.» Quella frase mi era scappata di nuovo.

«È tutto?»

«Ancora una cosa, signor Sanchez. Le piace Marco Island?»

«Sì. Là sotto è un altro mondo».«Lei ha pagato al Marriott tremilatrecento dollari, ma non risulta che abbia soggiornato in hotel.»

«Accidenti, era il cinquantesimo anniversario dei miei genitori. Ho pagato una settimana per loro.»

«È stato gentile da parte sua.»

Lui sorrise. «Grazie.»

«Ancora una cosa da chiarire, e potrà andare per la sua strada.»

«Certo, qualsiasi cosa possiamo fare.»

«C'è una transazione: è piccola, solo centootto dollari.»

Delco alzò gli occhi al cielo. «Prego.»

«E l'addebito è stato effettuato il primo ottobre, il giorno dell'omicidio.»

Il colore defluì dal viso di Sanchez.

«Signor Sanchez, può dirmi perché ha noleggiato una Ford Taurus dalla Hertz?»

«Oh, quello? Era per un membro dello staff. Aveva bisogno di un'auto.»

«Perché non gli ha dato semplicemente i soldi?»

«Era per lavoro.»

«Quel lavoro si è svolto di notte?»

«Chi se lo ricorda?»

Feci scivolare una foto dal retro della cartella, facendola passare sul tavolo. «Questi siete lei e il signor Beas mentre lasciate Mediterra alle 21:08 del primo ottobre.»

Delco prese la foto. «Dovremo verificare l'autenticità di

questa immagine, ma in ogni caso non significa che il mio cliente sia responsabile della morte del signor Beas.»

«Ha ragione. Ci siamo visti per discutere di una questione di lavoro.»

«E per farlo ha noleggiato un'auto?»

«La mia macchina aveva dei problemi.»

«La prego, signor Sanchez. Sta mettendo in imbarazzo sé stesso. Le riprese del cancello della sua comunità La mostrano alla guida della sua Maserati, due ore prima di passare a prendere il signor Beas.»

La sua voce si spense. «Aveva iniziato a fare un rumore...»

«Lei ha accompagnato il signor Beas a Lowdermilk Park...»

«No, no. Forse eravamo in zona...»

«Le sue negazioni sono smentite dalle prove. Oltre ai dati del geofence e al fatto che quella notte ha lasciato lì le sue scarpe da ginnastica, la Hertz traccia tramite GPS gli spostamenti di tutte le sue auto a noleggio. Lei e lui erano lì. L'unica domanda è se la discussione si sia scaldata e Lei lo abbia strangolato.»

Delco disse: «Questo è soggetto a interpretazione. Ma, ehm, potrei scambiare due parole con il mio cliente?»

«Certo. La esorto a farlo confessare. Altrimenti, è omicidio premeditato di primo grado. Si prenderà l'ergastolo, senza possibilità di libertà condizionale... se non la pena di morte.»

63

Mary Ann e io tornammo a casa a piedi. Lei disse: «È bello fare una passeggiata, non trovi?»

«È una giornata splendida.»

«Adesso mi siedo un po' prima di fare le mie vasche.»

«Forse faccio un tuffo in piscina anch'io.»

«Okay. Non dimenticare che l'impresario per la cucina viene questo pomeriggio.»

«Già?»

«Hai detto di cominciare a chiedere dei preventivi.»

«Lo so. Va bene.» Mi squillò il cellulare. Era lo sceriffo Remin. «Pronto, signore.»

«Salve, Frank. Ha un minuto?»

«Certo.»

«Volevo aggiornarLa sul patteggiamento di Sanchez.»

«La ringrazio.»

«Abbiamo finalizzato l'accordo e, grazie alla Sua implacabile ricerca della giustizia, Sanchez ha accettato l'omicidio di secondo grado. Dovrà scontare almeno vent'anni di una condanna a venticinque prima di poter chiedere la libertà condizionale.»

«Meriterebbe di più, ma va bene così.»

«Se non fosse stato per Lei, l'avrebbe fatta franca.»

«Non ne sono così sicuro.»

«Beh, io sì.»

«La ringrazio, signore. Mi è piaciuto lavorare ai Suoi ordini.»

«Quindi è tutto? Se ne va?»

«Sì, signore.»

«Il dipartimento vorrebbe che considerasse l'idea di tornare. Naturalmente, potrebbe prendersi tutto il tempo che Le serve e, quando sarà pronto...»

«Non credo.»

«Capisco che la Sua situazione personale sia cambiata, ma il dipartimento ha bisogno di Lei.»

«Se dovesse cambiare qualcosa, Glielo farò sapere.»

«La porta è sempre aperta.»

«Grazie.»

«Prima che vada, volevo ringraziarLa per la generosa donazione a beneficio dei Suoi colleghi. Non verrà dimenticata.»

Riattaccai prima che il senso di colpa avesse la possibilità di mettere radici.

———

DOPO ESSERE SCESO DAL SUV, controllai il mio profilo nel finestrino dell'auto. Solo due sere a mangiare e bere al ristorante e la pancia si era già gonfiata. Avrei dovuto aspettare un paio di sere prima di darmi un contegno con le calorie.

Mentre mi dirigevo verso la porta, mi squillò il cellulare. Il prefisso era 202. Washington. Rifiutai la chiamata.

Spingendo la porta del Café Normandie, vidi Bilotti seduto a un tavolo lungo la parete. Mi salutò con la mano e sfoggiò un gran sorriso. Posai una bottiglia sul tavolo. Ci abbracciammo.

«Piacere di vederti, Frank.»

Gli diedi una pacca sulla schiena. «Anche per me, Doc.»

Ci sedemmo e lui disse: «Non sapevo che venissi qui».

«Ci siamo venuti due volte e ci è piaciuto.»

«È un posto valido. I proprietari sono una coppia francese, marito e moglie.»

«L'ho sentito dire.»

Sollevò la bottiglia che avevo portato. «Bello. Roger Sabon Châteauneuf-du-Pape.»

«Spero che si abbini bene al cibo.»

«Ne sono certo.»

Un cameriere aprì la bottiglia e io lasciai fare a Bilotti. Lui approvò e furono versati due bicchieri. Prima che il cameriere si allontanasse, Bilotti ordinò un antipasto di carciofi dalla lavagna del giorno.

Lui sollevò il bicchiere. «A te, alla pensione e a un futuro in cui godersi la vita.»

Facemmo cin cin. «Grazie, Doc. Ma devo ammettere che ho già dei ripensamenti sull'aver mollato tutto.»

«È normale. Lo fai da così tanto tempo.»

«È tutto quello che ho sempre fatto. Ho paura di annoiarmi.»

«Andrà tutto bene. All'inizio sarà strano, ma imparerai a rilassarti.»

«Non lo so. Almeno tu giochi a golf. Io non ho niente che mi tenga impegnato.»

«Io smetto tra un anno e, se giocare a golf non mi basterà, magari avvieremo un'attività di consulenza per evadere da casa.»

Alzai il bicchiere. «Sembra divertente.»

«Potrebbe esserlo, ma devi concentrarti sulle opportunità per te e la tua famiglia. Ora hai le risorse per viaggiare. Goditela. Hai ricoperto una posizione stressante per molti anni. Hai bisogno di una pausa.»

«Lo so, ma...»

«Niente ma. Tieni presente che Mary Ann ha una malattia cronica. È sotto controllo e potrebbe rimanere così o no, quindi, goditi la vita finché puoi.»

«Immagino di dover imparare a rilassarmi.»

«Vai in alcune delle vigne che dicevi di voler visitare.»

«È quello che Mary Ann ha detto che dovremmo fare. Dobbiamo decidere dove andare.»

«Inizia con l'Italia. Vai in Toscana. Non complicare le cose. Ti divertirai un mondo, garantito.»

«Forse dovremmo andare insieme.»

«Non questa volta. Mi piacerebbe fare un viaggio con te, ma adesso questo è per te e la tua famiglia. Fidati, non vuoi che ti siamo d'intralcio.»

«Hai ragione, Doc. Ho sempre desiderato vedere la Toscana, e il mio bisnonno veniva da un paese non molto lontano dal Chianti.»

Ci riempì di nuovo i bicchieri. «Perfetto.»

«Dopo la, ehm, festa di pensionamento di domani, prenoterò.»

«Magnifico. E non badare a spese. Soggiorna nei posti migliori, punta al massimo.»

———

Dirigendoci a sud sulla Route 41, abbiamo superato Neapolitan Way. Dissi: «Non possiamo andare a mangiare semplicemente da Mr. Big Fish?»

Jessie disse: «Dai, papà. La festa è per te.»

«Non capisco perché Derrick abbia dovuto scegliere un posto così costoso.»

Mary Ann disse: «Ce lo dividiamo noi. Il London Room non è poi così costoso. E poi, te lo meriti.»

«La mamma ha ragione. Quanti omicidi hai risolto?»

«Circa trenta, da quando sono qui.»

«Wow, papà. È incredibile.»

Feci spallucce. «Il conto dovrebbe pagarlo lo sceriffo.»

Mary Ann disse: «Oh, ho dimenticato di dirtelo. La mia amica Theresa mi ha dato due hotel, uno a Montalcino e l'altro a Firenze. Ha detto che non sarebbero più voluti venire via.»

Le presi la mano. «Ci divertiremo un mondo. Sei emozionata, Jessie?»

«Non vedo l'ora di tornarci. C'è un Four Seasons dove dovremmo alloggiare. Il posto è fantastico.»

«È costoso, vero?»

«Non vedo l'ora di farti da guida per Firenze. È una città così bella quando i turisti se ne vanno.»

Mary Ann si voltò. «Sarebbe così divertente. A Firenze hanno vissuto così tanti personaggi storici.»

«C'è questa chiesetta fantastica, minuscola, dove andava Dante.»

«Dante? Sembra magnifico.»

«Papà, questo sarà il viaggio più bello di sempre.»

Una calda sensazione mi pervase. Era bello avere Jessie a casa e vederle entrambe entusiaste.

Svoltando nel vialetto d'accesso del London Room, esitai

prima di guidare sotto il portico. Jessie disse: «Wow, papà. È la prima volta in assoluto che lasci la macchina al parcheggiatore.»

Mary Ann sorrise mentre gli passavo le chiavi.

————

MOGLIE E FIGLIA stavano ridacchiando in cucina. Sollevai la testa e controllai l'orologio. Erano le 10:00 del mattino. Scattai in piedi prima di rendermi conto di essere in pensione.

L'odore del caffè mi investì appena uscii dalla camera da letto. «Buongiorno, papà. Stai bene?»

«Sì. Ho solo dormito troppo.»

«Abbiamo fatto tardi ieri sera, Frank.»

Misi una cialda nella macchinetta del caffè. «Devo dire che è stato meglio di quanto mi aspettassi.»

«Visto? Te l'avevo detto che ti saresti divertito.»

Indossavano i loro copricostumi. «State andando in spiaggia?»

«Hai detto che saremmo andati tutti insieme, papà.»

Mi diressi verso la porta d'ingresso. «Certo. Lasciami prima bere il caffè.»

«Ho preso il giornale.»

«Grazie, Jessie.» Il *Naples Daily News* era sul tavolo. Appena lo aprii, il mio sguardo si posò su un titolo: "Funzionario del Dipartimento di Stato accusato di appropriazione indebita". La foto di Davis era sotto la piegatura. Lo sollevai. «Avete visto?»

Mary Ann disse: «Sì. Suppongo che la fonte anonima sia tu.»

Sorrisi e cominciai a leggere l'articolo. Continuava a

pagina undici. Mentre giravo le pagine, notai un titolo più piccolo di fronte al pezzo: "Youth Haven beneficia di un donatore anonimo". Tutto stava andando per il verso giusto.

«Papà, la mamma di Cynthia è un'agente di viaggi dell'American Express. Le ho detto che volevamo andare e lei ci ha preparato un itinerario.»

«Aspetta di vederlo, Frank. C'è tutto quello che volevamo fare.»

«Puoi stamparlo, così ne parliamo con i piedi nella sabbia?»

«Già fatto.»

«Sei la migliore, Jessie.»

Mi squillò il cellulare. Era di nuovo quel numero con prefisso 202. Washington, DC. Rifiutai la chiamata e svuotai la tazza. «Vado a mettermi il costume. Qualcuna mi prepari un caffè da portare via.»

64

Mary Ann mi strinse la mano. «Non posso credere che stiamo davvero andando in Italia.»

Inghiottii il pensiero del costo del viaggio e dissi: «Lo so. E viene anche Jessie.»

Mary Ann abbassò la voce. «Stare nella lounge di prima classe è il massimo, no?»

«È un'esperienza. Viaggiare davanti non è economico.»

Jessie stava giocherellando con il telefono. Le diedi un colpetto. «Ma risparmieremo un po' di soldi grazie a Jessie, che ci farà da guida turistica a Firenze.»

«Non solo a Firenze: ho girato per tutta la Toscana.»

Mi squillò il cellulare. Quel numero con il 202. Di nuovo. Qualcuno del Dipartimento del Tesoro aveva lasciato un messaggio farfugliato. Mi alzai. «Torno subito.»

Riparandomi in un angolo della lounge Sky Club della Delta, dissi: «Sono Frank Luca.»

«Buongiorno, signor Luca. Sono George Pembroke, del Dipartimento del Tesoro degli Stati Uniti.»

«Cosa posso fare per Lei?»

«Siamo stati informati della Sua scoperta e, parlando francamente, è stata notevole. Ben fatto.»

«Grazie.»

«Lei ha avuto una carriera altrettanto notevole.»

«È stata una bella corsa, ma è ora di voltare pagina. Apprezzo la chiamata.»

«Sto creando una task force speciale, con ampi poteri, il cui scopo è quello di colpire i guadagni illeciti provenienti non solo dal traffico di droga, ma anche dai crimini finanziari.»

«Sembra un'iniziativa lodevole. Mi sorprende che non ne esista già una.»

«Ci sono stati diversi tentativi sotto varie amministrazioni, ma tutti gli sforzi precedenti sono falliti.»

Non era sorprendente, dato che il governo era pieno di gente come Davis. «Le auguro buona fortuna.»

«Speravo in qualcosa di più dei Suoi migliori auguri.»

«Non capisco.»

«Crediamo che il successo di un'operazione del genere dipenda da chi fa parte della task force. In particolare, deve essere guidata da un tipo speciale di persona. Una con un'ampia gamma di competenze...»

«Se questa è un'offerta di lavoro, sappia che sono in pensione.»

«Me ne rendo conto e spero non Le dispiaccia se ho verificato, ma Lei non ha molti altri interessi e le persone con cui abbiamo parlato hanno detto che Lei è...»

«Mi dispiace, non sono interessato.»

«Potrebbe dedicare il tempo che vuole, tanto o poco che sia. Potrebbe persino scegliere gli incarichi su cui indagare e non si limiterebbe ai beni finanziari: potrebbe dare la caccia a opere d'arte o ad antichità rubate e anche proporre...»

Mary Ann si avvicinò. «Frank, stanno imbarcando la prima classe, dobbiamo andare.»

«Devo scappare. Stiamo andando in Italia. E stanno imbarcando il nostro volo.»

«Buon viaggio.»

«Grazie. Buona...»

«Un'ultima cosa: potrebbe scegliere di dar loro la caccia personalmente o di dirigere i membri del team. In ogni caso, siamo pronti a ricompensarLa con una percentuale dei fondi o dei beni recuperati.»

«Non ho bisogno di soldi.»

«Potrebbe destinarli a un ente di beneficenza. Siamo flessibili su questo e sulla missione.»

«Mi dispiace, non credo proprio.»

«Non avrebbe a che fare con la burocrazia.»

«Non sono sicuro che si possa evitare. Devo andare.»

«Ci penserà?»

«Certo. Arrivederci.»

Trascinai il nostro bagaglio a mano lungo il manicotto d'imbarco. Mary Ann cercò la mia mano libera. «Non posso crederci. Dimmi che non è un sogno.»

«Italia, stiamo arrivando.»

Note dell'autore

La storia riguardante la ricerca di denaro nascosto da un narcotrafficante si basa su fatti reali.

Negli anni Ottanta, il business della droga prosperava nel sud della Florida. Somme di denaro inimmaginabili finivano nelle mani di spacciatori organizzati. Queste reti divennero sempre più violente e furono responsabili di migliaia di morti, tenendo in riga i loro "soci".

Spesso uno spacciatore voleva uscirne, il che era difficile, se non impossibile. Un vero agente della DEA si guadagnò la fiducia di uno di questi spacciatori e fu informato che stava mettendo da parte decine di milioni al mese per finanziare una nuova vita.

All'agente fu rivelato il nascondiglio della scorta di denaro, con l'istruzione di consegnarlo alla moglie dello spacciatore se gli fosse successo qualcosa. Lo spacciatore non riuscì a fuggire, poiché lui e la sua famiglia furono brutalmente giustiziati.

Prima che potesse fare qualsiasi cosa, l'agente della DEA, un alcolizzato, si suicidò nel bagno di un aeroporto perché non riusciva a trovare la sua auto, il cui bagagliaio era pieno di materiali segreti.

Dopo il suo suicidio, il partner dell'agente scoprì l'informazione. Si ritiene che stesse per andare a cercare il denaro, ma fu colpito da un infarto improvviso e morì su un campo da golf di Naples.

È difficile credere che nessuno dei due agenti deceduti l'avesse detto a qualcun altro. Sebbene non si sappia se il denaro sia stato recuperato o sia ancora nascosto, ciò ha fornito l'opportunità di romanzare un finale.

———

PATRICK KEARNEY, l'assassino seriale menzionato nella storia, è purtroppo reale. Patrick Wayne Kearney è uno dei più prolifici assassini seriali della storia degli Stati Uniti.

Alto appena un metro e sessantacinque, Kearney uccise la sua prima vittima nel 1962 e continuò a scegliere le sue vittime tra i giovani uomini fino alla sua cattura, il 1° luglio 1977.

Kearney, che ha ucciso almeno quarantatré uomini, è detenuto presso il Mule Creek State Prison, in California, e non presso il Georgia State Prison, che è stato chiuso nel 2022.

————

La mia intenzione originale era di far cavalcare Luca verso il tramonto, rendendo questo l'ultimo libro della Serie dei Gialli di Luca. Scrivere del personaggio di Luca è stato un piacere e ho valutato diverse idee, tra cui uno spin-off con Derrick e Bilotti o con Luca in un ruolo di consulente.

Ho deciso che era tempo di cambiare e ho iniziato a scrivere la bozza di un personaggio e alcune scene per una nuova serie a cui stavo pensando.

È un percorso entusiasmante da intraprendere, ma il problema è che Luca ha iniziato a sussurrarmi all'orecchio. E la sua voce si fa sempre più forte...

————

Spero che ti sia piaciuto leggere **Omicidio, Soldi e Caos** tanto quanto a me è piaciuto scriverlo. Se così fosse, apprezzerei molto se volessi scrivere una breve recensione su Amazon o sul tuo sito di libri preferito. Le recensioni sono le migliori amiche di un autore e anche solo una o due righe sono d'aiuto. Grazie, Dan

Dan è un autore di bestseller per USA Today e Amazon che ha scritto la sua prima storia all'età di dieci anni e ama raccontare storie o barzellette.

Dan trae le idee per le sue storie esplorando la domanda: e se?

In quasi ogni situazione in cui si trova, Dan si chiede cosa succederebbe se accadesse questo o quello. E se questa persona morisse o facesse qualcosa di insolito o illegale?

Questo suo continuo lavorio mentale fornisce a Dan abbondante materiale da intrecciare in storie interessanti.

Amante di libri e film con colpi di scena e difficili da prevedere, Dan costruisce le sue storie in modo da impedire ai lettori di indovinarne lo svolgimento. Scrive ogni giorno, forzando le parole a uscire quando necessario, e a oggi ha scritto più di venticinque romanzi.

Non è una questione di voler scrivere, per Dan è semplicemente una necessità.

Dan crede fermamente che le persone possano realizzare i propri sogni se si concentrano e agiscono, ed è proprio ciò che incoraggia a fare.

Il suo detto preferito è: «Il prezzo della disciplina è sempre inferiore al costo del rimpianto»

Dan ricorda alle persone di eliminare la negatività dalle proprie vite. Crede che sia contagiosa e consiglia di stare alla larga dalle persone negative. Sa che avere una mentalità autentica e positiva dà la sensazione che la vita sia truccata a proprio favore. Quando si sente giù, si dice: «Non si può avere una bella giornata con un brutto atteggiamento».

Sposato, con due figlie e un Maltese bisognoso di attenzioni, Dan vive nel sud-ovest della Florida. Originario di New York, Dan ha insegnato nei college locali, scrive romanzi e suona il sassofono tenore in diverse jazz band. Beve anche decisamente troppo vino e non si prende mai, e poi mai, troppo sul serio.

Pubblica una newsletter bimensile con articoli, i suoi scritti e offerte speciali e occasioni imperdibili.

Iscriviti su www.danpetrosini.com

www.ingramcontent.com/pod-product-compliance
Lightning Source LLC
Chambersburg PA
CBHW071643260626
47170CB00001B/214